最上階の殺人

アントニイ・バークリー

閑静な住宅街、四階建てフラットの最上階で高齢女性の絞殺死体が発見されたとの報を受け、モーズビー首席警部率いる捜査班は現場に急行した。室内はひどく荒らされ、裏庭に面した窓に脱出用のロープが下がっている状況から、警察は物盗りの犯行と断定、容疑者を絞り込んでいく。しかし警察の捜査を実地に見学しようと同行したロジャー・シェリンガムは、建物内に真犯人がいると睨み、被害者の姪を秘書に雇うと調査に乗り出す。探偵小説本来の謎解きの魅力と、才気溢れるユーモア、痛烈な批評精神が奇跡的な融合を果たしたシリーズ屈指の傑作。

登場人物

〈モンマス・マンションの住人〉

ミセス・ボイド……………………一号室。管理人
オーガスタス・ウェラー…………二号室。週刊誌の副編集長
フランシス・キンクロス…………三号室。広告会社勤務
マージョリー・キンクロス………同。その妻
ジョン・バリントン＝ブレイブルック……四号室。百貨店勤務
メイミー・バリントン＝ブレイブルック…同。その妻、アメリカ出身
イヴァドニ・デラメア……………五号室。裕福な独身女性
ライオネル・エニスモア＝スミス………六号室。映画配給業者
ミセス・エニスモア＝スミス……同。その妻、婦人服飾店の店長
ミセス・ピルチャード……………七号室。アイルランド系の未亡人
アデレード・バーネット…………八号室。ひとり暮らしの高齢女性

＊

ステラ・バーネット……アデレード・バーネットの姪
ラルフ・パタースン……ステラの婚約者
ジョン・クロス……お抱え運転手
ジム・ウォトキンズ……窃盗常習犯。
別名キャンバウェル・キッド
モーズビー……犯罪捜査部の首席警部
ビーチ……警部
アフォード……部長刑事
ロジャー・シェリンガム……小説家

最上階の殺人

アントニイ・バークリー
藤　村　裕　美　訳

創元推理文庫

TOP STOREY MURDER

by

Anthony Berkeley

1931

目次

最上階の殺人

第一章

ロジャー・シェリンガムはスコットランド・ヤードのモーズビー首席警部の机の隅に腰かけて、あれやこれやとたわいのない話をしていた。だが、首席警部はときおり気のない返事をするばかりで、検討中の一件書類から顔を上げようともしない。はた目には、シェリンガムの言葉は首席警部の耳にはほとんど届いていないように見えたかもしれない。

おそらくロジャー本人の頭にもそういう思いが浮かんだのだろう。彼は出し抜けに握りこぶしで机をたたいた。「モーズビー！　一時には出られるって話だったじゃないか。そこの時計によれば、もう十分も過ぎてるぞ。きみに昼食をとる気があろうがあるまいが知ったこっちゃないが、とにかくぼくは食事にしたいんだ」

首席警部はため息をついてファイルを閉じた。「わかりましたよ、シェリンガムさん。以前お問いあわせいただいた文書偽造事件について、一、二点確認していただけです。では、行きましょう」大柄な彼は椅子からのっそりと立ちあがると、ドアのわきにある帽子掛けのほうへ向かった。

ロジャーはひょいと机からとびおりて、自分の帽子と手袋をつかみあげた。彼は首席警部を昼食に誘いにきたのだった。月に一、二度そうするのが習慣だった。ロジャーは〝スコットランド・ヤードとの定期会合〟と呼んでいたが、スコットランド・ヤードのほうでは〝シェリンガム氏の情報引き出し活動〟と見なしていた。

首席警部の手がドアの取っ手に触れたとたん、彼の机の上で電話のベルが鋭く鳴り響いた。

「ちょっと失礼します」モーズビーが言った。

「なんだよ、もう」ロジャーが言った。

モーズビーは受話器を取りあげて、相手の話に聞き入った。受話器を耳に当てたまま机の角をまわりこみ、ふたたび椅子にどっかり腰をおろすと、鉛筆とメモ用紙に手を伸ばしてメモを取りはじめた。ロジャーはその様子を不満げに眺めていた。彼の昼食は見る間《ま》に遠ざかっていった。

「承知しました」モーズビーは最後にきびきびした口調で答えた。「では、アフォード部長刑事を連れていきましょうか？　はい、直ちに」彼は受話器をもどし、ひと呼吸置いてから、べつの内線番号に電話をかけた。

「あーあ」ロジャーはそう言って、きょうの会食に陰鬱に別れを告げた。

首席警部は内線でさらに四本の電話をかけ、それぞれに対して、三分以内に正面玄関に集合するよう指示を出した。

「申しわけありません、シェリンガムさん」ようやく受話器をもとにもどすと、彼はおざなりな謝罪の言葉を口にした。「せっかくですが、きょうはごいっしょできなくなりました。いずれまた、近いうちに」

「何があったんだ？」

「殺しです。ユーストンあたりのフラットで。高齢の女性が殺《や》られました。ただちに現場へ向かわなければなりません」

「殺しだって⁉」ロジャーは顔を輝かせた。「ぼくもついていってかまわないよね？」

モーズビーはおぼつかなげな顔つきになった。「かまわないでしょう、たぶん。ただ、たいしておもしろくもないと思いますよ。ただのありふれた強盗殺人です。小説に出てくるような、派手な展開なんてこれっぽっちもありません。単にお決まりの手順に沿って犯人を挙げるだけです。退屈ですよ、きっと」

「それでも行きたい」ロジャーは頑固に言い張った。

「まあ、この際、哀れなスコットランド・ヤードの実力のほどを知っていただくのも悪いことではないかもしれません」首席警部は皮肉がこめられていなくもない口調で言った。「この手の事件でしたら、扱いには慣れています」コンクリート敷きの通路を進みながら、彼はつけ加えた。「われわれの手がける事件、百件のうち九十九件はこういうたぐいのものです。解決に至る手際のよさには、きっと驚かれるでしょう」

「スコットランド・ヤードのなさることにいちいち驚くもんか」ロジャーは澄まして答えた。

正面玄関の前に、ボンネットの長い車が二台、すでに待機していた。片方の車の運転手とおしゃべりしているのは、普段モーズビーと組んで仕事をしている部長刑事、アフォードだ。ロジャーとは旧知の仲で、ふたりはたがいに会釈を交わした。捜査チームの三人め、ビーチ警部はこの種の犯罪、すなわち集合住宅をねらう住居侵入犯の専門家だった。ロジャーたちのすぐあとに、アンドリューズ部長刑事が到着した。彼は指紋の専門家で、簡単な器具一式を入れた小型ケースを携帯している。それから一分そこそこで写真係のファラー刑事がカメラを手に現われた。一時《いっとき》も無駄にせず、二台の車はあわただしく構内を出発した。

ロジャーは先を行く車の助手席に収まった。モーズビーは後部座席の、アフォード部長刑事とビーチ警部のあいだに身を割りこませると、さっそく電話で警視から聞かされた事件のあらましを部下に伝えはじめた。ロジャーはシートから身を乗りだすようにして、その話に耳を傾けた。

死亡したのはミス・バーネットという高齢の女性と思われる。彼女はユーストン・ロードからわき道にはいった閑静な住宅街、プラッツ・ストリートにある小さなフラット、モンマス・マンション八号室でひとり暮らしをしていた。建物の裏は井戸のある庭になっていて、その庭にはプラッツ・ストリートと並行して走る小路からも出入りが可能だ。その小路は、直角に交わるべつの小路を介してプラッツ・ストリートとつながっている。ミス・バーネット宅のキッチンの窓はその裏庭に面しており、けさになって近所の住人たちが、その窓から一本のロープが垂れて地面に達しているのに気がついた。そのことと、ミス・バーネットの牛乳が取りこまれていない事実、さらには、夜中に彼女のフラットから奇妙な物音がしたとの証言も加わって、近所の人々の好奇心はいや増した。だが、他人に干渉するのをよしとしないロンドンっ子の常で、ようやく誰かが手を打つ気になったのは、つい三十分前のことだった。

同じ最上階のもうひとつのフラットに住む女性がミス・バーネット宅の玄関ドアをノックしてみた。応答がなかったので、彼女は自分の懸念を管理人に伝え、管理人はパトロール中の巡査に声をかけた。巡査は慎重な性格で、たとえ善意からであろうと、頼まれもしないのに英国人の住居に強引にはいりこんだ警察官には災難がふりかかりかねないことを承知していたので、行動を起こす前に、上司の巡査部長を呼びだした。こうしてふたりの警察官はミス・バーネットの玄関ドアをこじ開け、部屋の主が寝室の床で死亡しているのを発見した。部屋のなかは牛の群れが通り過ぎたかのようなありさまで、引き出しの中身が床にぶちまけられ、家具がひっくり返され、クッションが引き裂かれて、まさに足の踏み場もない状態だった。

「ははあ」ビーチ警部がもの知り顔に言った。「それと、窓からロープですな？」ロジャーの見るところ、警部は自分の頭に詰めこんでいる住居侵入犯の名前を精査して、侵入した住宅の内部をめちゃくちゃに荒らす者、侵入もしくは逃走の際にロープを使う者、不意をつかれると暴力に訴えがちな者をそれぞれ選びだしているようだった。これから現場に行けば、犯人特有の性癖についてさらに細かな証拠が見つかるだろうし、その証拠ひとつひとつからさらにべつの名前が浮かびあがるのだろう。そうやってできあがった半ダースかそこらのリストのなかに共通して出てくる名前があったら、それが求める殺人者だ。スコットランド・ヤードが常々扱っている事件の大半は、こうした単純な手法で解決される。独創的な小説家たちがスコットランド・ヤードのためにこしらえている事件とはまさに正反対なのだ。

死体発見後の手順は通常どおりに進んだ。血の気の失せた管理人をフラットから追いだしたあと、巡査部長は破った玄関ドアのそばで巡査を警備に当たらせ、最寄りの医師のところへ急ぎ使いを出し、自身は近くのポリスボックス（警察連絡用の電話ボックス）へ走っていって所轄署の警部のほか、本庁の犯罪捜査部にも直接電話をかけ、事件のあらましを手短に報告した。その報告は簡にして要を得たものだったので、犯罪捜査部は現場に急行させるべき専門家と装備をたちどころに理解した。こうして玄関ドアがこじ開けられてから二十分もしないうちに、捜査関係者は全員、現場に顔をそろえていた。

狭いフラットにはモーズビー首席警部の連れてきた四人の部下（ロジャーはのぞく）以外にも、その短いあいだに続々と人が集まってきた。スコットランド・ヤードの面々が到着して数分後、巡査部長の使いに呼びだされた地元の開業医と、所轄署の警部ともうひとりの巡査が現われた。さらにその二分後には所轄署の警察医も姿を見せた。ロジャーもふくめると、総勢十二人になる勘定だが、なんら混乱は生じなかった。誰かの大きな足がべつの大きな足を踏みつけることもなかった。それぞれが自分の役割を正確に把握しており、ある者はその作業にいそしみ、またある者は自分の番がまわってくるまでそばで待機していた。

最初に現場に来た巡査はあいかわらず玄関ドアのところで見張りにつき、ふたりめの巡査は集合住宅の住人以外は誰もなかに入れるなとの指示を受けて、階下の表玄関に配置された。巡査部長は外の踊り場で指示を待ち、指紋係もまた同じようにして自分の出番が来るのを待っていた。アフォード部長刑事は管理人のミセス・ボイドにつき添って一階の彼女のフラットまでおりると、まず夫人の高ぶった神経を落ち着かせてから、熟練したやり方で、死亡した女性に関して彼女の持つ情報を細かなことまでひとつ残らず聞きだした――被害者の習慣や性格や生活ぶりなど、事件にかかわりがありそうなことならなんであれ可能なかぎり。いっぽう、ビーチ警部は戸口から居間の様子を眺めまわしていたが、床の現場検証が終わっていないので、部屋のなかへ足を踏み入れることはしなかった。ふたりの医師は廊下で声を潜めて立ち話をしていた。最初に呼びだされたエイケンヘッド医師は丸々と太った赤ら顔の小男で、ほんの少し前まで遺体が不用意に動かされやしまいかと気をもむ所轄署の警部に見守られながら、手始めの大ざっぱな検死を行なっていた。当の警部はいまでは寝室でモーズビーといっしょにいた。モーズビーはこの一見複雑そうな捜査活動の第一歩として、遺体と室内の写真撮影を指揮しているところだった。ロジャーは自分がじゃまをしている気がしてひどく居心地が悪かったが、それでも昼食を犠牲にしてまでついてきたのは大正解だったと思い、寝室の戸口から離れず、何ひとつ見逃すまいとなかの様子に目を凝らした。

床にいろいろなものが山をなす部屋の真ん中に、ほっそりとした高齢女性の遺体が大の字になって横たわっていた。ピンク色のフランネルの寝間着をまとっており、ロジャーはその死に顔に努めて目を向けないようにした。

必要な写真を撮り終えると、モーズビーはすぐさまふたりの医師に本格的な検死を許可した。

所轄署の警部を見張り役としてその場に残し、彼自身は写真係を連れてほかの部屋をまわり、記録しておきたい箇所を撮影させた。それがすむと、写真係は解放されてネガを現像しにいき、首席警部は居間へ向かった。

「ここはまずわたしがざっと見てみよう」彼はビーチ警部に機嫌よく言った。「その後はきみとアンドリューズにまかせるよ」

戸口にとどまったまま、ロジャーは捜査責任者の仕事ぶりを興味深く見守った。

モーズビー首席警部はどうやら自分のほうがずっと効率的に行なえると判断した作業については、部下任せにしないことを信条にしているようだった。みずから肉付きのいい両手と両膝を床につき、優しげなセイウチもかくやとばかりに床をはうように進み、とうてい清潔とは言いかねるカーペットの表面を一寸刻みに、手早く、だが細心の注意を払って調べていく。これほど深刻な状況でなかったら、ロジャーは目の前の光景に微苦笑を禁じえなかっただろう。

首席警部はようやく立ちあがると、真っ黒になった両手とズボンの両膝をしょげたように見やった。「残念ながら、収穫はゼロだ」戸口のところにいるふたりの部下に向かって言う。「足跡どころか、泥のかたまりひとつない。泥は十月の風物詩だというのにな」

「どうかな、そのカーペットならどこかに小さな泥のかたまりが隠れていても不思議はないと思うけど」ロジャーは言った。

「あれば、見つかっているはずです」首席警部はさりげなく自信のほどを見せて言った。「もっとも、きみにはちょっとした土産《みやげ》があるようだな、ビーチ」彼はつけ加え、部屋の真ん中にあるテーブルのほうに頭をぐいと動かした。テーブルの上には中身が半分ほど残ったウィスキーのボトル一本と、使用済みのグラスがひとつ置かれていた。

「ええ、おっしゃるとおりです」警部は満足そうに答えた。これまた住居侵入犯を選別するのに役立つヒントだった。ひと仕事終えたあと、盗みにはいった家の酒で一杯やる者とやらない者、（侵入先で見つかるかぎり）酒には手を出さずにいられない者と、逆に絶対に手を出さない者。どうやら住居侵入犯というのは自分なりの流儀に固執していく傾向があるらしい。

「よし、わたしのほうは終わった。アンドリューズにそう伝えてくれ」モーズビーは言った。

首席警部はキッチンのほうへ移動しようとしたが、寝室からの足音に足を止めた。「ああ」ロジャーに向かってほっとした口調で言う。「どうやら検死が終わったようです。これで捜査に本腰を入れられます」

ふたりの医師が所轄署の警部を後ろに従えて寝室から出てきた。せわしげな警部を見て、ロジャーは二羽のウサギを巣穴から追いたてるフェレット（イタチの一種でウサギ狩りに用いる）を連想した。長身でやせこけた警察医のほうがモーズビーに話しかけた。その口ぶりからすると、ふたりが捜査で顔をあわせるのはこれが初めてではないようだった。

「話せることはあまりないな、首席警部。単純明快な事件だ」彼はそっけない口調で言った。「明らかに絞殺。凶器は遺体のそばに落ちているビーズのネックレスだろう。年齢はおよそ四十八歳（原文ママ、他の記述から判断するとさらに高齢に思われる）。明らかに栄養不良——襲われればひとたまりもなかったろう。実際、格闘の形跡は見つからなかった、少なくとも目視では。背後から襲われたとみて間違いない。首のまわりに均等な幅のあざがあり、その幅は凶器のネックレスと一致する。ただ、真後ろは異なり、ずっと大きなあざができている。犯人はそこで凶器に結び目を作ったんだろう。現在のところ死後硬直は局部的（上肢だ）。体温は低下し、死斑が形成されている。言い換えれば、死後十二時間以上経過しているが、二十四時間以上ということはない。これ以上の絞り込みは不可能だ。とりあえずこんなところでいいかな？　むろん、くわしい報告書はあとから送る、解剖が終わったらな」

「ありがとうございます、先生。さしあたり、そんなところで充分です」首席警部は強い感謝の念をこめて言った。

「だからもうさっさと消えろっていうんだろ？　わかってるって。では、失礼するよ。ごきげんよう」

彼は、その場にとどまりたいらしい様子の小太りの開業医をせきたててフラットを出ていった。石の階段をおりていくふたりの足音が響いた。

「あの先生、なかなか鋭い」モーズビーは気を悪くしたふうもなく言った。「いえ、ほんとうに消えてもらいたかったんですよ。医者を悪く言う気はないんですが、仕事を終えて帰ってくれると、いつもほっとします。さてと、メリマン、何か報告はあるか？」

第二章

所轄署の警部はたいして報告することもなかった。首席警部の到着前に自分で調べてまわる時間の余裕がなかったので、提供できたのはこの事件についてではなく、より一般的な情報だけだった。

警部がモーズビーに語ったところでは、モンマス・マンションは全室が小さなフラットになっていて、各フラットは寝室一室と居間とキッチンから構成されている。四階建てで、各階にフラットが二戸ずつ。ミス・バーネットの住居は最上階にある。上流階級向けという触れ込みだが、その真偽のほどは不明。コックニーなまりで話す者がいない（これまた真偽のほどは不明）という以外にそれを裏書きする証拠はほとんどないという。どう考えても人殺しも辞さない住居侵入犯の注意を引くような物件ではない、というのがロジャーの正直な感想だった。

モーズビーの脳裏にも同じ思いが浮かんだらしい。「犯人《ホシ》はいったい何を期待していたんだ?」彼は戸口から居間のほうをちらりと見やって言った。時代遅れの家具にフラシ天のカーテンやカバー類、全体として、色あせ、くたびれきったヴィクトリア朝ふうという印象だ。炉棚の上には一対のガラスの燭台すら飾られている。いや、一本と言うべきか。もう片方は暖炉の前のすり切れた敷物の上に転がっている。「見たところ、廃品回収業者の目を引きそうなものすらひとつも見当たらないが」

所轄署の警部がわけ知り顔に言った。「いや、変わり者で通っていたんですよ、ミス・バーネットは」

「変わり者ねえ」首席警部はくり返し、もう一度部屋のなかをのぞきこんだ。日ごろ潔癖さとは無縁の彼も、今回ばかりは鼻にしわを寄せた。「そうかもしれん。もう何か月も掃除していないようだ。かびくさいし……」

「もう何年も、じゃないですかね。しかも、あれはまだましなほうです。寝室をご覧になったでしょう。まさに豚小屋です。先生がたの見立てでは、半分飢え死にしかかっていたとか。ろくにものも食わずに金を貯めこんでいたんですね、まさに守銭奴ですよ。実際、よからぬ連中が運試しをしたくなるような噂はいろいろとありました。わたしの聞いたところでは、マットレスに八百ポンド縫いこんでるって話でした、それもソヴリン金貨で」

「ほう、きみは所轄地区の住民と緊密に連絡をとっているようだな。けっこうなことだ」モーズビーは満足そうに言った。

警部は喜びに顔を紅潮させたが、正直な性格とみえて、こう言い添えた。「いえ、違うんです。じつはうちの署は一度ならず彼女に手こずらされていたんです。とにかくしょっちゅう苦情を持ちこんできたんですよ。ささいなことですぐにとんできて。たいがいは車の騒音の件でした。それと、流しの手回しオルガン弾きがらみで押しかけてきたことも、三、四回ありました。数年前、わたしがまだ部長刑事だったころの話です。現行犯で逮捕しろってうるさくてね。首席警部もよくご存じでしょう、ちゃんと税金を払ってるんだから、警察はこっちの言うことを聞くのが道理だってのたまうやからですよ」

「ああ、わたしにもおなじみだ。すると、被害者はここに数年以上前から住んでいたんだな」

首席警部は被害者の人となりについてそれ以上の質問をしなかった。そのあたりのことについてはアフォードから詳細な報告が得られると思ったのかもしれない。「そして、近所では守銭奴という評判で、マットレスにソヴリン金貨のはいった袋を縫いこんでいると言われていた。まあ、きみもよく知るとおり、ひとり暮らしで倹約家の老人はそういう噂を立てられがちなものだが。その噂に多少なりとも真実がふくまれているのかどうかを確かめるのは骨かもしれん。それはそうと、夜中の物音というのはどういうことだ？　話の出どころは？」

「ここの玄関ドアをこじ開けた際、ウェイクフィールド巡査部長が管理人から聞いた話です。けさ、真下のフラットの住人が、出がけに階段のところで管理人にそう話したそうなんです。夜中に頭上でガチャン、ドスンと大きな音がして目が覚めた、ミス・バーネットに何かあったのでなければいいがと」

「それなのに、管理人は確かめにいかなかったのか？」

「巡査部長もそこのところを突っこんだんですが、管理人によれば、ミス・バーネットは他人の干渉をことさら嫌うたちだったそうで。以前、店の小僧の代わりに荷物を届けにいったら、詮索好きだとののしられたとか。配達を口実に家のなかをのぞきにきたんだろう、今度同じことをしたら家主に訴えてやるって具合で。それからは、へんに勘ぐられないようにかなり気を遣っていたと言っていました」

ロジャーは威厳を傷つけられた雌鶏が羽を逆立たせている図を思い浮かべて微笑した。

「なるほど」モーズビーもまた微笑しながら答えた。「その物音がした時刻はわかるか?」

「いいえ」

「その住人の名前は?」

「エニスモア＝スミスという夫婦ものです。共働きです。亭主はウォーダー・ストリートの映画配給会社の共同経営者、奥方はシャフツベリー・アベニューにある婦人服飾店で店長をしています。住所は聞いてきました。誰かを聞き込みにいかせるつもりだったんですが」上司にべつの腹案があるといけないので、警部はあいまいな言い方をした。

「そうだな。ふたりとも昼食で出かけている頃合いだ。いっしょに食事しているかもしれん。よし、部下をひとりやれ。ただし、事件については明かすな。少々お時間をちょうだいしたいとだけ言って、ここへ来てもらうんだ。急げ。わたしはほかの部屋を見てまわる」

警部はすぐさま部下の巡査部長を探しにいき、モーズビーはぶらぶらと居間にはいっていった。ロジャーはひと足進むごとに重要な手がかりを踏みつぶしているような気がしてならず、崩れやすい頁岩《けつがん》の斜面をタマリスクのやぶに向かって登っていく登山者よろしく、モーズビーにひっついていた。

首席警部はふたりの部下の作業ぶりを好ましげに見やった。「どうだ、アンドリューズ?

何か出たか？」

「さっぱりです」テーブルの表面を横のほうから目を細くして見ていた指紋係が、顔を上げてうんざりした口調で言った。「この部屋はほとんど終わりましたが、どこからもまったく出ません」

「そうか」モーズビーは驚きもせずに言った。これは常習犯による月並みな事件で、きょうび常習犯なら手袋をしているのが当たり前ということなのだろう。「ロープはキッチンの窓から垂れていたんだったな？　ビーチ、ちょっといっしょに来てくれ」

三人は廊下を狭いキッチンへと向かった。ロジャーとビーチ警部を戸口で待たせたまま、首席警部はズボンの膝が汚れるのもかまわず、ほこりだらけのリノリウムの床を丹念に調べはじめた。

ロジャーは室内の散らかり具合に興味を引かれた。居間と同じくらい乱雑で、割れた陶磁器が床に散乱し、ガスレンジすら動かされて向きが変わっている。おそらく犯人は血眼《ちまなこ》になって家捜ししたのだろう、キッチンテーブルは派手にひっくり返されていた。

「下の階に住んでる人が何か物音を聞いてるんじゃないかな」彼はビーチに言った。

「ありえますね。でも、あなたが思っておられるほど大きな音はしなかったかもしれません。陶磁器が割れたのはおそらく偶発的な事故でしょう。家具も力任せに倒したのではなく、底面を見たくて逆さにしただけだと思います。もっとも、布巾みたいに柔らかくて軽いものは引き出しから引っぱりだして、でたらめに放り投げたようではありますが」

「住居侵入犯ってのはみんな、こんなふうに押し入った家をめちゃくちゃにしていくもんなの？」

「とんでもない。なかには整理魔みたいなやつもいます、何もかも元どおりにしていくんです。でも、この犯人はあせっていたにちがいない。家の住人をバラしてしまった以上、長居はしたくなかったはずです」

「犯人の見当はついたの？」ロジャーは興味を引かれてたずねた。

「ある程度は。いまのところ、まだ絞りきれません。首席警部の床の検証が終わったら、すぐなかにはいってロープの結び目を見てみたいです。何かヒントがつかめるかもしれません、ロープ自体からも」

犯罪記録部《CRO》はそんな細かいところにまで注意を向けるのか、とロジャーは感心した。

警部の言うロープは開け放たれたキッチンの窓から外へ垂れていた。こちらの端は引き解け結びのようなやり方でガスレンジの胴体に結ばれている。ロジャーは当初、ガスレンジは故意に動かされたのだろうと思っていたが、どうやらそれは間違いだったらしい。犯人が逃げるとき、体の重みでロープが引っぱられ、自然に移動してしまったのだろう。警部はガスレンジの移動距離から、ロープを使った犯人の体重、ひいては体格を導きだしたりするのだろうか？さすがのロジャーも今回ばかりは気後れして、その質問を口にすることはできなかった。

「ほほう！」モーズビーが声をあげた。

警部とロジャーは何事かと首を前に伸ばした。

首席警部がポケットナイフを慎重に動かして、よごれたリノリウムの床から何かを引きはがしていた。テーブルの上に置かれたので、あとのふたりにもそれが乾いた泥のかたまりだとわかった。表面には男の靴のかかとのあとがついていた。

「これはこれは」ビーチ警部が同調した。

「収穫はこれだけだな」モーズビーは自分の成果を満足そうに見やった。「よし、床はすんだ」戸口で待っていたふたりは部屋にはいり、犯人を絞首台に送る可能性のある泥のかたまりをじっくり観察した。

「どこにあったの？」ロジャーはたずねた。

首席警部はガスレンジの奥の隅のほうを頭で指した。そこの床も汚れていたが、泥のあとははっきりとわかった。

「ガスレンジが体重を支えられるかどうか確認したとき靴からはがれたんでしょう。きっとそうですよ」ビーチ警部が意見を述べた。

「うん」モーズビーは賛意を示し、窓に近づいた。「指紋はなしだ、当然ながら」目を細めて窓ガラスを見ながら、悔しそうに言った。

首席警部は労を惜しまず窓の木枠を入念に調べた。窓敷居をあらゆる角度から注意深く観察し、窓の外に首を伸ばして窓枠の表側や下の壁に目を凝らした。

「どう？」ロジャーはたずねた。

モーズビーは結論を述べた。「犯人はこの窓から逃げたようですが、侵入経路はべつですね。

ほら、窓敷居のここに足跡があるでしょう。身を乗りだしてごらんになれば、犯人が本格的におりる前に、つま先で壁をこすった痕跡も見えますよ」

「侵入経路がここじゃないのははっきりしてるよね」ロジャーは対抗意識を燃やして言った。「窓は閉まってたはずだし、こじ開けられた形跡もないんだから」

「おっしゃるとおりです、シェリンガムさん」モーズビーは愛想よく応じた。「さらに言えば、いくら知恵のまわる泥棒でも、三十フィート（約九メートル）下の裏庭に立ったまま、閉じた窓越しに、この四階のガスレンジにロープを結びつけるなんて芸当はできやしませんからね」

「うん、たしかに」ロジャーは少々赤面しながら、あわてて言った。「でも、ぼくが気になってるのはべつのことだ。いったいどうして犯人は逃げるのにこんな手を使ったんだろう？　表に出るにはドアをふたつ抜ければいいだけだろ」

「泥棒はなにゆえ泥棒を働くや？」モーズビーは寸言めいた言葉を返した。

しかし、ビーチはこのしごくもっともな疑問をずっと真剣に受け止めた。「ロープを持参していて、逃走の際にはロープを使う習慣だったからです。その線がいちばん強いと思いますね」問題のロープから顔を上げて言う。「うけあってもいいですが、かりにそのふたつのドアが大きく開け放たれていて、外の通りには人っ子ひとりいないとよくよく承知していたとしても、やつはやはりそのロープを使ったでしょうな」

「どうやらプロの犯罪者ってのは間抜けぞろいみたいだね」ロジャーは考えこむようにして言った。

「そうなんですよ」モーズビー首席警部は本心から同意した。「だからこそわれわれに捕まってくれるんですが。ところでビーチ、ロープから何かわかったか？」

「あいにくたいしたことは。新品ではないし、普通より太くて重さもあります。ごくありふれた品で、通例の細口のマニラロープ（本来船具用で強度がある）ではないですね。入手経路をたどるのはまず無理でしょう。その泥のかたまりのほうがずっと役に立ちそうです。履いていたのはゴム底靴ですかね」

「うん」モーズビーはうなずいた。「できるだけ早く分析にまわさんとな」専門家なら、それ相応の範囲内で出どころを特定できるのだろう。所轄署の警部が戸口に現われた。うれしそうな顔をしている。「ちょっとよろしいですか、モーズビー首席警部」

「いいとも。さしあたり、わたしの仕事は終わった。ビーチ、アンドリューズにそう伝えてくれ、彼が居間のほうを終えたらな。で、何事だ、警部？」

「裏庭と階段周辺をざっと調べて、ゆうべ犯人が隠れていたとおぼしい場所を見つけました」

「よくやった。見にいこう」

所轄署の警部が先に立って階段を一階分おりると、一枚の扉を指し示した。いまおりてきた階段の下のスペースを利用した物置だった。警部が扉を開けると、なかにはほうきやバケツやブラシなど、よくある掃除道具が収められていた。床の上に煙草の灰と、十本ほどの先のつぶれた吸い殻が散らばっていた。

モーズビーは吸い殻を一本つまみあげた。「プレイヤーズか。あまりいい証拠にはならんな。

かなりの時間、ここに隠れていたようだ」

「ええ。表玄関のドアが施錠されるのは午後十時半です。侵入したのはそれより前にちがいありません。四時間はここにいたとみていいと思います」

首席警部は吸い殻の本数を数えた。「十一本か。一時間に三本ぐらいとして、うん、だいたいそんなところだろう。あるいは、三時間ほどか」

「最初から吸っていたのならね」ロジャーが口をはさんだ。「でも、初めは我慢して住人たちが寝静まるのを待ったんじゃないかな。煙草の煙で足がついたら元も子もないんだし」

「ええ、それはありそうな話ですな、シェリンガムさん。いずれにせよ、時間はさほど重要ではありません。肝心なのはここに隠れていたという事実です。警部、証拠保全のために、部下をひとり見張りにつけろ。すぐにアンドリューズを呼んできたほうがいいかもしれん。指紋が残っているとすれば、いかにもここで見つかりそうだ」

所轄署の警部が早足にその場を離れた。

ロジャーは物置の床を観察していた。「ここにも足跡はなさそうだね。ゆうべ九時から十時にかけては雨が降っていたというのに。ぼくはそのころ、外出してたからわかるんだ」

「きょうび、プロを相手にしたら指紋同様、足跡も期待するだけ無駄です」モーズビーがあきらめの口調で言った。「その程度のことは先刻承知ですから。今回の犯人もきっと表玄関にあるドアマットで靴の裏をしっかりぬぐってきたんでしょう、まあ、雨が降りだしてから来たのであれば、ですがね。八時ごろまでは晴れていました、憶えています」

「じゃあ、八時にはもうここにいたかもしれないっていうの？」

「五時以降なら、いつだっておかしくありませんよ、気の長いやつもいますから。狙いをつけた家の外で何時間だって待つんです、ネズミ穴の前の猫みたいに。あとでアフォードを近所の聞き込みにやらせるつもりですが、あいつなら間違いなく、昨日、昼過ぎからこの周辺で見かけられたよそ者というよそ者を全員、手控えてくるでしょう」

「警察ってのは八方手を尽くすことを旨としているんだね」ロジャーは満足そうに言った。「でも、この物置に関しては、まだひとつ話に出てきてない問題点がある。どういうことかわかる？」

「さあ、どの点をおっしゃっているのかわかりかねます。なにしろ気になるところはたくさんありますので」

「そうやってごまかすのはなしだぞ、モーズビー」ロジャーは笑い声をあげた。「いや、こういうことさ。ここに煙草の灰と吸い殻が落ちていて、吸い殻はすべてねじれて転がっている。でも、火はどうやって消したんだ？　見てのとおり、煙草はもみ消されていて、踏みつけて消したわけじゃない。そもそも床に焼け焦げのあとはないし。そうなると、壁にこすりつけて消したんだろうと考えたくなるが、壁には丸い黒っぽいしみなんかどこにも見当たらないじゃないか」ロジャーは得意げな気持ちが表に出るのを抑えつけようとしたが、あまりうまくいかなかった。なにしろ炯眼《けいがん》をもって鳴る首席警部の鼻を明かしてやったのだから。

「シェリンガムさんは素人《しろうと》の犯罪者だけを相手にしてこられたとみえますな」モーズビーはロ

ジャーの得意げなもの言いをいっこうに気にせず、寛大な笑みを浮かべて言い返した。「プロの犯罪者というのはまるっきり別物なんです。彼らは理性では動かない。本能に従って行動するんです。結果として、いろいろと味なことをやってくれますが、反対に救いがたい愚行にも及ぶ。本件の犯人について言えば、賭けてもいいですが、煙草の火は自分の靴のつま先にこすりつけて消したんでしょう、ただ本能的に。証拠を残さないことが本能になっているんです。床に灰をはたき落としたり、吸い殻を捨てたりしているじゃないかとおっしゃるかもしれませんが、べつに矛盾はしません。そうした行動は習慣で、習慣は本能より強く作用しますのでね。ええ、妙な連中なんですよ、プロの犯罪者というのは」

「そうなのか」ロジャーは驚いて言った。

「さてと」モーズビーは愛想よく言った。「遺体をもう一度見にいきましょう」

ふたりはふたたび上階のフラットにもどった。

「格闘の形跡はありませんね、いまわかるかぎりでは」横たわる遺体のまわりをゆっくりまわり、四方八方から検分しながら首席警部はつぶやいた。「この倒れ方からすると、格闘があったとも思えません。先ほどの先生のお話にもありましたが、抵抗できるだけの力もなかったんでしょう。体重は四十キロかそこらに見えますし。いかがですか、シェリンガムさん、わたしには被害者は犯人に投げだされたまま、少しも動いていないように思えるんですが？」

「異論はないよ」ロジャーはうなるように言った。

モーズビーは片膝をついて、こわばった手の片方を持ちあげた。両手はいずれも固く握られており、首席警部はかなりの苦労をして指を一本一本伸ばしていった。その狙いが爪の検分にあることにロジャーは気がついた。爪を入念に調べている。

「ときには握りこぶしのなかから重要な証拠が出てくることもあるんです」首席警部はつと顔を上げて説明した。「でも、今回ははずれです。ただ、爪のあいだに何かはさまっています。皮膚のかけらですかね。まあ、おおかた被害者自身の首に由来するものでしょうが」彼は残念そうにつけ加え、被害者の喉に目を向けた。筋になったあざの上部に数本の長い擦《す》り傷がはっきりと見えた。「凶器をゆるめようとしたんでしょう」

ロジャーはうなずいた。「長い時間、意識があったのかな?」

「いやいや、一分と持たなかったでしょう。数秒というところだったかも。先生の見立てが正しくて背後から襲われたのだとしたら、犯人に傷をつける暇もなかったと思います」

「犯人は筋骨たくましいやつにちがいないね」

「被害者をいとも簡単に絞め殺しているからですか? 必ずしもそうとはかぎりません。さほどの力は要さなかったでしょう、かりに不意打ちを食らわせて、ぐいと一気に締めあげたのであれば。あざはごらんのとおり、喉頭のすぐ下にできています。これだと意識は急速に遠のきます。ほとんど一瞬のうちだったかもしれません」

「先生がたはどうして被害者は首を絞められたと確定できたんだ?」ロジャーは何事もうたぐってかかる傾向があった。「どうして縊死じゃないんだ?」

「首を絞められたのなら疑問の余地なく他殺だが、縊死ならその可能性は低いということですか？」モーズビーはかすかな笑みを浮かべた。「まあ、なんといっても首のまわりに擦り傷ができていますからね。こういう傷はみずから首をくくった場合には生じないんです。暴力が加えられた証しになります。それに顔色が青黒いでしょう。これもおなじみの徴候です。ええ、本件に関して自殺説を唱えるのは無理があると思いますよ」

「べつにその気はない。でも、どうにも解せないんだが、なぜ誰も悲鳴を聞いていないんだ？　悲鳴がしたら、たちどころに人が集まってきそうなもんだ。それに、被害者がのたうちまわれば相当大きな音がしたはずだよ」

「不意をつかれ、気管を暴力的に圧迫されたら、とうてい助けを呼んだり、急を知らせたりする余裕はありません。ほとんど瞬時に人事不省に陥り、そのまま死に至ります」モーズビーはすらすらと答えた。

「モーズビー、きみときたら、この手のことについてはとてつもなく博識なんだね」ロジャーは感服して言った。

「いえいえ、縊死と絞殺の知識はわたしの職務の一部と言ってもいいですから」モーズビーはいたって陽気に答え、検分を続けた。

ロジャーは部屋のなかをぼんやりうろつきはじめた。ほかの部屋同様、ここも恐ろしく汚かった。いたるところにほこりが積もり、しっかり閉じられた窓のガラスはくもり、カーペットは嘆かわしい状態だ。肌着類（高齢女性の肌着ほど興ざめなものはない。紳士向けのボイルドシャツ（胸部を固く糊づけした礼装用ワイシャツ）以上だ）が床やら椅子の上やら、およそものが置けそうなありとあらゆる場所に散らばっていた。ここを脱衣所代わりにしていたとみて間違いあるまい。だらしなさを絵に描いたようだ。ロジャーは自分の感想をモーズビーに伝えた。

「ちょっとした豚小屋ですね」首席警部はたいして興味もなさそうに同意した。「しかし、これでもましなほうですよ」

「まさか」ロジャーにはこれ以上ひどい状況はとうてい想像がつかなかった。

「いやいや、少なくともきちんと着替えていますから。わたしの経験では、この手の女性の大半はろくに着替えもせずに、上から寝間着を引っかぶってしまうものなんです」

「だったら経験がないのを感謝しないと。ところで」モーズビーが床に膝をついており、そのすぐそばに何かが落ちているのにロジャーは目をとめた。「それって、ビーズのネックレスだよね？　凶器とおぼしい？」

「手を触れないでくださいよ」

「誰が触れるもんか」ロジャーはむっとして言った。「でも、見るぶんにはかまわないだろ」

彼はモーズビーから目をそらしてネックレスを観察した。モーズビーは被害者の髪をかき分けて奥をのぞきこんでいるところだった。まるで髪の根元の部分に手がかりが隠れていそうだとでもいうように。ひょっとすると、すでに何か見つけているのかもしれない。

「こいつはもう調べたんだよね？」彼は気になってたずねた。「これはビーズのネックレスなんかじゃない。被害者はカトリック教徒だったんだな。自分のロザリオが凶器になるとはね」

「非常に皮肉な話ですな」首席警部は目下の作業に集中していて、うわの空で答えた。

ようやく検分を終えると、モーズビーは遺体を運びだして死体安置所へ送るよう命じた。遺体はそこで検死医によるさらなる検分と、避けては通れぬ検死解剖を待つことになる。搬出作業が行なわれているあいだ、ロジャーはぶらぶらと廊下に出て、所轄署の警部と行きあった。警部はありとあらゆるところに目を配りつつ、同時に自分でもささやかながら捜査に貢献しようと精一杯努めていた。そんな彼に、ロジャーはずっと気になっていた疑問をぶつけた。

「どうにも解せなくてね、警部」彼はこぼした。「被害者はどうして寝室で殺されるはめになったんだろう？　殺されたのが寝室なのは明らかだけど、犯人はどうしてそこまで行けたのかな？　むりやり押し入った形跡はないし、となると、ミス・バーネットが自分で迎え入れたことになる、玄関から。それも、わざわざベッドから起きだして。でも、ふたりして寝室までもどったのはへんじゃないか？」

「ひとつ指摘させていただきますが、こうした住居侵入犯のうち、最初から人を殺《あや》めるつもりで押し入るのは千人にひとりぐらいのものなんです。まず例がないんですよ。この手の事件での殺しはたいていパニックに起因しています。侵入した家の住人に悲鳴をあげられたとか、反撃されて身の危険を感じたとか。その結果、度を失って、凶行に及んでしまうんですな。今回の事件の場合、われわれの見立てが正しいのなら、賊がこのフラットに侵入しようとしたのは真夜中を過ぎてからでしょう。そして、あなたのご推察どおり、玄関の呼び鈴を鳴らしたのかもしれません。その場合、きっとあらかじめ何かもっともらしい口実を用意していたのでしょうね。被害者が応対に出てきた時点では暴力に訴える気はなかったでしょう。玄関口で悲鳴をあげられて助けを求められたら、おしまいですから。そう、口実のおかげでともかくも二、三分は時間を稼げたので、このときとばかりに彼女の自由を奪ったんですよ」

「すると、犯人は最初から多少なりとも暴力に訴える気でいたというんだね？」

「はい、そう思います。おそらくは猿ぐつわをかませて、身体を拘束するつもりだったのでしょう、家捜しの妨げにならないように」

ロジャーは微笑をかみ殺した。警部の言葉遣いはまるで証言台での発言のようだった。「でも、何を捜していたの？」彼はすかさずたずねた。

「なんであれ目当てのものをですよ」警部は表情ひとつ変えずに答えた。

「だったら、どうして被害者の首を絞めたの？」

「先ほどお話しした理由からです。被害者は早々と犯人の嘘を見抜いて助けを呼びそうになった。そこで、犯人はたまたま手近にあった凶器（さっき小耳にはさんだんですが、あれはロザリオなんですか？）をひっつかんで――気の毒にばあさんをバラしちまったんです」警部は唐突に証言台からおりて話を締めくくった。

「なるほど。たしかに侵入してから凶行に及ぶまでの経緯はそれで説明がつくね。でも、真夜中だったというのに、どういう口実なら通ると思ったんだろう？」

「さしずめ、こんなところだったんじゃないですかね、シェリンガムさん」背後から呼びかけられて、ロジャーはふり返った。ビーチ警部が廊下に出てきていた。「こう言ったんですよ――自分はスコットランド・ヤードの刑事だ。職務でこの集合住宅の裏を巡回していたところ、ここの屋上に男がひとりいるのが見えた。おたくのキッチンの窓の真上だ」

「挙動不審者ですね」ふたたび証言台にもどった所轄署の警部がうなずいた。

「そればかりか、煙突にロープを結びつけて階下《した》へおりようとしている。狙いは明らかにこのフラットだ。侵入したところを捕まえたいので、なかに入れてもらえないだろうか？」

「現行犯《レッド・ハンディド》で（直訳すると「手を血まみれにした」）、ですね」所轄署の警部はそのつまらない表現をさもおもしろそうに口にした。「警察官を詐称するとはね。そのぶんだと、もう犯人の目星がついたんですか、ビーチ警部？」

「まあね」

「赤毛のやつとか？」所轄署の警部は用心してあいまいな言い方をした。

ビーチ警部は笑い声をあげて、ロジャーのほうへちらりと視線を投げた。「赤毛《ジンジャー》のマックのことを言ってるのか？ いや、あいつじゃない。フラッシュ・バーティだ」

「フラッシュ・バーティなら、いまはおツトメ中です」

「嘘だろ！」ビーチは悔しそうに言った。

「間違いありません。わたしがこの手でぶちこんでやりました。二か月ほど前の話です。犯行目的で徘徊していたかどで。あと四か月は出てこられませんよ」

ビーチ警部は見るからに当惑していた。「うーん、それは妙だな。こいつはどう見てもフラッシュ・バーティのヤマなんだが」

「フラッシュ・バーティなら人をバラしたりしません」所轄署の警部は自信たっぷりに言った。

「パーティとはつきあいが長いんです。あいつはそこまで抜けちゃいない。いや、そんな度胸はない、と言ったほうが当たっているかもしれませんが」

「誰かがフラッシュ・パーティの手口をまねたんじゃないのかな」ロジャーが横から口を出した。「つまり、フラッシュ・パーティのしわざだと思わせたかったんだよ、警察に」

ふたりの刑事は顔を見あわせて微笑した。

「ぼく、何かまずいこと言った?」ロジャーはたずねた。

「いえいえ、とんでもない」ビーチが安心させるように言った。「メリマンとわたしはただ、あなたは探偵小説のたぐいを大量に読んでおられるのだろうなと思っただけで。どうぞお気になさらず」

第三章

アフォード部長刑事には報告することがたっぷりとあった。

モーズビーとロジャーと所轄署の警部は、部長刑事が気を利かせて調達してきたビーフサンドをほおばりながら、報告に耳を傾けた。時刻は三時になろうとしていた。

「とりあえず動機はつかめました」彼は最初にきっぱりと言った。「被害者には大金を貯めこんでいるという噂があったんです。五百ポンドだか五千ポンドだかをここに置いていたとか」

「ほほう」モーズビーが言った。「ずいぶんと数字がはねあがったな」

「もうご存じだったんですか?」部長刑事がたずねた。

「ここに大金を置いていたらしいということはな。その理由はわかったか?」

「はい。被害者は銀行とか、そういうものをいっさい信用していなかったんです。若いころ数ポンド預金していた小さな個人銀行（個人経営の銀行）がつぶれて以来、銀行には一ペニーたりとも預けようとしなかったとか。それなりの収入はあったらしいのに、どうみても財布のひもは堅かったようですから、噂には多少なりとも根拠があるのかもしれません」

「細かいところまで調べないとな。アフォード、それもきみにまかせるよ」

「了解です。管理人はそのあたりの事情に明るくなかったんですが、この階のもうひとつのフラットに住むミセス・ピルチャードに当たれば、何かわかるのではないかと思います。ミセス・ボイドに言わせると、被害者にとっていちばん友人に近い存在だったそうなので。しかも、唯一の」

「親類縁者はどうだ？」

「ミセス・ボイドの話では、いないんじゃないかと。とにかく彼女の知るかぎり、親類が訪ねてきたことは一度もなかったそうです。ただ、この点もミセス・ピルチャードに訊けばはっきりするかもしれません。それと、ミセス・ボイドによれば、被害者に手紙が届いたのは月に一度だけ、しかも宛名はきまってタイプで打たれていたそうです。もっとも、これは朝の配達分にかぎった話です。朝はミセス・ボイドが仕分けて各戸に届けるので。それ以降はむろん郵便配達員が自分で一軒一軒まわりますから」

部長刑事は手帳を何度も参照しながら、死亡した女性の性格についてミセス・ボイドの話をもとにさらに説明を続けた。だが、おおかたは現場検証を通じてすでに明るみに出ていた事実を裏付けただけだった。たとえば、掃除嫌いだったことは一目瞭然だし、極端なけちん坊だったことも明白だ。さらに、ウィスキーの空き瓶が所轄署の警部の手で大量に発見され、酒飲みだったことも判明した。部長刑事はミセス・ボイドの言葉として、彼女はけんかっ早くて、猜疑心の強い、変わり者だったと述べたが、そんな陰口などいまさら必要なかった。じつにいやなばあさんだったみたいだ、とロジャーは思った。

だが、虫けら同然とは言えない。なにしろ金持ちだったのだ。フラットに保管していたと噂される金は配当金を節約して貯めたものにすぎなかった。ミス・ボイドによれば、資産はすべて優良株に投資されていて、その取引残高は、具体的な数字はわからないが、相当な額にのぼるという。

「なに、それはすぐに調べがつくさ」モーズビーは気安くうけあった。

「自業自得ですよ」余分な金を銀行に預けず、ベッドに隠していたというミス・バーネットの奇癖について、アフォード部長刑事が最後に寸評を述べた。「これまで盗みにはいられなかったのが不思議なくらいです」

ロジャーも同感だった。

部長刑事はさらに手帳をめくると、昨日午後から宵にかけて、この集合住宅周辺で目撃された見知らぬ人物の件に話題を移した。こちらもまた情報源はミセス・ボイドだが、幸いにも彼女には午後になると通りに面した窓のそばに座って針仕事をする習慣があり、しかも、管理人という職業柄、人の出入りには目を光らせていたはずなので、その証言は信頼度が高かった。

ミセス・ボイドの記憶によれば、昨日の昼食時から夕暮れまでのあいだに建物に出入りするのを見かけた者のうち、面識のなかった人物は次のとおり――新任の郵便配達員一名、工具バッグを持った男とその助手らしき若者（三号室の蛇口の修理にきたと思われる）、どこかの政党の選挙運動員一名、『ヨーロッパ戦史』全十二巻（地図と多数の挿絵付き、八ギニー（百六十八シリングに相当）を四十八シリングに大幅値下げ中）の外交販売員一名、何かの寄付集めにきた慈善修道女会の修道女一名。選挙運動員以下の三名については、ミセス・ボイドが直接対応した。それ以外に男性の訪問者が多数、ミセス・ボイドの概算では十人ほど。さらに、ミセス・ボイドの顔見知りや、名前まで知っている者が数人。彼らについては、仕事熱心な部長刑事が全員の名前と人相特徴を聞きだしていた。

首席警部はうなり声をあげた。「うーむ、こちらはあまり役に立ちそうにないな。むろんなかには確認可能な者もいるだろうが、だからといって捜査の助けにはなりそうにない。それに、その管理人、人の出入りを見ていたのは日が暮れるまでだったんだろう？」

部長刑事はそのとおりだと認めた。ただし選挙運動員と修道女が訪ねてきたのはべつで、ミセス・ボイド宅の玄関の呼び鈴を鳴らしたという。

「犯人がやってきたのは日没後とみてほぼ間違いないだろう」モーズビーはぶつぶつ言った。

「なんだ？」ドアのノックに応えて言う。「はいれ」

指紋係のアンドリューズ部長刑事だった。「すべて終わりました。結局、指紋はひとつも出ませんでした」

「そうか、予想どおりだ。本部にもどっていいぞ。むろん、先に何か腹に入れてからな。ビーチ警部はどうしてる？」

「裏庭を見てくるとおっしゃって、階下《した》へおりていかれました。壁のひっかき傷を調べるおつもりではないかと思います。それと、ひとつお知らせですが、エニスモア＝スミス夫妻が到着しました。ご自宅のほうでお待ちです」

「ああ、それはご苦労。では、彼らから話を聞くとしよう。個別にな。まずはご亭主だ。巡査部長に――所轄署の巡査部長にそう伝えてくれ」アンドリューズ部長刑事は部屋を出ていった。モーズビーは部下の部長刑事のほうに向き直った。「アフォード、何かほかにつけ足すことは？」

「とくにありません」

「よし。夫妻にはわたしがここで応対する。きみたちふたりは残ってくれ。あなたも同席をお望みなんでしょうね、シェリンガムさん？」

「おじゃまでなければね」ロジャーは礼儀正しく答えた。

「わたしは気にしませんし、エニスなんとかスミスさんもべつに気にはなさらないと思いますよ。いいぞ、アフォード、お通ししろ」

エニスモア＝スミス氏は五十がらみの陽気な顔をした男だった。いくぶん当惑しているふうだが、同時にわくわくしているようにも見える。戸口のところで足を止めて部屋のなかを見まわすと、すぐさまモーズビーに向かって話しかけた。「何かあったんですか？」なかなかの眼識の持ち主だとロジャーは思った。

「まことに申しあげにくいのですが」モーズビーがこの上なくもの柔らかな口調で答えた。ロジャーは首席警部の態度が急変したのをおもしろそうに眺めた。日頃、役人風を吹かせることはけっしてない男だが、エニスモア＝スミス氏の登場によって愛想のよさがいや増し、一気に花開いたかのように見える。こんなふうに情報を引きだしたい相手を親密さの大きな分厚い雲で包みこんでしまうのがモーズビーのやり方で、この戦術が非常に効果的なことをロジャーはよく知っていた。「じつは、単刀直入に申しますと、昨夜、このフラットでミス・バーネットが殺害されました」

「殺害された⁉」エニスモア＝スミス氏は明らかに心底驚いていた。「まさか、嘘だろ？　いやはや、ひどい話だ。どうかしてる。ってことは、あの物音——いや、われわれ、つまり、家内とわたしはたしかに物音を聞いたんだよ——は、それだったのか。だったら、おい、わたしはすこぶる有益な情報を提供できるぞ。家内ともども目を覚ましちまったんで——」

「ええ、そのようにうかがっております」モーズビーが巧みに口をはさんだ。「だからこそ、わざわざご足労いただいたわけでして。ではまず、お座りになりませんか、ゆっくりとお話ができるように。アフォード部長刑事、エニスモア＝スミスさんに椅子を引いてさしあげろ。さてと、わたしはモーズビーと申します。本庁——つまり、スコットランド・ヤードの首席警部です。そして、これは所轄署のメリマン警部ですので、なんの遠慮もいりません。何もかも包み隠さずお話しいただけるものと確信しております」

こうして和やかな雰囲気が整うと、エニスモア＝スミス氏は最初に氏名と住所と職業を明かす必要があると告げられた。ところが、最後の職業の件について、彼の返答は思いのほか歯切れが悪かった。

「映画配給業、そうしておいてもらうかな」あやふやな口調で言う。「自分の裁量で映画を配給していたのは、もうずいぶん前の話なんだが。とにかく、以前はそういう仕事をしていた。

景気がいまよりずっとよくて、ちゃんとした映画を手頃な価格で提供できたころには。いまのわたしは」エニスモア＝スミス氏は率直につけ加えた。「なんと言ったらいいのかわからんな」

「そうですか」モーズビーはなだめるように言った。「なに、かまいません。映画配給業と。では、ゆうべ耳にされたことをできるだけ正確にお話しください」

「いいとも。ゆうべは家内もわたしもかなり早めに床《とこ》についた——最近はしばしばそういうことになる。年には勝てんよな。で、わたしは熟睡するたちだし、家内もいつもはそうなんだが、ゆうべは夜中に家内に起こされた。『いったいミス・バーネットは何をしているの？　ほら、聞いて。まるで家具をほうり投げているみたいじゃない』一言一句までは憶えていないが、だいたいそういうようなことを言った。そんなわけで聞き耳を立てていると、驚くなかれ、すぐにやかましい音がするじゃないか。まるで洗面器を二、三個部屋の反対端まで投げ飛ばし、そこへ今度はヘアアイロンを二、三本投げつけたみたいだった。『おいおい、夜中になんの騒ぎだ？』わたしは言った。まあ、そんなふうなことをな。『あの人、大丈夫なのかしら？』家内が訊くから、わたしは答えた。『そうだな、彼女が楽しいわが家をめちゃくちゃにしたいっていうんなら、誰に止められる？』おたくらの耳にはいってるかどうか知らないが、ミス・バーネットには変わり者だって噂があったんだよ。それにしても気の毒に。まさかこんなことになるとは——」

「時刻まではおわかりになりませんよね？」

「いやいや、それこそわたしが最初に確認したことでね」エニスモア＝スミス氏は勝ち誇ったように言った。「家内に訊いたんだよ、『とにかく、いま何時だ？』って。家内は枕元に時計――ほら、暗闇で針が光るのがあるだろ――を置いてて、『一時二十分』と答えた」

「ありがたい」モーズビーは本心から言った。「助かりました。これはとても貴重な情報になりそうです。ところで、物音はその後も続いたのですか？」

「いや、わたしの聞いたのが最後だった。だが、家内の話では、わたしが目を覚ます前からかなり長いあいだ続いていたらしい。とにかく、われわれは寝返りを打つとまた眠りについた。しかし、まいったな！　ちょうどそのとき、あのばあさんはバラされてたわけだろ、まさにわれわれの頭の上で。うちの間取りはここととまったく同じなんだよ。ほんと、ひどい話もあったもんだ。ところで、どうやって殺《や》られたんだ？」

首席警部はエニスモア＝スミス氏のごく当たり前の好奇心を多少とも満足させてやり、さらにいくつか質問を続けた。しかし、重要な情報はもう何も出てこなかった。頭上のフラット内での足音や外壁を引っかくような音は聞いていなかったし、昨晩、建物の周辺で不審者がうろつくのも見てはいなかった。

ロジャーが驚いたことに、事情聴取は終わりだと誰の目にも明らかになったときになってモーズビーが彼のほうを向いて言った。「最後にあなたから何か質問がありますか、シェリンガムさん？」

ロジャーは首席警部をにらみつけて気を落ち着かせた。とくにないと返事しようとしたとき、ふと思いついたことがあった。「そうだ」彼は言った。「出身校はどちらですか？」

「出身校？　ラドリー（オックスフォードシャーにあるパブリックスクール）だが。それが何か？」

「いや、なんでもありません」ロジャーは言い、モーズビーにうなずいて合図した。

エニスモア＝スミス氏は手際よく退出させられた。

「ぼくから質問があるかなんて、いったいどういうつもりだよ？」ドアが閉じるとすぐにロジャーはきつくたずねた。

「なぜって、この事件をわれわれより先に解決なさりたいのでしたら」首席警部はぎこちなくウィンクした。「せっかくの機会を奪ってしまうのも失礼かと思いまして」

「いや、今回は張りあう気はない」ロジャーは笑い声をあげた。「ぼくの好みは難事件だからね」

「なるほど。それで、エニスモア＝スミス氏をどう思われましたか？」

「きみを〝ご同輩〟扱いしないようにするのに苦労してたみたいだね」

「言い得て妙ですな」首席警部はふくみ笑いをした。「ほかには？」

「そうだな、人なつこい男だが、一時《いっとき》の感情にとらわれやすい。どうみても昔はずっと羽ぶりがよかったようだ。それと、想像力は豊かだね。いちばんショックを受けたのが、自分が寝返りを打ってふたたび眠りにつこうとしたとき、頭上では人が殺されようとしていたってことだったんだから」

「そこのところは違うんです」モーズビーがうっかり口を滑らせた。「あの夫婦が目を覚ました物音は殺人者が金品を物色していたときのものです。そのときすでに被害者は絶命していました、殺害されたのはふたりがまだ眠っているあいだのことです。よし、アフォード、奥方にはいってもらえ」

ミセス・エニスモア＝スミスは抜かりなく連れ合いから引き離されていたのだが、その証言は夫の言葉を裏付けるものばかりで、新たにつけ加えることができたのは例の物音に関する情報だけだった――夫を起こす前に何度かずしんという音がした。家具を力任せにひっくり返したような感じで、投げ飛ばしたふうではなかった。彼女は背の高い、白髪交じりの髪をした美貌の女性で、口数は少なく、突然の隣人の訃報に驚いているのは言うまでもないが、夫君よりずっと冷静に受け止めているように見えた。ロジャーは、この女性《ひと》はいくぶん楽天的な性格の連れ合いにくらべ、ずっと実際的で、なおかつ、有能なのはほぼ間違いないだろうと判断した。名字の〝エニスモア〟は、箔《はく》をつけるために彼女の旧姓から拝借してきたものにちがいあるまい。

「次は向かいのフラットの住人だな」ミセス・エニスモア＝スミスが部屋を出ていくと、モーズビーは言った。「名前はなんだっけ？　そうだ、ミセス・ローチだ」

「ピルチャードです」アフォード部長刑事が遠慮がちに小声で訂正した（ローチとピルチャードはいずれも魚の名前）。

「ピルチャードか、うん。すぐに話を聞けるか？」

「そのはずです」所轄署の警部が苦笑しながら答えた。「わたしがここに到着した当初、遺体に会わせろとごねましてね。だからといって、何ができると思ったのか見当もつきませんが。とにかくなだめて自宅に引きとってもらいました」

「きみは人の扱い方を心得ているからな、メリマン」モーズビーは言った。

「さあ、どうですかね」所轄署の警部は謙遜して言った。「今回だって、うちの巡査とふたりして家のなかまで追いたてていったというのが正直なところです。まだなかにいるでしょう――というか、いるはずです、うちのやつが見張りを怠って居眠りしていないかぎり」

「では、解放してさしあげるとするか」モーズビーが言った。「アフォード、彼女を引っぱりだしてきてくれ」

アフォード部長刑事は巻き貝とピンがどうの（「巻き貝の身をピンでほじくりだす」には「情報を人から引きだす」の意味もある）とつぶやきながら部屋を出ていった。

「退屈しておられるようですね、シェリンガムさん」モーズビーがからかうように言った。

「つまらないもんでしょう、実際の警察の仕事というのは？」

「退屈？　とんでもない。ちょっと考えごとをしていたんだ。要するに、この事件の犯人はゆうべ度を失った《ロスト・ヒズ・ヘッド》（「斬首刑に処された」という意味にもなる）ってことだよね？」

「いや、まだ首はつながっていますよ。判決が出て一か月もしたらどうか知りませんが。どうしてそうお考えになったんですか？」

「だって、大きな物音を立てたんだろ？　さっきビーチに、下の階に住んでる人が何か物音を聞いてたとしても驚かないねみたいなことを言ったら、見かけから想像されるほど大きな音はしなかったのではないかと教えられた。家具は力任せに倒したのではなく、そっとひっくり返したただけだろうって。ところが、ミセス・エニスモア＝スミスの話では、家具は力任せに倒されたのが事実らしい。それで、犯人は度を失ったにちがいないと思ったんだ」

「そもそも度を失ったからこそ人を殺《あや》めたんです、おっしゃるとおりですよ。それにあわてていたので物音を立ててしまったというのもありそうな話です。おそらく物音を立てた拍子に、われに返ったのでしょう。このことはエニスモア＝スミス夫妻が聞き耳を立てていたのに、足音を聞いていないという事実と一致します。犯人はその場にじっと立って、自分が人に警戒心を起こさせるような愚をやらかしたのかどうか見きわめようとしたんでしょう」

「だとしたら、われに返るのにずいぶんとまあ、にぎやかな音を立てる必要があったんだね」

ロジャーは皮肉っぽく言った。「家具を倒すだけでは足りなかった。洗面器を二、三個部屋の反対端まで投げ飛ばし、そこへ今度はヘアアイロンを二、三本投げつけて、ようやく冷静さを取りもどした。そういうことか？」

「あなたはちょっとした議論がお好きですよね、シェリンガムさん」モーズビーは辛抱強く言った。

ロジャーは笑い声をあげた。たしかにちょっとした議論は好きなほうだった。

ミセス・ピルチャードが連れてこられ、この件についてそれ以上議論が展開する可能性はなくなった。

ミセス・ピルチャードはいくぶん背の低い、いくぶん太り気味の女性で、やぼったい服装をしていた。顔には涙のあとがまだ幾筋も残っていたが、悲嘆のあまり怒りを忘れるほどではなかった。それどころか怒り狂っていた。開口一番、かすかなアイルランドなまりで、警察の残酷さと無能さについて早口にまくしたてた——自分は故人のこの世でたったひとりの友人だったというのに、亡骸《なきがら》につき添わせてくれないなんて、そんな無体な話があるものか。

ロジャーはモーズビーが彼女を手なずけるやり方に舌を巻いた。ものの三分もすると、ミセス・ピルチャードは同じように早口で首席警部にわびの言葉を述べていた。友人の仇を討つために骨折ってくださっているのに、愚かにもそのじゃまをしてほんとうに申しわけなかったと。彼女の態度がこんなふうに豹変したのはもちろんモーズビーの手腕によるところが大きいのだろうが、ケルト人特有の気性の激しさも多少は関係しているのかもしれないとロジャーは分析した。

こうして和解が成立し、ミセス・ピルチャードは情報提供者としての役割を果たすことに同意した。

彼女に言わせると、ミス・バーネットが自分に秘密にしていたことはほとんどなかったらしい。実際お望みなら、故人の一代記を物語ることもできる。あるいは、自分の一代記でも。刑事さんのお好きなように、選んでくれさえすればいい。

首席警部はまず記録のために、あなた自身についていくつか質問したいと答えた。

これについてはすぐに答えが返ってきた。ミセス・ピルチャードは未亡人で、旧姓はケリー。アイルランド生まれで、父親はコークで事務弁護士をしていた。彼女がわずか十二歳のときに父親は亡くなり、イングランド出身だった母親は生まれ故郷のイーストボーンにもどり、一家は親類縁者の助けを借りながら細々と暮らしを営んだ。ミス・ケリーがピルチャード氏と知りあったのもその町でのことだった。ピルチャード氏はブラッドフォードの羊毛商で、ふたりはたがいに好感を持った。やがて結婚し、夫婦はブラッドフォードの郊外にこぢんまりとした一軒家を構えた。ピルチャード氏は事業に成功した。戦争に助けられ、賢明にも戦後の最盛期のうちに事業から手を引いた。そして夫としての善行の総仕上げとして、妻に全財産を遺して亡くなった。その結果、彼女はぜいたくさえしなければ、どこでなりともそこそこ快適な生活を送れる身分になった。こうして選んだのがロンドンで、六年前、このモンマス・マンションに引っ越してきた。ミス・バーネットはかなり前からここに住んでいて、羊毛商の未亡人をひと目で気に入ったらしい。管理人からあからさまに驚いた顔をされたが、ふたりのあいだにはたちまち友情が芽ばえ、日増しに親密度も深まっていった。ミス・バーネットは思わず知らず腹心の友を求めていたにちがいない、いちずに失われた時間を補おうとしはじめた。この二年間、少なくとも、ミセス・ピルチャードの知るかぎり、ふたりのあいだに隠しごとは何ひとつ存在しなかった。

「ほほう」ミセス・ピルチャードの早口の長広舌が一段落すると、モーズビー首席警部はすかさず口をはさんで、話題を彼女の友人へと転じさせた。

「いいですとも。アデレード――ミス・バーネット――はノッティンガムの生まれです。そこの食料雑貨商の娘。ええ、食料雑貨商なんですよ。こういうことは先にお話ししといたほうがいいでしょうけど」ミセス・ピルチャードは嘆かわしそうに言った。「アデレードは上流女性《レディ》ではなかったんです」

首席警部は共感のしるしに舌打ちしてみせた。

ミセス・ピルチャードの話が進むうちに、故ミス・バーネットは上流の出でなかったばかりか、とうてい淑女《レディ》とは言いがたい性格だったとわかってきた。ことの始まりは食料雑貨商バーネット氏の死だった。当時はまだ、鋭い目をした政府の検査官が携帯用の秤《はかり》を手に食料雑貨商の心を悩ませにくる時代ではなかったから、一家の暮らしにはかなりの余裕があった。遺族はふたりの子供だけ――ミス・バーネットとその弟だ。バーネット氏は娘に対してコンソル公債と年四分利付インド公債で、二万ポンド相当を遺した。息子には事業だ。だが、家屋と家具については、遺言状になんら規定が設けられていなかった。それらは当然、事業と一体のものだと弟は主張した。いっぽうミス・バーネットは、年四分利付インド公債に付随するものだと考えた（この点についてのミス・バーネットの主張は完璧に正しいとミセス・ピルチャードは太鼓判を押した）。どちらも譲歩しなかった。最終的に、より協調的な性格の弟から妥協案が提示された。家屋と家具を売却して、その利益を折半しようというのだ。この侮辱的な提案をミス・バーネットは即座に一蹴し、弟が商用でロンドンへ出かけたときをねらって自分ひとりの裁量で家屋と家具を売り払い、その収益で意気揚々とモンマス・マンションに引っ越した。弟は、その金額で姉さんを厄介払いできるのなら安いものだとの趣旨の手紙を送りつけることによって鬱憤《うっぷん》を晴らした。それが二十八年前のことで、以来、姉弟は音信を絶った。

「なるほど」首席警部は言い、あごをなでた。「その弟さんに連絡をとらなければなりませんな。いまもノッティンガムにお住まいかどうかご存じですか?」

「いいえ、いませんよ」ミセス・ピルチャードはすぐさま答えた。「いまは地獄ですからね」

「なんですって？」首席警部はぎょっとして言った。

ミセス・ピルチャードの説明によれば、バーネット・ジュニア氏は無力な女性を侮辱するような下等な人間だったのに、食料雑貨商のようなつまらぬ仕事は自分にふさわしくないと考えたのだという。姉と仲たがいしたあと、すぐに事業を手放し、彼女の知るかぎり、その売却益のほとんどを色つき写真という、彼がかねてからかなりの関心を寄せていた技術に投資した。実験はすべて失敗に終わり、資金も尽きて、バーネット・ジュニア氏は失意のうちにこの世を去った。「ですけどね」ミセス・ピルチャードは審判を下した。「当然の報いですよ」

「まったくですな」首席警部は如才なくつぶやいた。「では、ご姉弟《きょうだい》はその後また行き来するようになっておられたんですか？」

「まさか、あんな扱いを受けたんですよ、無理にきまってるじゃありませんか。彼の娘、ミス・バーネットの姪が手紙で父親の訃報を伝えてきたんです。わたしも読ませてもらいましたけど、あんなにそっけない、形式ばった手紙を見るのは初めてでした。『二十年以上にわたり父と伯母さまのあいだで音信が途絶えていたのは承知しておりますが、親族の義務として父が他界したことをお知らせします。葬儀の日時と会場は下記のとおりです』とそれだけなんですから。無礼もいいところ。まさにこの父にしてこの娘あり、ですよ。ミス・バーネットはもちろん無視しました。手紙が来たのはそれっきりです」

「ほほう。では、ご存命の親族がいるわけですな？」

「手紙が来て初めてわかったんですけどね。そのときが初耳でした。そもそも弟さんが結婚したことも知りませんでしたし」

「その娘さんに兄弟姉妹がいるかどうか、あるいは、ひとりっ子なのか、ご存じありませんか?」

「さあねえ。手紙にはそのあたりのことは何ひとつ書かれてませんでした。そういうことこそ伯母さんは関心を持つだろうって想像がつきそうなもんなのに。だって、伯母さんはそのとき初めて姪の存在を知るわけでしょ」

「とにかく」モーズビーは陽気に言った。「姪御さんがいらっしゃることははっきりしました、その後、亡くなっていなければ。つまり、彼女が最近親者に相当します。アフォード部長刑事、頼まれてくれ。探しだすのはわけないと思う。その手紙もいずれここで見つかるかもしれん」

「まさか」ミセス・ピルチャードは鼻を鳴らした。「あの手紙なら、ふたりで目を通したあと、アデレードがすぐ暖炉の火にくべました。でも、名前ならわかります。ステラです。ステラ・バーネット、手紙の最後に堅苦しくサインしてましたからね」ミセス・ピルチャードは憤慨したように言った。「おまけに、あきれた話ですけど、亡骸はゴールダーズグリーン(ロンドン北部)で火葬に付す予定だとありました。手紙に書いてあったのはそれで全部です」

モーズビーがロジャーの目配せに気づいて、あなたは火葬を認めていないのか、といささか個人的な質問をした。

「認めるもんですか」ミセス・ピルチャードはきっぱりと答えた。「聖書の教えに反します。

『彼処《かしこ》にては、その蛆《うじ》つきず』（新約聖書『マルコ伝福音書』九章四十八節）って言いますでしょ。地獄で消えない蛆虫が火葬場ごときで消えるわけがありません」

「でも、たしかその先は『火も消えぬなり』と続くのでは？」ロジャーが穏やかに口をはさんだ。「そこのところは火葬場にぴったり当てはまるように思うんですが」

ミセス・ピルチャードは宗教論争に決着をつけるときの常で、鼻を鳴らして強がってみせた。

「ちょっとちょっと、話が脱線しかかっていますよ」モーズビーが言った。「ええっと、バーネット氏はゴールダーズグリーンで火葬に付される予定だったんですな？　それさえわかれば調べはつきます。いつごろの話ですか？」

少なくとも五年以上前だとミセス・ピルチャードは答えた。さらに、差出人の住所はハートフォードシャーで、なんとかウッドという町だったという。モーズビーはメモをとると、今度は被害者の資産の件へと話題を転じた。

ミセス・ピルチャードはふたたび情報の宝庫としての本領を発揮した。ミス・バーネットは父親から遺贈された財産の投資先を変えることは一度もなかったが、コンソル公債の評価額が下落するいっぽうだったので、出費には注意の上に注意を重ねざるをえなかった。こうしてやむをえず節約していたのに、悪意でねじ曲げられて、けちん坊だという評判が立った。とはいえ、はいってきたお金を使いきる、あるいはそれに近いようなことはもちろんしなかった。だが、分別のある人がそんなことをするだろうか？　「アイルランド人はべつかもしれませんけどね」ミセス・ピルチャードは陽気に言った。「わたしたちアイルランド人が分別に欠けることは周知の事実ですから」

「ミス・バーネットは蓄えた金をどうしていたんですか?」モーズビーはアイルランド人の特異性については触れずに質問を続けた。

「しなかったことならお教えできますよ」ミセス・ピルチャードは熱意をこめて答えた。「銀行には預けませんでした。何度も何度も口を酸《す》っぱくして言ったんですよ。『アデレード、悪いことは言わないから——』」

「ここに置いていたんですね?」

「だから言わんこっちゃない」ミセス・ピルチャードは突如として涙声になった。「殺されたのはそのせいなんでしょ。こうなることはわかってた。わかってたのよ。でも、あの人は耳を貸そうとしなかった、一度だって。ええ、お金はここに置いてました。配当支払証書が届くと、すぐに現金化してベッドの下の収納箱にしまってたんです。お金が必要になると、そこから取りだして、何から何まで全部現金で支払ってました。ときどき、箱がほとんどいっぱいになると、コンソル公債かインド公債を買い足してましたけど(ほかのものには手をつけませんでした)、しょっちゅうあることじゃありませんでした。お金は自分の目の届くところに置いておきたいってよく言ってました、そのほうが安全だからって。彼女が箱のなかのお金を数えるのをわたしは何度も何度も手伝ったもんです。でも、お勘定はいつだって一シリングの狂いもなくぴったりあいました。数字には強かったんですよ、あの人。ええ、ベッドの下の収納箱です。たぶんいまはなくなってるでしょうけど」

「いや、まだあります。ただ、なかは空《から》ですが」ロジャーは眉を上げた。収納箱の話は初耳だった。そもそもこのフラット内に隠されていたとされる現金について捜索が行なわれたという事実すら知らなかった。

「金額はどれくらいだったかおわかりになりますか？」

ミセス・ピルチャードは考えこんだ。「ええっと、最後に確かめたのは一か月ほど前です。わたしが憶えているかぎり、六百ポンドぐらいはありましたね。ええ、五百と六百のあいだだったはず。ほとんど全部、一ポンド札と十シリング札でしたよ」

モーズビーは口笛を吹いた。「いやあ、部長刑事、きみの言葉どおり、動機に疑いはないな。その金額なら常習犯はみな手を出したくなるよ。これまで被害にあわなかったのが不思議なくらいだ」

首席警部はさらにいくつか質問を続けた。おもに昨夜の騒ぎに関するものだったが、収穫は何もなかった。ミセス・ピルチャードはなんの物音も耳にしていなかった。ミス・バーネットのフラットの窓からロープがぶら下がっていることはミセス・ボイドに言われて初めて知ったし、けさはたまたま訪ねる機会もなかった。彼女の説明によれば、いくら親しいといっても、いつもいっしょにいるわけではないのだという。午前中はフラットから一歩も外に出なかったので、ミス・バーネットの牛乳が取りこまれていないことには気がつかなかった。とはいえ、一時前にミセス・ボイドが相談があると言って訪ねてきたときには、すぐに向かいの、このフラットのドアをノックした。応答がなかったとき、警察を呼ぶべきだと主張したのはこのわたしてある――自分は正しいことをしたのだと充分に自覚しつつ、その事実を他人《ひと》にも認めさせたい一心で、ミセス・ピルチャードはこの点をとりわけ強調した。

事情聴取を終えると、モーズビーはミセス・ピルチャードに寝室への立ち入りを許可した。こうして彼女は、アフォード部長刑事の付き添いのもと、遺体が安置所へ運ばれる前に、友人に最後のお別れをした。

「さあて、ひとまず終わりだ」モーズビーは大きく伸びをした。「あと、ほかにも隠し場所がないかどうかもう一度確認する必要があるが、まあ、あまり期待はできんだろう。間違いなく犯人が持ち去ってるよ。捜索はきみにまかせていいか、メリマン？　というわけで、シェリンガムさん、殺人事件の捜査というのはざっとこんなものなんです。退屈でしょう？」

「なんのなんの、じつに興味深い。で、犯人逮捕に至るまでに、きみの計算ではどれくらいかかりそう？」

首席警部はあくびをした。「ここを引きあげるころには、ビーチから名前ぐらいは報告があるでしょう。わたし自身、目星をつけていないわけでもありません。犯人はむろん鳴りを潜めているでしょうが、われわれにだってそれなりの手はありますからね。どうだろう、メリマン、犯人の居場所を突き止めるまでにどれくらいかかる？」　四十八時間ってところか？」

「最長で、ですね」所轄署の警部は同意した。「では、目星がついたんですか？　ビーチはフラッシュ・バーティの手口に似ていると言っていましたが」

「フラッシュ・バーティは目下、塀のなかだろ」モーズビーは愛想よく言った。「わたしの頭に浮かんだのは次の三つの名前だ――サム・ロバーツ、アルフ・ジャクスン、ジム・ウォトキンズ、別名キャンバウェル・キッド。どれでも好きなのを選ぶといい」

「サム・ロバーツの線はないと思うんですが」メリマン警部がおずおずと言った。

「うん、まあな。しかし――どうぞ！　ああ、きみか、ビーチ。どうした？」

「ちょっと確認したいことがあって本部にもどっていました」ビーチ警部は言った。「CROからカードを七枚持ってきたんですが……」サイドテーブルに置かれたままの小さな泥のかたまりにかがみこんで、熱心に調べはじめる。

「七枚ねえ」モーズビーはおどけた口調で言った。「こっちは賭ける札を二枚に絞りかけてたんだがなあ」

「それなら、一枚に絞れますよ」ビーチは身を起こしながら言った。「これで決まりです。わたしは専門家ではないですが、この土には見覚えがあります。以前、扱ったことがあるんです。独特の赤褐色で、砂岩の粒が大量に含まれている。どこにいたってわかります。出どころはケント州のブレイシンガム、ロンドンから二十マイルほど行ったところにある町です。やれやれ、大助かりだ」ビーチ警部はひとり悦に入っていた。

「もったいぶるなよ、ビーチ」モーズビーが笑顔でたずねた。「誰なんだ？」

「ジム・ウォトキンズです。やつはブレイシンガムに女がいますんで」

「わたしの勝ちだ」モーズビーはそっけなく言った。「たしかにそれで決まりだな、ビーチ。ホシはキャンバウェル・キッドか」

「その泥のかたまりだけを頼りに犯人を割りだしたっていうの?」ロジャーは驚いて言った。

首席警部は勝ち誇ったような顔つきをしていた。「いいえ、違います。これが最後の決め手になるというだけです。わたしは注目すべき点を二十二項目書きだしました――集合住宅をねらったこと、侵入方法、脱出手段、酒に手をつけたこと、食料品に手をつけなかったこと、手元を明るくするのにろうそくを使用していること、家具等を故意に破壊していること、物音を聞かれていること、などなどです。日頃の手口がこの項目に十五以上合致するのは四人、二十ではふたり、二十一となるとひとり、二十二項目全部当てはまるのはジム・ウォトキンズだけなんです。こうした項目をわれわれの用語で犯罪手口《モウダス・オペランディ》と言いまして、これを検討していくのがいちばん確実な方法なんです。その泥のかたまりは確実性を高めるおまけのようなものにすぎません」

「ふーん、そうなんだ」ロジャーは答えた。

「ここまで来れば、あとわれわれに残された仕事は」モーズビーは話を続けた。「犯人を逮捕し、頭の鈍い陪審員を納得させうる証拠を固めることだけです。この点については自信があります、いくら陪審員の頭が鈍かろうとね。ええ、シェリンガムさん、お望みなら、これから四十八時間以内に、素敵な狭い独房のなかでジム・ウォトキンズ氏と握手する機会を作ってさしあげてもよろしいですよ」

「ご配慮痛み入る」ロジャーはお義理で言った。「しかし、地域住民のひとりとして、警察の自信たっぷりな言葉が聞けたのはうれしいかぎりだ」

「いや、それにしてもまいりましたね」所轄署の警部が嘆くように言った。

「まいったって何が?」

「あのキッドがこんな情けないまねをやらかしたことがですよ。見損ないましたよ、いや、ほんと」メリマン警部の口ぶりは、不可解にも正道を踏みはずした、近しい尊敬する友人について語っているかのようだった。

第四章

ロジャーはオールバニー（ピカデリーにある高級アパートメント、当時は単身者向けだった）の自宅にもどり、たしかにじつに興味深かったが、わくわくさせられるような要素は皆無だったと考えていた。今回ばかりは警察の捜査に割りこんでやろうという気持ちはいっこうにわいてこなかった。モーズビーが説明してくれたとおり、今度の事件はまさにスコットランド・ヤードが組織として対応すべきたぐいのもの――すなわち、プロによる犯罪だ。いや、性質からすれば、その変種と言うべきか。なぜなら、プロの犯罪者はめったに殺人に手を染めないからだ。殺人者百人のうち九十九人について、警察は何ひとつ情報や記録を持っていないし、彼らが凶行に及ぶのはそれが最初で最後だ。ゆえに、殺人事件百件のうち九十九件について、警察組織は不慣れな、とまでは言わないにせよ、犯罪記録部のデータには頼らないやり方で捜査を進めることになる。そして、九十九件中九十八件までは見事に解決して自画自賛するわけだ（最後の九十九件めこそが探偵小説のネタになる。あとの九十八件は、モーズビーの台詞《せりふ》を借りれば、退屈だ）。

とはいえ、多少なりともまだ興味はあったので、ロジャーは二日後の朝、捜査の進み具合を訊きたくてスコットランド・ヤードまでモーズビーに会いにいった。その日の朝刊各紙は、捜査に進展はないが、当局は犯人の早期逮捕になお自信を持っていると報じていた。

モーズビーは事件を部下の手に預けてしまったも同然のようだった。彼の説明によれば、これ以上自分にできることは何もなく、この先はお決まりの手順が続くだけなのだという。犯人の正体について合理的な疑いはなんら存在しない。その後明らかになった事実は、自分とビーチ警部の結論を裏付けるものばかりだった。たとえば、例の泥のかたまりの出どころについては、まさにビーチ警部がにらんだとおりの分析結果が出た。ビーチがカードを選びだした残りの六人については、事件の晩の行動が細大漏らさず調べあげられたが、不審な点はひとつも見つからなかった。さらに、キャンバウェル・キッドはこの数日いつもの立ち寄り先に顔を出しておらず、親しい仲間たちも誰ひとり居場所の見当がつかないでいる。このこと自体、犯行を認めたに等しい。あとはただキッドの消えた足跡が発見できるかどうかにかかっている。

「それも時間の問題ですよ、シェリンガムさん」モーズビーはあくびまじりに言った。

「じゃあ、とくに新しい情報はないの？」

「あっ、そうそう、忘れていました。もうひとつ証拠が手にはいったんです。事件の晩、モンマス・マンションとは逆方向へ猛然と走り去る男を数人が見かけています。目撃推定時刻には、午前一時二十分より午前一時三十八分までと幅があるんですが」

ロジャーは首席警部の口から自然とこぼれた役人らしい言い回しに苦笑した。「で、彼らの語るその男の顔かたちはキャンバウェル・キッドに合致するっていうんだね？」

「ええ、まずまず一致します。満足のいく程度には。むろん、ほんの一、二秒のあいだに人の顔かたちを正確にとらえるのは不可能ですから、目撃者の記憶が千差万別なのにはきっと驚かれるでしょう。いつもそれで苦労させられるんですが、実際、これなど、そのいい見本ですよ」モーズビーは分厚いファイルを手元に引き寄せて、ページをくった。「ああ、これだ。『アルバート・ウィギンズ氏、青果商、ユーストン・ロード在住。帰宅途中、プラッツ・ストリートでひとりの男が全速力で彼を追い越し、ユーストン・ロードとの角を左折していった。とくに注意して見ていたわけではないが、布製の縁なし帽を目深にかぶり、質素な服装をしていたので、肉体労働者ではないかと思われる。がっしりした体つき、凶悪な顔つき。推定時刻は午前一時二十分（注記　目撃者は小柄で、気の弱い性格らしい）』
『ジョン・クロス氏、お抱え運転手。雇い主の車をモンマス・ミューズ（モンマス・マンション裏手の小道をはさんで反対側の一画）の車庫に入れようとしているとき、ひとりの男がマンション裏の塀を乗り越えてきて、小道を走り去った。とくに不審には思わず、あとを追ったりもしなかった。男の外見ははっきり憶えている。トリルビー（つば幅の狭い中折れ帽）をかぶり、平服の背広姿だった。やせ型で、紳士ふう。推定時刻は午前一時二十二分』
『ミセス・メイベル・ジャントリー。通いの家政婦《チャーウーマン》（いわゆるお掃除おばさんですな）。ストーンズ小路の前を通りかかったとき、小路からひとりの男がとびだしてきて、プラッツ・ストリートをユーストン・ロードのほうへ走っていった。彼女は道路の反対側にいた。男は軽いレインコートを着て、帽子はかぶっていなかった。とりわけ気になったのは無帽だったことで、レインコートと不釣り合いに思えた。男は小柄で、大きな丸顔をしており、顔に血の気はなくおびえたふうだった。一瞬にして見えなくなった。推定時刻は午前一時三十八分（注記　目撃者本人がその時刻にプラッツ・ストリートにいた理由についての説明はあやふやで、当時、アルコールの影響下にあった可能性が否定できない）』
『アルフレッド・タナー氏、バスの車掌。プラッツ・ストリートを通り過ぎた直後、ユーストン・ロードをウォレン・ストリート駅の方向へ全速力で走る男を目撃。バスは速度を上げて走行中だったが、男はしばらくバスとほとんど並走していた。目撃者は男に注目していた。それほど急いでいるのならどうしてバスに飛び乗らないのか、不思議に思ったからだ。男は無帽で、道路からはずっと顔をそむけていた。やせ型で、青いサージのスーツを着ていた。スーツは安物ではなかったが、着古されていた。レインコートを着ていなかったのはたしかだ。バスが追い抜いてしまうと、顔が見えるようになった。蒼白で、力走によりゆがんでいた。尾羽打ち枯らした紳士という印象。息も絶え絶えで、見るからに疲労困憊《こんぱい》していた。男からはずっと目を離さなかったが、やがてトテナム・コート・ロードへ曲がるのが見えた。推定時刻は午前一時三十二分（注記　目撃者は聡明で、観察力もあり、信頼の置ける人物と思われる）』
『エドワード・ロフティ巡査、識別番号XZ一一五八。ユーストン・ロードと、トテナム・コート・ロードならびにハムステッド・ロードとの交差点（トテナム・コート・ロードとハムステッド・ロードは同じ一本の道で、この交差点を境に名称が変わる）で交通整理業務に従事。深夜を過ぎても道路はかなり混雑していた。ユーストン・ロードをユーストン駅のほうからゆっくり走ってくる男を目撃。見るからに苦しげに、ひどくあえいでいた。男はトテナム・コート・ロードのほうへ曲がった。やせ型、無帽。青い背広姿で、レインコートは着ていなかった。顔は始終そむけていた。上着の右のポケットが大きくふくらんでいた。身長五フィート八インチほど。肉体労働者では断じてなく、事務員ふう。走り方は若い人のようだったが、疲れきっていた。推定年齢は三十歳かそれ以下。目撃時刻は一時三十分。男を追跡すべきか迷ったが、交通量がまだ多かったため、持ち場を離れるのは得策ではないと判断した』

この大間抜けが！」モーズビーは役人らしからぬ悪態で話を締めくくった。

「しかし、いまのはほんとに全部、同じ男の話なの？」ロジャーはたずねた。「最後のふたつはよく似てたけど、あとのときたら――」

「いつもこんなものです」モーズビーはそっけなく答えた。「それに、今回のバスの車掌のような信頼の置ける目撃者に当たることはまずありません。まして、われわれの身内となると奇跡に近いですよ」

「それはそうと、犯人は塀を乗り越えたところを見られてる。これはついてたね。痕跡はあったの？」

「ええ、はっきりと。まあ、乗り越えた場所がわかったところでなんの役にも立ちませんが」

「で、目撃者の語る男の外見――信頼の置けるのにかぎっての話だけど――はジム・ウォトキンズとかなんとかいうやつの風采と一致するんだね？」

「はい、ぴったりと。やつは小柄で、いつもこぎれいにしています。一見、一流店の店員ふうなんですよ」

「なるほど、だったら申し分ないな。ところで、フラットの捜索のほうは？　その後、何かおもしろそうなものは見つかった？」

「いいえ、小銭ひとつ。犯人がそっくり持ち去ったんですよ。ええ、何も出てきません、遺言書すら」

「ほう、すると姪が相続するわけか。運のいいお嬢さんだ。それともお兄さんがいるのかな？もう探し当てたんだろ？」

「ええ。現住所はテオバルズ・ロード界隈のフラットです。秘書の仕事をしているらしい。兄弟姉妹はいません、ひとりっ子です。しかし、相続の件となると……」モーズビーは肩をすくめた。

「どうしたの？」

「いや、それが相続する気はないと言うんですよ。その一点張りで。あれでは弁護士の先生がたでも翻意させられるかどうか怪しいものですな。当人いわく、伯母には会ったことがないし、聞き及んでいる話からすると、会わずにすんで幸いだった。伯母は自分に財産を遺す気などさらさらなかったはずだし、必ずどこかに遺言書があるはずだ。それに、万が一遺言書で自分が相続人に指定されていたとしても、遺産には一ペニーたりとも手をつけるつもりはない。たとえ亡くなっているにせよ、父にあれほどひどい仕打ちをした伯母のような人に対して義理立てするのは絶対にお断わりだ、とまあこんな具合なんですよ」

「ほんとに？」ロジャーは興味を引かれてたずねた。

「そうなんです。じつに意志の強いお嬢さんという印象ですね。わたしの説得が効いて、当座は伯母さんの葬儀の手配やら、フラットの管理やらを引き受けてくれることになりました。しかし、それもこちらが親族としての義務だなんだと、さんざん説教じみた話をしたからで。向こうには、引き受けるにしても正当な相続人が現われるまでだ、と釘をさされましたよ」

「まるでライシーアム劇場のメロドラマだ」ロジャーは寸評した。「しかしそのお嬢さんは――うーん、どう評したらいいのかわからないな。噂を聞いて反感を抱いていた、よく知らない人から二万ポンド遺贈されることになったとする。ぼくだったら〈猫の家〉（野良猫の保護団体）だのなんだのに寄付しようって気にはならない。『こりゃどうも』と言って、ありがたくちょうだいするよ。きみはどう？」

「わたしも同じですね。しかし、十人十色と申しますから。ミス・ステラ・バーネットはじつに独立心の強いお嬢さんのようですな」

「それに興味深くもある」ロジャーは考えこむようにして言った。「会ってみたいな。二万ポンドを平気で猫の餌代にしちまえるような娘はきっといいネタになるはずだ」無節操で不人情な小説家の性《さが》で、ロジャーはつねに自分の作品に利用できそうな、興味深く個性の強い人物を探していた。しかし実際には、個性の強い人物はもちろん、興味深い人物ですら、めったなことではお目にかかれなかった。

「ああ、それなら簡単ですよ」モーズビーは言った。「わたしの知るかぎり、いまちょうど向こうにいますから。アフォード部長刑事といっしょに。どうでしょう、わたしの代理として部長刑事に書類を届けてもらいたいとお願いしたら……?」

「ぼくとしては、ほかに用事もないから、『喜んで』と答えるところだね」ロジャーは微笑した。

　モーズビーは写真を数枚、手に取って封筒に入れはじめた。「いや、これはあなたもご覧になりたいかもしれませんな」彼は言い、封筒からふたたび取りだした。

　ロジャーは写真を受けとった。何かぼやけたしみのようなものが写っているだけで、とくに興味は引かれなかった。これはなんなのかとたずねた。

「キッドの指のあとです。かなり鮮明なのが見つかりました。家具調度のべとついた表面やろうそくなどから。むろん証拠にはなりません、手袋越しで指紋はわかりませんから。それでも、有罪に追いこむ一助にはなります」

「どうやって?」

「あれっ、おわかりになりませんか?」モーズビーはからかうように言った。「これは驚いた。あなたならひと目でお気づきになるだろうと思いましたのに。ほら、指のあとがほっそりしているでしょう。こんなきゃしゃな痕跡を残す泥棒はまずいません。例外はキッドで、やつは女のような手をしているんです。実際、やつの十八番《おはこ》の手口のひとつは女装で、それはもう見事に女になりすますんですよ」

「そいつは始末に負えないな」ロジャーは笑い声をあげながら、写真を返した。「男と女のどちらを捜せばいいのかもわからないときては」

「おっしゃるとおりです」モーズビーは同意し、写真を封筒にもどした。「どこに身を潜めているにせよ、女のなりをしているとの噂が聞こえてきたとしても、わたしは少しも驚きません。もっとも、そんな手がいつまでも通用するものではありませんが」

「四十八時間」ロジャーはつぶやいた。「あともう二時間しかないぞ、きみが賭けに勝つつもりなら」

「では、わたしに賭けなくて幸いでしたね、シェリンガムさん。さあ、できました。これを部長刑事に渡してもらえると助かります。向こうは中身を承知していますから」

モンマス・マンションの前でタクシーを降りると、ロジャーは最上階の窓を見上げた。ちょうどそのとき、窓のひとつからモップが突きだされ、猛烈にふりまわされたあと、ふたたび引っこんだ。どうやら故ミス・バーネット宅ではついに待ちに待った大掃除が始まったらしい。

彼はすぐには階段をあがらず、そのまま通りをぶらぶら歩いて狭い小路の入口を見つけると、道を折れた。べつに直感が働いたわけではなく、単に好奇心からキッドが塀を乗り越えたとされる場所を自分の目で確認したくなっただけだった。小路から見るかぎり、塀にはとりたてて目を引くものもなかったが、ミューズの向かいあたりに木戸がひとつ設けられていた。取っ手をまわしてみると、すんなり開いた。見れば錠はついていない。戸口をくぐって裏庭にはいる。重要なものなど何もないことは一瞬にしてわかった。

八号室のドアを開けてくれたのはアフォード部長刑事ではなく、作業用の上っ張りを着て、白地に青い格子のほこりよけ帽をかぶった若い女性だった。「なんでしょうか？」簡潔に手際よく訊いてくる。

「スコットランド・ヤードから来ました」ロジャーは答え、帽子を持ちあげた。事実にはちがいないが、誤解を招きそうな言い方ではあった。ロジャーとしては訂正するつもりはなかった。

「アフォード部長刑事がおじゃましてますよね？」

「寝室にいらっしゃいます」若い女性は返事をした。「場所はおわかりですか？」

ロジャーはうなずき、廊下を進んでいった。若い女性は居間へと姿を消し、次の瞬間には掃除に精を出す物音が聞こえてきた。

アフォード部長刑事は物音のほうに頭をぐいと動かしてにやりとした。「お掃除おばさんに来てもらってはどうかと勧めたんですが、あまりにも汚すぎて、他人《ひと》さまには見せられないんだそうで」彼は受けとった写真を熱心に見はじめた。

ロジャーはぶらぶらと居間のほうへ向かった。

あらゆるものがひっくり返されて、彼が最後に見たとき以上の混乱状態が出来《しゅったい》していた。椅子はテーブルの天板の上にうずたかく積みあげられ、カーペットは丸められ、壁にかかっていた絵はおろされている。かの若い女性は雲をなすほこりのあいだから、かろうじて見分けられる程度だった。

「ぼくならこう考えるけどね」ロジャーは戸口から穏やかに声をかけた。「真空掃除機ならずっと能率が上がるって」

「持っていませんので」若きミス・バーネットは簡潔に答えた。

「うちにはある」

「それはけっこうですこと」

「いや、だから、よかったら貸してあげようかと……」

「それはどうも。お借りしたいです」

会話はそれで終わりのようだった。とにかく、その若い女性は客に対してそれ以上注意を向けようとしなかった。おそらくいまの提案どおり、真空掃除機を持ってくることを期待されているのだろう。一、二分あたりをうろついていたが、なんの反応もなかったので、彼はそうすべく、フラットをあとにした。

「あっぱれなほど愛想のない娘だ」ロジャーは石の階段を駆けおりながら考えた。

そして三十分後には、それでいて見場はけっこう悪くない、とつけ加えることになった。彼は戸口にもたれて彼女がくだんの真空掃除機を操作するのを眺めていたのだが、雲なすほこりが消えてみると、観察するのはずっと楽になった。見場は悪くはないが、自分の好みからするとほんの少し筋肉質すぎるか。とうてい秘書には見えない。むしろ……どう言ったらいいか。ぴったりの表現が見つからない。魚売り女《フィッシュ・ワイフ》（粗野で口汚い女という意味にもなる）では失礼だ。それに、どうみても魚売り女という柄ではない。

ロジャーは相手の無愛想なやり方をまねることにした。

「あのさ、きみを秘書にしとくのはもったいないな」

ミス・バーネットは掃除機のスイッチを切って返事をした。「どうしてですか？」

「機械の扱い方が名人級だからさ」

「お掃除おばさんのほうがお似合いだというんですか？」

「かもね」ロジャーは笑い声をあげた。「いや、ぼくが言いたかったのはそういうことじゃない。単にきみには野外での仕事のほうが向いてるように思ったんだ、屋内の仕事より」

「体育教師の資格ならあるんです。就職もしたんですが――」就職先として、有名な大規模女子校の名前をあげた。

「それなのに、その職をなげうって秘書の仕事についた？」

彼女はうなずいた。「お給料がひどすぎました。それに規律というのは苦手です」

「守らされるのが？　それとも、破らせないようにするのが？」

「両方です」ミス・バーネットはにこりともせずに答えた。「それで、速記とタイプを習いました。いまでは後悔しています」

「どうして？」

「仕事が見つかりません。だからこんな時間にこんなゴミための掃除をしているんです」

「どうだろう、ちょうど秘書がほしいと思ってたんだ。きみさえよければ――」

「それはどうも。でも、まだ慈善に頼る気はありません」ミス・バーネットはそっけなく言った。「わたしの懐具合に関心をお持ちのようなので申しあげておきますが、そこそこの不労所得はありますので生活に不自由はしておりません。もっとも、そんなことは先刻ご承知でしょうが。父は無一文で亡くなったわけではないんです。ところで、これは公式の事情聴取なんですよね？」

「いや、違う。どうやら誤解させてしまったみたいだね。さっきスコットランド・ヤードから来たと言ったけど、ぼくはそこの一員じゃない。名前はロジャー・シェリンガム、小説を書いている。いまの話は本気だ。たまたまほんとうに秘書が必要なんだよ。よかったら、きみにお願いしたい」

「えっ、ロジャー・シェリンガムさん？　ご本は何冊か拝読しました。それにしてもずいぶん唐突にお決めになるんですね」

「人の性格について迅速な判断を下すのはぼくの仕事のうちだからね」ロジャーはおつにすまして言った。「でも、打ち明けて言えば、気持ちが固まったのは、きみがじつに手際よく真空掃除機を扱ってたからなんだが」

「わかりました。本気だとおっしゃるのなら、お引き受けいたします。お給料はいかほどですか？」

ロジャーは困惑した。事務やタイプの仕事に関連して、ひとつの数字がおぼろげに頭に浮かんできた。「週給四十五シリング」

「不充分です」即座に答えが返ってきた。「お雇いになりたいのは秘書ですか、それとも速記のできるタイピスト？」

「うーん、秘書だろうな」ふたつの職種の違いがよくわからないまま、ロジャーは答えた。

「それでしたら、まっとうな秘書にふさわしい金額を提示すべきです」ミス・バーネットは厳しく言った。

「まっとうな秘書にふさわしい金額って?」ロジャーはおそるおそるたずねた。

「わたしの場合、週給三ポンド(六十シリング)以下では承りません」

「じゃあ三ポンドだ」

「けっこうです。それでは次の月曜、朝九時にうかがいます。ご住所をお願いできますか?」

ロジャーは住所を伝え、彼女はそれをメモした。「ありがとうございました」彼女はこれで用はすんだとでもいうような口調で言い、ふたたび掃除機のスイッチを入れた。


　ロジャーはそっと廊下へ引き下がりながらかなり当惑していた。「まったくもう、いったいなんだってこんなことになっちまったんだ?」彼は自問した。「だいたいぼくには秘書なんか必要ない。必要だとしても、あんなのは願い下げだ。なにが〝まっとうな秘書にふさわしい金額〟だ。まっとうな秘書なんかほしくない。かりにも秘書を雇うんなら、まっとうでないのがいい。恋愛ごっこにつきあってくれるような娘《こ》が。大作家先生の憩いのひとときとかいうやつだ。ミス・ステラ・バーネットと恋愛ごっこだって⁉　羊の脚を相手にしたほうがまだましだ。しかし、おかしな話だ、彼女はどうみても美人なんだから。はしばみ色のつぶらな瞳に、鋳型で作られたようなしっかりしたあご、だが、しっかりしていても、ごつい感じは少しもない。顔色はいいし、髪はつややか。うん、彼女はまぎれもない美人だ。ところが、心惹かれるかというと、そんなところはまったくない。これまで美人なのに、心惹かれない女性に会ったことがあるだろうか?　このふたつの言葉は実質的に同じ意味ではないのか?　だが、あの娘に関するかぎり、同じ意味にはならない。とにかくミス・ステラ・バーネットはじつにおかしな娘だ。ひょっとすると、こんな気まぐれを起こしたのも、あながち悪いことではなかったかもしれない。給料を出す代わりに研究対象にさせてもらおう。それになんといっても、クビにするのはいつでもできる」ロジャーは寝室のドアの取っ手をまわしながら、自分をなぐさめた。

とはいえ、そのときですらすでに察しがついていたが、ミス・バーネットに対してその有用な手段を行使するのは、自分よりずっと肝《きも》の据わった男でなければとうていできることではなかった。

彼はぶらぶらと寝室にはいった。

ロジャーとしては寝室にもどる理由は皆無だった。もしかすると異性と渡りあって神経がまいったので、無意識的に同性とよしみを通じたくなったのかもしれない。はたしてその希望はかなえられたが、アフォード部長刑事から穏やかに、もの問いたげな一瞥を投げられて、彼はふたたび寝室へ来た理由をどう説明したものかと悩んだ。

「じゃあ、ここの捜査はもう終わったんだね？」彼は言った。とくにその件について知りたかったのではなく、話のきっかけを作りたかった。

「終わった、と言いますと？」

「だって、現場保存の原則が守られてないみたいだから」

「ああ、あの若いご婦人のことですね。ええ、首席警部から居間のほうは用済みなので引き渡してもかまわないと言われたんです」アフォード部長刑事は苦笑した。「彼女、掃除を始めたくてたまらなかったようで、わたしにつきまとって離れないので、しかたなく電話で問いあわせたんです」

ロジャーはわけ知り顔の笑みを返した。

「でも、この部屋とキッチンはまだこちらの管轄です」部長刑事は続けた。「じつは、いまからキッチンへまわろうと思っていたところで」

「お供するよ」ロジャーは答えた。

ふたりはおしゃべりしながら廊下へ出た。部長刑事は出てきたばかりの部屋に入念に錠をおろすと、代わりにキッチンの錠をはずし、忙しそうに作業を始めた。どうやらあちこちで寸法を測っているようだった。ロジャーは狭い部屋のなかをうつむいて歩きまわっていたが、じきにガスレンジのそばではたと足を止めて渋面を作った。なんとはなしにすっきりしないものを感じたのだ。

部長刑事はちょうどおしゃべりしたい気分だったらしく、自分の行なった骨の折れる聞き込み捜査の経緯について事細かに話しはじめた。キッドがこの建物にはいるのを見かけた人がいないかどうか、貴重な時間をたっぷりと費やして訊いてまわったのに、まるで収穫がなかったという。「まあ、もともと期待はしていませんでしたがね」悟りきったように言う。「それでも、いちおう確認はとりませんと。キッドが侵入の現場を人に見られることなどまずありえないんですが」

「ミセス・ボイドの供述に出てきた人たちを特定するのは大変だったんじゃない？　配管工と

かそういう人たちのことだけど」ロジャーは注意を半分よそに向けたまま、たずねた。いったいあのガスレンジのどこがへんなんだろう？　とても小型で造りがきゃしゃだ。まずはそこか。

「大変なんてもんじゃありませんでしたよ」部長刑事は鼻息荒く言った。「でも、見つけました、全員、というか、気になった者は残らず。ところで、お聞き及びかどうか存じませんが、キッドがこの建物に忍びこんだのが夜の十時半、つまり、表玄関が戸締まりされる時刻より前だったというわれわれの見解については確証がつかめました。たまたまあの晩、あのドアは錠が故障しましてね。うまく動かなくて、鍵がかけられなくなったんです。いま言ってるのはエール錠のほうですよ、住人がみな鍵を持っている。ただ、あのドアにはもうひとつ、ごつい旧式の錠がついているんです。使われなくなって久しいんですが、ミセス・ボイドはまだ手元にその鍵を置いていたんで、事件の晩はそっちを使って戸締まりしたんです――おかげで人がはいろうとするたびに、開けてやらなきゃならなかったそうですが。われわれにとっては幸いでしたよ。おかげで十時半から十二時にかけて、この建物にはいった者について完璧なリストができましたので。十二時以降は誰もはいっていません。それと、リストにあがってるのは全員ここの住人です。おかげで大いに手間が省けました」

「このガスレンジは動かした？」ロジャーは唐突にたずねた。そうとも、ぼくはとんだ大ばか者だった。

部長刑事は言葉を切って、その質問に頭を切り替えた。

「動かしたか、ですか？　いいえ。この部屋の調度は何ひとつ動かしていません」

ロジャーは考えこむようにして部長刑事の顔を見た。「これはかなり小型のモデルだよね？　きみなら両手で抱えあげられそうな気がするけど」

部長刑事は一瞥して重さの見当をつけた。「できても不思議はないですね。それがどうかしましたか？」

「ちょっとへんじゃないか？　ロープは胴体をぐるっと巻いてしっかり結んである。で、レンジの位置は壁から三フィート以上離れている。おととい、最初に見たとき、ぼくはこんなことを考えたんだ、警察ではガスレンジのずれ具合から、犯人の体重を推定したりするのかなって。ほら、ほんの数インチ移動してるだけだろ」

「どういうことでしょうか？」

「いい、もう一度言うよ。ガスレンジは窓辺の壁から三フィート以上離れている。これをへんだと思わないの？　この前はガスレンジの重量にまでは気がまわらなかったんだけど。これほど軽いモデルなら窓のところまで引っぱられていきそうなものじゃないか、違う？」

アフォード部長刑事の顔つきが唐突に、妙に生気のない無表情なものに変わった。

「キッドは小柄なんです」

「よほど小さいんだね」ロジャーは冷淡に答えた。「豆粒並みに」

「では、窓敷居との摩擦で、負荷がいくぶんそがれたんでしょう」

「どうだかね」ロジャーは言い、問題の窓敷居を注意深く観察した。「うん、たしかに痕跡はある。ここのへりの部分のペンキがはがれてる。ただ、紙やすりをかけたように見えなくもない、ロープでこすれたのではなくて」

「やつはロープにぶら下がっているあいだ、ちょっと揺れたんですよ。当然、そのへりのあたりには傷がたくさんついたんです。でも、ガスレンジのほうは……」

「何?」

「いえ、もっと注意深くご覧になっていれば、お気づきになったはずなんですがね。ガスレンジの向きが斜めになったのは、この前側の脚が床板の端に引っかかったからなんです。ほら、見てください。リノリウムのきわのところです。ほんの少し段差ができてるんで、それより前には滑っていかなかったんですよ」部長刑事の無表情な顔に〝それ見たことか〟とでも言いたげな、憎たらしい笑みが浮かんだ。

だが、ロジャーはまだ満足していなかった。「うん、なるほどね。でも、それくらいのことで動きが止まったとは思えない。前脚がつっかえても、そのままばたんと倒れそうなもんだ。いずれにせよ、きっとうまいことバランスがとれてるんだろうな」

「そうかもしれません」部長刑事は辛抱強く答えた。「でも、思いだしていただきたいんですが、ロープの引く力は下向きどころか、水平にすら働いていません。ガスレンジは上向きに引っぱられているんですよ、ロープの結ばれた位置が窓敷居より低いので。かなり低かったので、倒れずにすんだんでしょう」

「どうにも納得がいかないな」

「そうですか? まあ、首席警部からあなたは議論がお好きだと聞いていますからね」

「そうかもしれない」ロジャーは笑い声をあげた。「それに、ぼくは実験も好きかもしれない。ひとつやってみたいことがあるんだけど、いいかな？　階下《した》の庭におりて、ちょっとあのロープにぶら下がってみたいんだ。きみにはガスレンジがどうなるか見ていてもらいたい」

「ああ、かまいませんよ。運動なさりたいのなら、どうぞご自由に」アフォード部長刑事は愛想よく言った。

ロジャーは身も軽く階段を駆けおりた。

「用意はいい？」ロープに手を伸ばしながら、階上《うえ》の窓に向かって呼びかけた。ロープの先端は地面から三、四フィート離れていた。

部長刑事が窓から首をのぞかせた。「いいですよ。ぶら下がってみてください。わたしはガスレンジを見張っていますから」彼はにやにやしながら、なりゆきを見守っていた。

興味深い科学実験ではなく、猿の曲芸でも見物している気でいるんだろう――そう思うと少々腹が立ったが、ロジャーはロープをしっかり握って体を引っぱりあげた。両手を交互にくりだしてのぼっていき、つま先が地面から三、四フィート離れてみると、ロープはゆっくりと揺れはじめた。異変が起きたのはそのときだった。頭上の部屋で大きな物音がした。ロジャーは一気に十二インチほど落下したかと思うと、すぐさま一、二インチ跳ねもどり、次の瞬間には地面に四つんばいになっていた。最初に考えたのは、衝撃のあおりを食ってロープを放してしまったということだった。ところが、ロープはまだ彼の手のなかにあった。見上げると、ロープは彼がつかんでいた場所のすぐ上で、ぷっつりと切れていた。

気分が高揚するのを覚えながら、彼は手のなかに残された、切れたロープの先端を検分した。ロープは六本の子縄をよりあわせたものだった。そのうちの二本はきれいなままで、四本は汚れていた。

彼は急いで階段を駆けあがった。

「見てくれ。このロープは傷んでいる」彼は簡潔に言い、ガスレンジを横目でちらりと見やった。ガスレンジはいまや横倒しになっていた。

「ああ、そうですよ」部長刑事は腹立たしいほど平然と答えた。「われわれもそれくらいのことは承知していました」

「だから……?」

「キッドだってそれはわかってたんじゃないですか。だからこそ、そっちを地面に垂らしたんです。やつの体重はあなたより軽いですが、危険を避けて、傷んでいるところまで来たらそのまま飛びおりたんでしょう。地面までせいぜい六フィートですし、猫並みに身の軽い男ですから。それに、お気づきのとおり、ロープはあなたの体重にも持ちこたえていました、当初は。ロープが切れたのはガスレンジが倒れた衝撃のせいなんです、体重のせいではなくて」

「ああ、そうか。ところで、結局、ガスレンジは倒れたね」

「はい、そのとおりです」部長刑事は穏やかに同意した。「ビーチ警部が検分するときに結び目を動かしたにちがいありません。あの人にしては不注意でしたね。もっとも、あなたが実験なさるとは思いもしなかったでしょうが」

「まあね」ロジャーは答えた。「きょうの実験はこれくらいにしておくよ。ほかに用事もあるし。では、ごきげんよう」

「ごきげんよう、シェリンガムさん。それと、ありがとうございました」

「こちらこそ、部長刑事」ロジャーは礼儀正しく返事をした。

彼は居間のわきを通りがけに、部屋のなかにいる人物にもていねいに別れの言葉をかけたが、彼女は四つんばいになって床をごしごし磨いているところで、返事はなく、ロジャーは自分の言葉が聞こえなかったのだろうと（少々いぶかしく思いつつも）結論した。そして、今度は深く考えこみながら、落ち着いた足取りで階段をおりていった。今回の事件はだんだんと興味深いものになってきた――とても興味深い、きわめて興味深いものに。じつに味のある事件になりそうな兆《きざ》しがいたるところに現われている。警察が味気ない結論しか出せなかったとしても、ぼくの知ったことではない。なぜならこの先、この事件の妙味は自分ひとりで味わうことにしようと決めたからだ。スコットランド・ヤードに対しては、それなりにやれるだけのことはしてやった。注目すべき点についてはっきりと大声で教えてやった。部長刑事の耳元で叫んでやったも同然だった。官僚主義ゆえ頑迷にある事実を認めなかったとしても、もはや自分が責任を感じる必要はない。この事件の性質を大きく変えるその事実に議論の余地はない――すなわち、事件の晩、あのロープをおりた者はひとりもいないのだ。

第五章

ロジャーは早足でモンマス・マンションから遠ざかった。ゆっくり考えごとを、とことんまで考えごとをしたかった。タクシーで大英博物館へ向かい、そこの図書閲覧室にはいった。大英博物館の図書室で考えごとができないようなら、どこへ行っても不可能だ。空席を見つけると、メモ用紙を引き寄せて、ポケットから鉛筆を取りだした。

丸々一時間そこに座って、頭に片手をやりながら、ときおり目の前にあるメモ用紙に何事か書きつけた。そして、いきなり立ちあがった。どの方向から考えを進めていっても、きまってあるひとつの疑問にたどりついた。その答えを知っているのはミセス・ボイドだけだ。表玄関のエール錠がつっかえてまわらなくなったので、ミセス・ボイドは旧式の大きな彫り込み錠を利用しなければならず、結果として、外から来た人は全員彼女の助けがなければ建物内にはいれなかった——だが、なかにいた者であれば、助けを借りずに外へ出られたのではないか？

これはきわめて重要なポイントだった。

ふたたびタクシーをひろって、モンマス・マンションにもどった。

ミセス・ボイドは一昨日、ロジャーがスコットランド・ヤードの面々といっしょに現場に到着したところを見ていた。ゆえに彼がその一員でないと考えるはずはなかったし、ロジャーとしてもその誤解を正す理由は見当たらなかった。彼女はロジャーの質問に快く答えた。

「いいえ。鍵はさしっぱなしにはしときませんでした。なんかいやな気がしたし、鍵はそれ一本きりだし。ものってのはそのへんにほっぽっとくと、あきれるくらい早々とどこかへ消えちゃいますからね。ここみたいなちゃんとしたとこだって、それはおんなじですよ」

「表玄関のドアに錠をおろしたのは何時ですか?」

「十時半ですよ、いつものとおり」

「では、なかにいた人が外に出たかったら、あなたがドアを開けてやらなければならなかった?」

「そういうことです。現に開けてあげましたし」

「ほんとに?　何回ですか?」

「一度だけ。五号室のミス・デラメアのところに見えてた紳士ですけど」

「その紳士がミス・デラメアのところの客だとどうしてわかったんです?　つまり、顔見知りだったんですか?」

「何度か見かけてたんですよ、誰を訪ねてきたかわかる程度には」ミセス・ボイドは少々むっとした口調で言った。

「部長刑事が来訪者についておたずねしたとき、その男のことは話に出てこなかったように思うのですが」ロジャーは記憶をたどりながら言った。

「ええ、来たところを見てませんから。部長刑事さんに訊かれたのは、来たところを見た人のことでした。でも、外へ出てったなら、はいってなきゃ理屈にあわないでしょ？」

ロジャーはそのとおりだと認め、その男が出ていった時刻についてたずねた。ミセス・ボイドは自分が憶えているかぎり、十一時から十一時半のあいだだったと答えた。ロジャーはうなずいた。それが事実なら、その男についてはもう気にかける必要はないだろう。

「さてと、ここからが本題なんですが」彼は愛想よく続けた。「あの晩、そうですね、深夜零時以降、あなたに知られずにこの建物を出ることは可能だったでしょうか？　まずこのドアですが、あなたは施錠してお寝《やす》みになった。翌朝、錠はかかっていましたか？」

「かかってましたとも。神に誓って」

「鍵を見せてもらってもかまいませんか？」

「ええ、いいですよ」

ミセス・ボイドは開け放たれた自宅の玄関口から奥へ駆けこみ、ヴィクトリア朝時代の大型の鍵を持ってもどってきた。ロジャーは彼女に礼を言い、錠に鍵をさしこんでみた。案の定、鍵の先端はドアの反対側からは突きださなかった。これではペンチを使って外からまわすことはできない。

「なるほど、けっこうです。ところで、翌朝、錠はかかっていたとどうしてそこまで確信が持てるんですか？」

「なぜって、朝起きて最初にドアを開けにいったとき、うっかりエール錠が壊れてるのを忘れて、鍵を取りにもどらなきゃならなかったからですよ。いつもの調子で開けようとしたら、ほら、全然動きやしないじゃないの。だから、かかってたとわかるんです、間違いなくかかってたんだから」

「いや、これはもう決定的ですね」ロジャーは笑い声をあげた。「では、べつのドアのほうはどうです、裏庭に通じるドアは？」

「そちらもちゃんと錠をおろして、かんぬきもかけました、毎晩やってるように。かかってなければ、すぐに気づきます」

「ええ、そうでしょうね。ほかに出入口はありますか？」

「いいえひとつも。どこかのお宅の窓を通ったのならべつですけど、あの晩は誰かが夜中に抜けだしてたら、絶対、わたしが翌朝、何か気がついたはずですよ。でも、それがどうしたっていうんです、あの人殺しの悪党はロープをつたって逃げたんでしょ？」

「おっしゃるとおりです。ええっと、質問は以上になります。エール錠はもう直ったんですか？」

「直りましたとも。うちの亭主が次の朝いちばんにドアからはずして、仕事の行きがけに錠前屋に持っていきました。午後には錠前屋が取りつけにきてくれましたよ」

「なるほど。どこが壊れていたんですか？」

「そのへんのところはわかりませんね。錠前だのなんだのにはまるで不案内だから」

「なるほど。ああそうだ、もうひとつ。ここにお住まいのかたのリストがいるんですよ、職業やら何やらもふくめて。口頭で説明してくださったら、こちらで書きとめます。さしつかえなければ、ちょっとなかにはいらせていただきたいんですが?」

「リストなら部長刑事さんにお渡ししましたよ」ミセス・ボイドは不服を漏らしながら、いくぶん気の進まない様子で玄関のなかに引き下がった。

「それは承知していますが、べつのがほしいんです」ロジャーは愛想よく言い、彼女のあとに続いた。

狭く薄暗い玄関ホールで、彼はミセス・ボイドから教えられた名前を手帳に書きとめ、それぞれについて、可能なかぎりくわしい話を聞きだした。これにはかなりの時間を要し、ミセス・ボイドはあからさまにいらだちを顔に表わすようになったが、ロジャーはいっさい妥協しなかった。ボイド宅を辞去したときには、知りたいことはすべて聞きだしていた。

いまや時刻は一時になろうとしていた。二十分後、オールバニーの自宅にもどると、従僕のメドウズが非難がましい目を向けてきた。ロジャーは通常、料理のような繊細さが求められる事柄については、時間厳守を旨としている。ところが今回ばかりは、使用人の目つきに気づかなかったばかりか、供されたマッシュルームオムレツをうわの空で口に運び、作り手の心をいたく傷つけた。マッシュルームオムレツはメドウズの自慢料理だったのである。

ロジャーはポケットからメモ用紙を引っぱりだして皿のわきに広げ、ときおりさらに何事か書きつけた。食事を終えると、メモ用紙を書斎に持っていき、書き物机についてそのまま熟考を続けた。

集まった情報の量にはわれながら驚いた。どれもこれも単独では警察の見解に疑問を投げかけうるほどの力はとうてい持ちえないが、組みあわせれば、ロジャーの見るところ、心をかき乱されるほど大きな効果を発揮しそうだった。そこへロープとガスレンジについての彼の所見をつけ加えれば、誰だって納得しないわけにはいかないだろう。

彼にとっての重要点とそれに関する彼の考察は、おおむね次のようなものだった。

（1）床に足跡はひとつもなかった。モーズビーの言葉を借りれば〝泥は十月の風物詩だというのに〟。このことから当然、殺人者はあの集合住宅内でかなり長い時間待機していて、しかも、表玄関のマットで靴底をぬぐってきたという仮説が導きだされる。だがその場合、泥のかたまりが見つかった事実はどう考えればいいのか？　どうしてかたまりはひとつだけなのか？　どうしてほかには見つからなかったのか？

（2）割れた陶磁器がキッチンの床に散乱していたのはなぜか？　陶磁器はなぜ割れたのか？　偶発事故か？　そうかもしれない。だが、ごく容易に防ぎうるたぐいの事故なのは間違いない。犯人は物音を立てないように細心の注意を払っていたはずだが、あの割れ方はほとんどふざけて壊したように見えなくもなかった。それに、そもそもどうして陶磁器にちょっかいを出す必要があったのか？　皿はソブリン金貨の隠し場所にはなりえない。妙だ。

（3）窓敷居の足跡と、窓のすぐ下の壁の痕跡。たしかに、いかにもあとが残りそうなところではある。しかし、どうして壁のそこだけだったのか？　そこから本格的に下降したのだろう、とモーズビーは言っていた。だが、四階分をおりたのだから、ときには壁にぶつかったかもしれないし、ぶつからないように足で壁を蹴ったこともあったかもしれない。なにしろ垂れていたロープは壁からわずか一フィートほどしか離れていなかったのだから。ところが、こすられたような形跡はほかに見当たらなかった。あとがついていたのは窓から手が届く範囲だけ。いくら遠くても、たとえば長さ四フィートほどの棒をふりまわしたときに届きそうなところまでだった。おあつらえ向きに、居間にはほぼ同じ長さの火かき棒があった。いずれにせよ、この点もまた、あのロープをおりた者はいないという推論を補強する材料になる。
（4）さらに補強する材料として、犯人は逃げる際にどうしてロープを使ったのか、という疑問がある。外の通りに出るにはドアをふたつ突破するだけでよかったのだ。その理由はビーチが説明してくれたし、彼もモーズビーもそれで納得していた。あのふたり以上にプロの犯罪者の奇癖に通じている者もまずいまい。だが、ビーチの説明は正直言って、いささか納得しがたい。その後明らかになった事実を考慮して、犯人は表玄関までおりてきたものの退路を断たれていると知り、やむなく窓から脱出したというほうがまだありそうな話だ。だが、それでも目撃される危険を冒してまでロープを使ったというのはにわかには信じがたい。そんなことをするくらいなら、ドアをこじ開けるほうがずっと簡単だっただろう。
（5）ふたたび泥のかたまりについて。出どころはケント州だと判明した。はるばる遠くから靴にくっついてきたものが、おあつらえ向きに手がかりとしてこの場に落ち着くというのはいくらなんでもできすぎではないか？　可能性としてゼロとは言えないかもしれないが、およそ現実性には乏しい。

（6）さらにもう一点。リノリウムにはまぎれもない泥の汚れがついていた。そして、例の泥のかたまりは床にべったり貼りついていた。となると、泥の表面が濡れていたのは明らかだ。足跡がひとつも残されていない以上、犯人の靴底は乾いていたと思われるのに、どうしてそんなことになったのか？　たまたま泥のついたかかとだけが水たまりに着地し、泥の表面が湿り気を帯びて粘度が増したため、犯人が床を踏んで圧力をかけた際、乾いて粘着力が落ちた靴のかかとから、リノリウムの床へと移動したということか？　これまた可能性はないではないが、いよいよ現実味に欠ける。

（7）階段の物置で見つかった吸い殻について。モーズビーがすらすらと解説してくれたとおり、たしかにあの吸い殻は靴のつま先にこすりつけて消したものなのかもしれない。しかし、どうしてそんなやり方をしたのか？　たしかに物置の壁や床には煙草の火を消すのに用いられた形跡はひとつも認められなかった。うん、あの物置の状態をほかの事実と切り離して素直に眺めれば、ひと目で、誰かが灰皿一杯分の吸い殻を床にぶちまけたにちがいないとわかるはずだ。

（8）さらに、フラット内に足跡がなかったことが注目に値するのなら、この物置で足跡が見つからなかったことはさらに重要な意味を持つ。いくらていねいに靴の底をぬぐったところで（だが、モーズビーが考えるほどにはていねいでなかったのだろう。そうであれば、例の泥のかたまりはそこで落ちたはずだ）、湿り気を完全に取りのぞくことはできなかっただろう。なぜなら、九時から十時半にかけては雨が降っていたからで、表玄関は十時半には戸締まりがされた。犯人が建物内に侵入したのは九時より前だったのだろうか？　むろん忍びこむのは楽だっただろうが、あえてそんなことをするだろうか？　最近の住居侵入犯は犯行前の入念な下調べを欠かさない。表玄関が何時に戸締まりされる習慣なのかは当然、確認しているだろうし、必要以上現場に長くとどまりたいとも思わないだろう。おそらく犯人が建物内に侵入したのは九時半から十時半のあいだだと思われる（モーズビーは、五時には来ていた可能性があるとのたまっていたが、そんなことはおよそ現実的にありえない）。しかしそうなると、物置の床にまるっきり足跡が残っていない理由の説明がつかない。

（9）現場はどうしてああまでめちゃくちゃに荒らされたのか？　ベッドの下の収納箱を捜し当てるのにはさほど時間を要さなかっただろう。キッチンが荒らされたのはそのあととみてまず間違いあるまい。お目当てのお宝が見つかった以上、できるだけ早くその場から立ち去りたいというのが犯人の本音だったはずだ。どうしてそうしなかったのか？　六百ポンドもの大金をせしめておきながらぐずぐずと現場に居残ったのは、ひょっとしてフラット内のどこかべつの場所にも小金が隠されているかもしれないと考えたからか？　いくらなんでもそれはないだろう。

（10）走って逃げた男についても、いくつか奇妙な点がある。そもそも冷静なプロの犯罪者がむやみと走って無用な注意を引きつけたりするものだろうか？　そんな愚かなまねをするとは、相当あわてていたにちがいない。さらに、お抱え運転手の証言をのぞけば、その男をモンマス・マンションと関連づけるものは何もない。お抱え運転手の証言にしたところで、男と現場の八号室とのつながりは明確ではない。単に裏庭や塀と結びついているだけだ。ここで重要なのは塀に設けられた木戸にはそもそも錠がついていないということだ。つまり裏庭には誰でも自由に出入りできるのだ。にもかかわらず、この男は、海千山千のしたたか者だというのに、わざわざ塀を乗り越えた。そんなばかな話があるだろうか？　およそありえないことだ。誰であれまずこう考えたくなるのではないか――ジム・ウォトキンズほどのやり手なら、いったん裏庭におりてしまえばあとは楽勝だと前もって知っていたはずだろうと（警察同様、彼がロープを使っておりた、あるいは、おりるつもりだったと仮定した場合）。したがって以下のように仮定してもけっして無謀ではあるまい。（a）この走る男は今回の事件とはまったく関係がない。（b）この走る男とお抱え運転手が目撃した男は別人である。さらに、（c）お抱え運転手の記憶はそこまで正確ではなく、実際には男が塀を乗り越えるところは見ていなかった。どれも可能性の問題にすぎないが、走って逃げたり、塀を乗り越えたりした男をジム・ウォトキンズだとする説よりは、ずっと筋が通っているように思える（注記　犯人は殺人者としては素人だとしても、犯罪者としては経験豊富だということを忘れてはならない。いずれにせよプロの犯罪者による殺しはそこまで素人くさいものにはならないだろう。ところが警察は、どんなに素人くさい犯罪者でもしでかしそうにないへまの数々をジム・ウォトキンズのしわざだと決めつけて平気な顔をしている）。

（11）ロープに関してもう一点。ビーチによれば、通例の細口のマニラロープではなく、ずっと太くて重さもあったという。警察からは、プロの犯罪者はお決まりの手順からはずれるのを嫌うものだと再三聞かされたが、このロープに関する事実がその主張と相いれないことに彼らは気づいていないようだ。入手できるなかでもっとも細く、もっとも携帯しやすいロープを選ぶのが当然だろうに、ジム・ウォトキンズは今回どうしていつもよりずっと太く、重いロープを持ってきたのか？

(12)警察は、最近のプロの犯罪者は現場に指紋を残さないものだと何度も語り、指紋が見つからない事実が必然的にプロの犯行を示唆するかのように主張する。だが、探偵小説ばやりの昨今では、この説はおよそ通用しない。この国の人間なら男女を問わず、子供ですら指紋についての知識は持っている。

(13)遺体に格闘の形跡はなかった。モーズビーは虚弱なミス・バーネットには抵抗する力もなかったのだろうと仮定し、それで説明はつくと決めてかかっている。たしかに凶器が首に巻きつけられたあとであれば、その見方に異存はない――背後から不意に襲われたのであれば。だが、あら探しをするようだが、そもそもうたぐり深いことで有名だったらしいミス・バーネットが、見ず知らずの人物に背中を向けて、すきを見せるようなまねをするだろうか、それも男性を相手に？　犯人が彼女の不意をついたのは明らかだ（遺体にあざがないのは、そのことを明確に証明する）。かくして興味深い疑問が生じる。

(14)見ず知らずの人物の件に関してもうひとつ。ミス・バーネットはよりによってどうして寝室で殺されるはめになったのか？　所轄署の警部はその理由を説明してくれたし、たしかにありそうな話ではある。だが、見ず知らずの人物（それも男性）を寝室にまで招じ入れるものだろうか？　蓋然性の問題をあらためて考えてみなければならない。
(15) さらに、発見されたとき、彼女は寝間着姿だった。警察の描くシナリオのとおり、ウォトキンズが玄関の呼び鈴を鳴らしたので、ベッドから起きだして応対に出たというのなら、普通に考えれば、寝間着の上に何かはおっていそうなものではないか？　だが、はおってはいなかった。どうしてか？
(16) そして最後に、ミス・バーネットが夜中の一時にベッドから起きだして玄関先で見ず知らずの人物と顔をあわせたとすると、どうして彼女は相手が言葉を発するのも待たずに鼻先でドアを閉める（これがいちばんありそうな応対の仕方だ）ことも、なんらかのかたちで非常を知らせることもせずに、すんなりなかに通してやったのか？　これはおよそミス・バーネットのような女性が選びそうにない行動ではないだろうか？
「議論の余地はない」ロジャーは大声をあげて、握りこぶしで机をたたいた。「そんな非常識な時間になかに通したのは、相手が見ず知らずの人物ではなかったからだ。同じ建物の住人のひとりだったんだ。あらゆる点がそのことを指し示しているじゃないか！」

ロジャーは午後じゅうずっとそうした自分の考えを書類にまとめて過ごした。さらに、ミセス・ボイドから聞きだした情報についても、記憶がたしかなうちに書きとめておいた。後者についての覚え書きは次のとおり。

モンマス・マンションの住人一覧

（管理人のミセス・ボイド提供の情報による）

一号室（一階）ミセス・ボイド

二号室（一階）オーガスタス・ウェラー氏

ジャーナリスト、（いわゆる）ユーモア週刊誌《ロンドン・メリーマン》の副編集長。年齢三十歳前後。独身、陽気な《スワ・ディザン》（女性の友人たちに対しては少々陽気すぎるきらいがある。ミセス・ボイドの口調にはかすかな非難がこめられていた）、だが気前のいい、そう、とても気前のいい若い紳士（ミセス・ボイドは彼の身の回りの〝世話〟をしており、ゆえに、かすかに非難がましい口調になるのは無理もない）。裕福とは言えないが、係累を持たない若い紳士にしては金銭的には余裕がある（もっとも、そのあたりの認識は当人の嗜好しだいで変わってくる）。

三号室（二階）キンクロス夫妻

フランシス・キンクロスはオックスフォード出身の本物の若い紳士。年齢は三十三歳くらい。広告業に従事（勤務先の名前と住所は意外にも知らない由）。少々神経質なところがあるが、いい家柄の出なのは間違いない。連れ合いのマージョリー・キンクロスもまた本物の若いレディ。年齢は二十八歳ほど。デヴォンポートの事務弁護士の娘で、旧姓はアンダースン。相思相愛のカップル。ひと粒種のドーラ・キンクロスは二歳。まれにみるかわいらしいお嬢さん。

四号室（二階）　バリントン＝ブレイブルック夫妻

家柄は疑わしい。ジョン・バリントン＝ブレイブルックは〈ハリッジ百貨店〉のワイン部門の主任。年齢は四十歳くらい。じつに意志の強い紳士——なんというか、無愛想と言ったらいいか（いや、言ってはいけないのかもしれない）。それでも、とても頭が切れて、成功を収めているのは事実だ。この住宅ではいちばん稼ぎがいい。メイミー・バリントン＝ブレイブルックはほぼ同年代。田舎でレビューの舞台に立っていたところをジョン・B・Bに救いだされたのが十二年前（らしい。そのことをまったく後悔していない）。アメリカ出身と言われているが、その点については語りたがらない（ミセス・ボイドが彼女の過去についてそらんじているエピソードの数の多さから判断するに、触れたがらないのは唯一この話題だけらしい）。

五号室（三階）　ミス・イヴァドニ・デラメア

ここへ来て、ミセス・ボイドの口調にははっきりと嫌悪感が表われた。〝本人は女優だとのたまってますよ〟。だが、訊いてもらえれば（ぼくはそうしたが）、舞台に立っているときより、仕事にあぶれているときのほうがずっと多い。品行にも疑問があるらしい（だが、これは直感に基づく判断で、証拠はひとつもないようだ）。少なくとも三十五歳にはなっているが、いまだに二十歳《はたち》のようなつもりでいる。またしても訊いてもらえれば（といっても、そうしてもらう必要はない。この件についてはこちらから喜んで情報を提供する）、殿方の友人はすこぶる多い。そして、驚くなかれ、お金もまたすこぶるたくさん持ってい

る。その収入源について、ミセス・ボイドは何も知らないようだったが、きわめて率直に、
中傷的なほのめかしがなされた。

六号室（三階）　エニスモア＝スミス夫妻

この夫婦については、この五、六年、相当な苦労をしていることが新たに判明した。ハムステッドの大邸宅で裕福に暮らしていたのに、零落してこの集合住宅へ。その上、共働きを余儀なくされている（しかも、ミセス・ボイドの見るところ、一家の生計を支えているのは夫人のほうらしい）。なんともお気の毒なことだ。なにしろ夫人は正真正銘のレディとして育ち、お父さまは英国陸軍の将軍でいらしたのだから。それに、エニスモア＝スミス氏はケンブリッジ大学に進み、それゆえ、紳士にすぎるから、こすっからい連中ばかりの映画業界ではうまく立ちまわれない。ミセス・ボイドはエニスモア＝スミス氏と夫人に対して、とりわけ好感を持っている。

七号室（四階）　ミセス・ピルチャード

ミセス・ボイドとはまるでつきあいがない。理由は明白。ミセス・ピルチャードは（a）アイルランド人で、（b）カトリック教徒である。ゆえに、本物のレディになる資格などないし、なろうとしてもなれない。

八号室（四階）　ミス・バーネット

（注記　建物の向かって左側が一、三、五、七号室、右側が二、四、六、八号室。各フラットの間取りはすべて同一で、ゆえに構造上、同じ部屋が上下に四つ重なっている。たと

えば寝室の上は寝室、キッチンの上はキッチンだ。ゆえに、エニスモア＝スミス夫妻の目を覚まさせた物音はミス・バーネットの寝室で発生したとみて間違いない）

ロジャーは椅子の背にもたれて、両手をズボンのポケットにぐいと突っこんだ。

「オーガスタス・ウェラー、フランシス・キンクロス、ジョン・バリントン＝ブレイブルック、ライオネル・エニスモア＝スミス。犯人はこのなかの誰だろう？」彼はつぶやいた。

第六章

ロジャーはドレッシングガウン姿のまま、舌平目《ソール》のムニエルをぱくついていた。すぐそばに置かれたコーヒーカップからは湯気が上がっている。シェリンガム氏は朝食の真っ最中だった。作家を職業とする利点のひとつは、ロジャーに言わせれば、ドレッシングガウン姿のまま食事がとれることで、その時刻はいつだってかまわないし、いくら時間をかけても（独身であるなら）誰にも文句は言われない。これは消滅しつつある奔放主義の唯一《ソール》の残滓で、堅物たちにとってはこの上ないいしゃくの種となっている。なにしろ彼らは毎朝八時半、いまいましい思いできちんと着替えて家族と朝食のテーブルにつき、それからは朝の苦行に耐えた自分をなぐさめつつ、一日を過ごさなければならないのだから。

いつものとおり、新聞は広げてコーヒーポットに立てかけてあったが、お定まりに見出しを眺めて、いまや紙面の片隅に追いやられた〝ユーストンのフラット殺人〟に関する短い記事をざっと読み終えると、それ以上は目もくれなかった。彼は何かに夢中になると、その対象が精神病質の実例であれ、電球であれ、殺人事件であれ、頭のなかがそのことだけでいっぱいになり、そのほかのことにはまったく気がまわらなくなってしまう（ついでに言えば、こういう性癖を持ちあわせているからこそ、これまでに何度も成果を収めてきたわけで、注意を集中すると視野が狭くなるきらいがあるとはいえ、目指す方向を誤ることはない)。目下の関心事は何をおいてもモンマス・マンションの事件だった。

それゆえメドウズから、シェリンガム氏の新しい秘書と称する若いご婦人が来訪し、いますぐお目にかかりたいと言っていると聞かされたときにはあわてふためき、肝をつぶした。

「いますぐ?」ロジャーは聞き返した。「『いますぐ』って言ったのか?」

「はい、そうです」メドウズは答えた。見かけは落ち着いたものだった。

「でも、いますぐなんて無理だろ」

「はあ、たしかに」

ロジャーの敏感な耳に、従僕の返事は自分が期待するほどの強い気持ちを表わしていないように思えた。「いますぐだなんて、そんなの無理にきまってるじゃないか」彼は訴えるように言った。

「ごもっともです」メドウズはなだめるように言った。ふたりの男は顔を見あわせた。どちらの脳裏にも同じイメージ、すなわち、若きミス・バーネットの姿が浮かんでいた。メドウズははっきりと口にすることはけっしてないにしても、目顔でこう訊いてきた——〝こんなことをなさるとは、いったいどういうおつもりですか?〟ロジャーもまた目つきで知らせた——〝自分でもさっぱりなんだ〟

「彼女をどうした?」ロジャーは声に出してはこうたずねた。

「書斎にご案内して、椅子にかけてお待ちくださいと申しあげました」

「待つように言ったんだな？　で、彼女の反応は？」

「さあ、存じません。すぐにこちらへ参りましたので」

「ああ、そうか……」ロジャーは必死に知恵を絞った。「よし、こうしよう。彼女のところへ行って、けさは口述筆記の仕事はないと伝えてくれ。ぼくは、その、別件で、べつの大事な用事でとても忙しいからって。頼めるかな？」

「承知いたしました」

メドウズが退出すると、ロジャーはほっと息をついた。

だが、気をそらされて考えごとに集中できなくなったし、朝食も食べ終えてしまった。彼はしばらくそのまま待って自分の新しい秘書が帰った頃合いを見計らい、寝室にもどって身なりを整えはじめた。

彼の心中に兆した疑念は、ネクタイを締めているときには確信に変わっていた。どこかでタイプライターの音がしており、異例にもその打音は彼自身の書斎から聞こえてくるかに思えた。彼はベストと上着を無造作に身につけて調べにいった。書斎のドアをおそるおそる数インチ開けてみると、喜ばしいことに献身的な仕事ぶりが目にはいった。ミス・バーネットが帽子やコートを脱ぎ、窓辺の小さな机について彼のタイプライターを盛んにたたいている。けさは仕事がないという彼の伝言を聞いていないかのようだった。ロジャーは内心うめき声をあげた。この先、面倒なことになるのは明らかだった。

彼はそっとドアを閉めた。だが、どうやらかすかに音を立ててしまったらしい。忍び足で廊下を二歩進む間《ま》もなく、ドアが勢いよく開いてきびきびした声が響いた——いかにも有能な秘書が朝いちばんに発しそうな、快活な声だった。

「おはようございます、シェリンガム先生。ちょっとこちらへお越しいただけませんでしょうか？　どうかご遠慮なさらず」ミス・バーネットは親切につけ加えた。

「いいとも」ロジャーは答え、彼女のあとについていった。

「けさはお忙しくて口述筆記の時間はとれないとのことでしたので、タイプの仕事を進めておこうと思いまして。机の上にこの書類があるのを見つけました。清書しておけという意味ですよね？」

「書類って？」ロジャーはぼんやりと聞き返した。タイプライターの隣にきちんと積み重ねられた書類の束に目をやる。次の瞬間には、それを夢中で引ったくっていた。だが、子犬の口から半分嚙みちぎられたカラーを奪いとるようなもので、いまさら手遅れだった。なぜなら知ってのとおり、カラーはもうもとにはもどらないのだから。その書類は彼が〝モンマス・マンションの謎〟について記した覚え書きだった。

昨夜、彼はそれにあらためて目を通した。うっかり書類ばさみにもどさないまま、寝室に下がってしまったにちがいない。

「これを読んだのか？」彼はたずねた。厳しい口調を心がけたつもりだった。ミス・バーネットにはその趣旨が通じなかったらしい。

「まあ、なんとか。これほどたくさんの訂正や加筆がほんとうに必要なんでしょうか？　おかげでひどく苦労しました。でも、はい、かなりきちんとしたものになっていると思います」

ロジャーは気持ちを抑えつけた。「どこいらあたりまで進んだ？」

「どこまで進んだか、ですか？」ミス・バーネットはロジャーの冗長表現を穏やかに訂正した。

「いま、三ページの途中です。伯母の遺体についての医師の所見のところ」個人的な感情を交えずにつけ加える。

「口述を始める」ロジャーは宣言した。

「かしこまりました」ミス・バーネットは穏やかに応じた。その態度はこう告げていた――作家というのはつまらぬお天気屋で、しょっちゅう気分が変わる。有能な秘書ならそんな気まぐれも鷹揚《おうよう》に受け止めるものだ。彼女はタイプライターの前に座って、新しい紙をセットした。

「親の顔が見たい」ロジャーはいくぶん怒ったような口調で告げた。

「はあ？」

「親の顔が見たい！」

「どういうことかさっぱりわからないのですが」

「短編のタイトルだ。『親の顔が見たい』ロジャー・シェリンガム作」

「あっ、失礼しました」

ミス・バーネットのこの上なく美しいバラ色の頬がかすかに色を濃くし、彼女が内心決まり悪い思いをしている事実を明らかにした。ロジャーは気をよくして口述を続けた。

彼は休憩なしに一時まで口述を続け（〝この娘は仕事がしたいらしい〟彼は自分に言い聞かせた。〝本気で仕事がしたいらしい。だったら、させてやればいいじゃないか〟）、自分の注意をむりやりおもしろくもない方向へ向けた。好みにあうテーマに集中できる能力がひとつの利点だとすれば、テーマが好みにあわない場合でも同じように集中力を発揮できるのははるかに優れた利点となる。だが、作品自体の出来はお粗末で、彼にもそれはよくわかった。ミス・バーネットも同じ思いでいるらしいのは火を見るより明らかだった。口にはしなくても、眉の動きは雄弁だった。

一時になると、彼女は立ちあがってタイプライターにカバーをかけ、帽子をかぶった。ロジャーはコートを着るのに手を貸した。「二時半にはもどります」彼女は言った。

「きょうはもう帰っていい」ロジャーはできるかぎり断固とした口調で言った。「ほかにやることがあるんだ。口述をしている暇はない」

「まだ途中ですが」非難するような口ぶりだった。

「わかっている。残りはあしただ」

「承知しました。それでは、午後は伯母の事件の覚え書きの清書を続けます」彼女はハンドバッグからコンパクトを取りだして、ふたを開けた。

「だめだ」ロジャーは彼女の化粧直しを魅せられたように見つめていた。女性が化粧パフを使うところはこれまでに何度も目にしているが、ミス・バーネットと化粧パフの組み合わせはなぜかしっくりこないように思えた。だが、その成果はじつに見事だった。

彼女は手を休めて、美しいラインを描いた眉を持ちあげた。「どうしてですか？」

「あれは清書してもらいたくないんだ」ロジャーは強情に言い張った。

ミス・バーネットはこの愚にもつかない言いわけをあっさり切って捨てた。「何をおっしゃるんですか！　あのままではほとんど読めません。絶対にタイプで打ちなおす必要があります、この先、少しでも利用なさる気がおありなら」

悔しい話だが、これには反論のしようがなかった。ロジャーは唐突に心を決めた。「わかった。じゃあ、午後はあれをタイプしてくれ。よろしく」彼はミス・バーネットのこの上なく美しい鼻に、最後にもう一度当惑の視線を投げたのち、部屋から退散した。彼女はちょうどそのとき、ふたたび鼻におしろいをはたいているところだった。

ひとりで昼食をとりながら、彼はどうしてあんなにあわてて決断してしまったのか考えてみた。とっさに意識しなかったにせよ、それなりの理由はあるはずなのだ。その結果はおよそ次のようなものだった。
（1）彼女は、目を通したのはタイプしたところまでだと主張しているが、それを鵜呑みにする気になれない。
（2）かりに最後まで目を通したのなら、タイプさせたところでなんの不都合も生じない。清書が必要なのはたしかなのだから。
（3）最後まで目を通していないとしたら、伯母の事件についてぼくの見解を知られることで実際になんらかの不都合が生じるだろうか？　自分の見解を明かすことにためらいを感じるのは、本能的な秘密主義のせいにすぎないのではないか？　部外秘だと釘をさしておけば、彼女の口からよそに漏れることは絶対にあるまい。
（4）彼女がまれに見る知性の持ち主なのは間違いない。それに、今回の事件の被害者が当人の伯母であることを考えれば、先入観にとらわれない性格と見ていいだろう。ぼくの見解をどう思うか訊いてみたら、それなりに興味深い、拝聴に値する、かなり有益な回答が得られるのではないだろうか？　その可能性はありそうだ。
（5）この先、今回の事件に関連して聞き込みをするつもりだが、その手助けをしてもらえないだろうか？　きっと何か機会があるだろう。
（6）いまふと気づいたが、どうやらぼくの頭には漠然とこんな思いが浮かんでいたらしい――あの覚え書きをタイプさせるのは、ぼくの抱いている疑念の数々を彼女にそれとなく伝えるのに絶好のやり方なのではないか。そういうことなら、今後もこちらからはコメントを求めず、向こうが何か言ってくるのをゆっくり待とう。
（7）あの決断を下したのが、彼女が化粧直しを始めたときと重なったのはなぜか？　遺憾ながら関連性は認めざるをえない。機械相手には、いかに効率的な機械だろうと、自分の秘密を打ち明ける気にはなれないが、あのコンパクトは、あの機械人間が効率性の下にじつは人間らしさを秘めていることの証しなのだろうか？　はてさて、興味深い問題だ。
（8）自分はこの決断を下したことに満足している。
ロジャーはその後、昼食のあいだはずっとモンマス・マンション事件のことより新しい秘書のことを考えて過ごした。彼女と三時間ほどいっしょに過ごしてみて、以前に下した結論はいっそう確実なものになった。あの娘は単にかわいいというのではない、本物の美人だ。目鼻立ちはまさに正統派で、まっすぐな鼻筋、広い額、ぱっちりとしたはしばみ色の目、完璧な口元、しっかりとしたあご。体つきも実際には筋肉質ではなくて、単に運動選手ふうなのだ。安全な距離を置いて眺めている分には絶世の美女と言ってもいい。だが、もっとお近づきになりたいかというと、少なくともロジャーの場合、いくら趣味は広いほうだとはいえ、そんな気持ちはこれっぽっちもわいてこなかった。彼女は男という男全員にそういう印象を与えるのだろうか？　かりにそうだとしたら、理論上、魅力的であるはずの女性が、実際にはどうしてああも近寄りがたくなれるのだろう？　彼女を秘書に採用した自分の突拍子もない思いつきを悔やむ気持ちはしだいに薄れていった。小説家の立場からすれば、彼女は計り知れないほど貴重な存在になりそうだった。すでにロジャーは、彼女のような性格の人物を主人公にした、新作の構想を練りはじめていた。

しかし、昼食をすませると、ミス・バーネットのことは頭のなかからすっかり消えた。やるべきこと、調べるべきことが山積みだった。退屈なのはたしかだが、おもしろみがないわけでもない。例の覚え書きの表紙に、ミス・バーネットにあてて〝当文書の内容は極秘で、他言無用である〟と走り書きでメモを残すと、彼はモンマス・マンション界隈へ向かった。

ロジャーが調べるつもりの事項は多岐にわたっていた。まず、キッドを最終的に容疑者リストからはずす前に、ミセス・ボイドが示唆しているとおり、階下のフラットの窓からの脱出は絶対に不可能だったことを証明しなければならない。さらに、塀を乗り越えた男について目撃者のお抱え運転手から話を聞き、彼の証言を徹底的に検証する。そして最後に、フラットの残りの入居者全員に面会し、彼らの暮らし向き、とりわけ、財政状況についてくわしく調べる。モーズビーとその部下が事情聴取をしたミセス・ピルチャードにしても、まだなにがしかの情報を持っている可能性はある。それにしても生前の被害者を最後に見た人物は誰だったんだろう？　先週の水曜日、ロジャーがモンマス・マンションにいたあいだには明らかにならなかったし、三日前だってモーズビーはその点に触れなかった。しかし、スコットランド・ヤードのことだ、いまごろはもう突き止めているにちがいない。

　あれこれ考えあわせた上で、ロジャーはいちばん重要な証人であるお抱え運転手から始めることにした。二時半をまわったばかりなので、運がよければ車庫で捕まえられるだろう。通りでタクシーを降りて細い路地へはいり、左の角を曲がった。ミューズはモンマス・マンションの裏庭の真向かいに位置していたが、間口は両端とも裏庭よりずっと広く、長さが二倍以上あった。ここまで来ると視界が少し開けた。というのも、建物が道路から二十五フィートほど奥まったところに建てられていて、空いたスペースが丸石を敷き詰めた前庭になっていたからだ。ヴィクトリア朝や一頭立て四輪箱馬車《ブルーアム》を彷彿とさせるこのたたずまいからして、ここがかつて厩舎だったのは明らかだった。ユーストンがいまよりずっとおしゃれな地区だった時代、富裕層に貸しだされたのだろう。十戸ほどの建物にはそれぞれ大きな二枚扉がついており、いまでは車庫や倉庫などさまざまな用途に利用されているようだった。

ひとりの少年が前庭で石蹴り遊びをしており、この界隈で唯一の生命体である彼が、ロジャーの求める情報を快く提供してくれた。「クロースさん？　リディ・ペミントンとこのうんてんしの？　だったら七号だよ。七号ガレージ。ほら、ドアに番号がついてるでしょ、七号って。ななな、だよ。おじちゃんなら、そこにいるよ、まだ出かけてなきゃね」

ロジャーがごほうびに六ペンス銀貨を一枚渡すと、少年は唐突に石蹴り遊びをやめて、声を限りに奇声をあげながら走り去った。ロジャーは七号ガレージへ向かった。運は彼の味方をした。ドアをノックすると、陽気な声が返ってきた。

大きな扉の片方が勢いよく開くと、ジョン・クロスは愛想のいい、そばかすだらけの顔をした小柄な男だった。えび茶色の制服が赤毛にまったく似合っていない。「なんかご用で？」彼はたずねた。

「きみがジョン・クロスかな？」

「へえ、さいですよ」小男はヨークシャーなまりで答えた。

「ははあ、出身はヨークシャーだね」ロジャーはわけ知り顔の笑みを浮かべた。探偵たるもの、能力を発揮できる機会はけっして逃してはならない。ごく単純な演繹法でも初めて目にする人は感服するものだ。

だが、ジョン・クロスは感服するというよりおもしろがっているようだった。顔をくしゃくしゃにして大笑いする。「いやいや、だんな。あっしゃ、デヴォンシャーの出ですよ。生まれも育ちもデヴォンでさあ」

「そ――それは妙だな」ロジャーは当惑し、口ごもった。「てっきり……ほんとうに出身はデヴォンシャーなの？」

「へえ、デヴォンシャーでまちげえありゃせんて」にやにやしたまま、お抱え運転手は本物のヨークシャー人以上に強いヨークシャーなまりで答えた。「おおかた、あっしのしゃべり方でござんしょ？　こいつのせいで、みなさん、あっしゃヨークシャーの出だとお思いになる。向こうで長いこと働いてたってだけの話なんですがね。悪いこたいいません、だんなも、万が一ヨークシャーで食い扶持《ぶち》稼がなきゃならんはめになったら、土地のもんみたいなしゃべり方を身につけるこってす」

「なるほどね」ロジャーは笑い声をあげた。「ありがとう、憶えておくよ。でも、警察をそこまで欺《あざむ》くのはまずいんじゃないかな」

「するってえと、だんなは警察のかたで？」

「スコットランド・ヤードの関係者ではある、たしかに」ロジャーは大いなる威厳と、微々たる真実をこめて答えた。「六日前の晩、あの塀を乗り越えたのを見たという男について、さらにひとつふたつ訊きたいことがあるんだ」

「へい、喜んで」故郷を売ったデヴォンシャー人は冷静に答えた。「でも、知ってることは全部お仲間にお話ししたっすよ」

「うん、ほんの一、二点なんだが……。ええっと、裏庭に通ずる木戸があるよね、隣の車庫の真向かいあたりに？　ぼくの聞いた話では、男が塀を乗り越えたのはあの木戸の左側、つまり、ここから見て、木戸の向こう側だったってことなんだが。それで間違いない？」

「へい、間違いありませんや」

「じゃあ、自分の目撃したことについて絶対に自信があるんだね？」

クロス氏は、絶対に自信があると強調した。

ロジャーは全力を尽くしてクロス氏に揺さぶりをかけた。あの晩の天候はどうだったか？霧が出ていたり、雨が降りそうだったりして、視界が悪かったのではないか？　そんなことは少しもなかった。これ以上ないほど晴れ渡っていて、月が明るく新聞が読めそうなほどだった。問題の男を見たとき、何をしていたのか、そもそも、どうして注意を引かれたのか？　クロス氏はちょうど車をしまい終えたところだった。うちの奥さまは珍しいくらい夜中のパーティやら何やらがお好きで、夜中の一時半はまだ早帰りのほうなのでよく憶えている。車を車庫に入れたのが一時十五分過ぎで、車の時計がその時刻を指していた。この時計は一週間に一分以上遅れたためしがない。それで、エンジンを止めたり、ラジエーターに毛布を掛けたり、何やかやと作業をして、六、七分もしないうちに外へ出た。片方の扉を閉じてかんぬきをかけ、もう片方の扉を閉じようとしたとき、がさごそいうような音がした。それと――なんというか、妙な、荒い息づかいのような音も聞こえた。それで気になってふり返ってみると、ひとりの男が木戸のそばの塀の上に頭をのぞかせたところだった。そのまま様子を見守っていると、男は脚《ま》をかけて塀を乗り越え、路地に降り立つと一目散に走り去った。クロス氏が声をかける間もなかった。

「男はきみに見られていることに気づいたかな?」ロジャーはたずねた。

その点について、クロス氏ははっきりしたことはわからないと述べた。だが、月があれほど明るかったのだから、こちらにちらりとでも目をくれていれば、いやでも気づいたのではないだろうか。

「じゃあ、その男が塀を乗り越えたことについて疑いをさしはさむ余地はないんだね?」ロジャーは落胆しつつたずねた。ただ、もともとこの点に関しては揺さぶりをかけられるとは思っていなかった。

クロス氏は目端の利くところを見せた。疑いの余地はこれっぽっちもないというだけでなく、ロジャー同様、妙だと思っていたというのである。この近所の人間ならマンションの裏庭の木戸に錠がついていないことはみな知っている。だのに、どうしてあの男はわざわざ塀を乗り越えたのか?

「ほんとに、どうしてだろうな?」ロジャーは調子をあわせた。

クロス氏は続けて自説を披露した。男はこの近所の人間と違ってあの木戸のことをよく知らなかったし、人を殺してきたばかりでいくぶん動転していたから、木戸が目にはいっても当然錠がおりていると思いこみ、わざわざ開けてみようとしなかったのではないか。それというのも、あとからあのときの状況を思い返してみて、ひとつ気づいたことがある。男は塀を乗り越えるとき、木戸の内側の出っ張った部分を足がかりにしたように見えたのだ。少なくとも最初に目にしたときの印象では、何かしっかりした足場を支えに塀の上にあがろうとしているふうだった。となれば、ともかくも木戸の存在には気づいていたはずだ。

「へい、そのはずですって」クロス氏は言った。そばかすの散った顔に真剣そのものの表情を浮かべる。「やっこさん、よっぽど必死だったんでしょうな。そういうときゃ、行く手をふさがれたら、とっさに上を飛び越えようとするもんなんですよ、下をくぐり抜けられるかどうか確かめもしないで。違いますかね？」

ロジャーはクロス氏の洞察力にいくぶん感銘を受けながら、ためらいなく同意した。たしかに人はさし迫った状況に置かれると、思いもしない力を発揮するものだし、障害物は下をくぐり抜けようとするよりは、上を乗り越えようとするのが普通だ。下よりは上である。これではっきりと説明はつくだろう。しかし、ふと思いだしたが、ロジャーの新説にあわせるために必要なのは、この男の行動を説明づけることではなかった。逆に、存在を消し去らねばならないのだ。ところが、お抱え運転手はいっこうに男の存在を否定しようとしない。歯がゆいかぎりだった。

彼はその正体不明の男の人相について質問を続けた。ここへ来て、クロス氏は独断的な主張を多少和らげたが、それでも態度はあいかわらずきっぱりとしていた。男が帽子をかぶっていたのは間違いない。なぜなら、あんな曲芸まがいのことをしてよく落ちないものだと思ったのをはっきり憶えているからだ。それに、顔が隠れるくらい目深にかぶっていたのも記憶にある。だが、ミューズの正面には街灯が立っている。裏庭の木戸のほとんど真向かいにあるので、あれこれ予防策をとっていても、曲芸のあいだに一、二度、ちらっと顔を拝むことができた。ただ、もう一度会ってわかるかとなると、はなはだ怪しい。

「じゃあ、面通しには応じられないというんだね？」ロジャーは考えこむようにしてたずねた。

「はあ、無理ですわ、それが正直なとこで」クロス氏は断言した。「だんなのお仲間からやいのやいの言われましたけど、できないもんはできないんで。そこまではっきり見ちゃいないんですから。誓って言えるのは〝この人はあの男じゃありません〟ってことぐらいのもんで。ほら、誰か犯人じゃない人が間違ってしょっ引かれたときにね。それと、外見だったらお話しできますよ。とても小柄でしたね、あっしより背が低かった。あっしだってかなり小柄なほうなんですが。ただ、ずっと細身でした。胸囲はあっしの半分しかなかったんじゃないですか」

「背格好についてそこまでよく見てとれたのは、きみの証言によれば、男がコートを着ていなかったからなんだよね？」

「おっしゃるとおりで。コートは着てませんでしたよ、誓って。ええ、いまも目に浮かびますよ、猿よろしく塀を乗り越える姿が。そうそう、にやにや笑ってましたっけ、猿みたいに」まじめな話題に切り替わってからというもの、クロス氏の顕著なヨークシャーなまりは跡形もなく消えていた。塀の問題の箇所に目を凝らし、おどけた小さな目を細めている姿は、まるで塀を乗り越える男を眼前に浮かびあがらせようとしているかのようだった。「へえ、コートは着てませんでした。ダークスーツでしたよ、うん。それに、仕立ては悪くなかった。あっしはスーツにゃけっこうくわしいんです、おじがエクセター（デヴォンシャーの州都）の仕立屋で裁断師をやってるんで。あのスーツはつるしじゃない、れっきとした注文服です。ひと目でわかりました」

これは機密の漏洩に当たるのかもしれないと一抹の懸念を覚えつつ、ロジャーは、コートの件についてはクロス氏の証言はほかの目撃者と話が食い違っていると指摘してみた。だが、この点について、クロス氏から有益な返答は得られなかった。自分にわかるのは、何を見て、何を見なかったかということだけ。コートを見なかったことについては絶対的な自信がある。警察にはこの件についてもやいのやいの言われたが、自分はがんとして譲らなかった。

「そうか」ロジャーは言った。この証言の食い違いはべつに気にならなかった。塀越え男はともかく迷惑なしろもので、走る男もまたしかり。証言に一致しない点が多ければ多いほど、両者が同一人物である可能性は低くなる。「ところで、きみはどうやら男の姿を最後まで見ていたようだね?」クロス氏はうなずいた。「男はこの路地をまっすぐ行って、あの角を右に折れたんだよね? そのはずだろ、ぼくの知るかぎり、ほかに抜け道はないから」

「おっしゃるとおりで。表通りに出るにはそうするしかないです」

「で、男は全速力で角を曲がって姿を消したんだね?」

クロス氏は見るからにこくりとうなずきかけたところで、急に表情を変えた。当惑と驚きとかすかに恥じ入る気持ちが同時に表われる。「いやあ、弱ったなあ」彼は言って、赤毛の頭を激しく引っかいた。

「何が弱ったんだ?」

「いえね、いまになって急に思いだしたんですわ。お仲間にお話ししたとおり、やっこさんはこの路地を走っていって、角を曲がって姿を消しました。ええ、そこんとこは間違いないんです、たしかに。ところが、だんなのお話を聞いてるうちに、ふと頭に浮かんだんですわ。いやあ、こんなことってあるんですねえ。頭んなかからすっかり抜け落ちてたのを、いまになってはっきり思いだしました。やっこさんはまっすぐ角を曲がってったんじゃない。いったん立ち止まってあたりを見まわし、それから、あっしのほうへちょっと引き返してきて――いやだな、この調子じゃ、そのうち自分がヨークシャー生まれなのかデヴォンシャー生まれなのかも忘れちまいますよ――地面から何かをひろいあげたんですわ、小さな包みみたいなのを。で、角を曲がって走り去ったんです。いまんなって思いだすとはねえ」

ロジャーは興味を引かれた。とくに重要な意味があるようにも思えなかったが、情報というのはどんなものでも興味深い。彼はクロス氏に、よみがえった記憶にもとづいて、その包みが転がっていた正確な位置を教えてもらいたいと頼んだ。思案の末に示されたのは、裏庭の区画の端のあたり、路地が右に折れる二十ヤードほど手前の場所だった。その包みが丸めたレインコートだった可能性はあるだろうか？　クロス氏いわく、可能性はあるが、言わせてもらえれば、レインコートを一枚丸めたのより、もう少しかさばっていた。「でも、見当ならつきますよ」彼は勢いこんでつけ加えた。「ありゃ、レインコートで何かをくるんでたんですわ」

「なるほどね」ロジャーは言った。

さらにいくつか質問がなされたが、興味を引かれる事実は出てこなかった。謝礼が渡された。

「こりゃどうも！」クロス氏は驚きと感謝の念をこめて言った。本物のスコットランド・ヤードの捜査員がこうした気前のよさを見せなかったのは明らかだった。

ロジャーはふたたびタクシーをひろって大英博物館へ向かった。考えごとをしたかった。

この塀越え男の存在を消すのはどうみても不可能だった。ロジャーはまず仮説を立てて結論を導きだす帰納的手法の危険性を充分に承知していた。ともすると仮説に合致しない事実をねじ曲げてしまったり、ねじ曲げることもできない事実は無視してしまったりしがちなのだ。断じてそういう罠に陥ってはならない。塀越え男は間違いなく現実に存在する。その事実はねじ曲げてはならないし、無視してもいけない。ゆがめることなくしかるべき位置にぴたりと収めなければならない。さもないと、自分の魅力的な新説は根底から崩れ去ってしまう。さて、どうしたものか？

よし、とりあえず、ミス・バーネットのフラットからロープでおりた者はいなかったという事実（このことはもう事実と見なしていいはずだ）を出発点としよう。この事実からは少なくとも次の励みになる結論が導きだせる。すなわち、塀越え男はともかくもあのフラットからロープを使って脱出したのではないということだ。そうなると、あの男がもともといたのが現場のフラットだった可能性は五分五分になる。五分五分？　いや、もっと少ないか。なぜなら、かりにあのフラットを出て階段をおりたのなら、裏庭を逃げ道に使った理由の説明がつかないからだ。裏庭へ出るには、いずれにせよほかのフラットの窓を通り抜けるしかない。どうして直接外の通りに出なかったのか？

ここでべつの問題がからんでくる。かりに塀越え男が現場から逃げ去る際に階下のフラットの窓を経由したとすると、彼はそのもうひとつのフラットに侵入し、また出ていったことになる。出ていった先が裏庭であろうが、外の通りであろうが、この理屈に変わりはない。こうした行為に及べば、まず確実になにがしかの痕跡が残るはずだ（むろん、そのフラットの玄関の鍵を事前に入手していれば話はべつだし、犯人が手抜かりのない計画を立てておくようなきちょうめんな性格だとしたら、用意していた可能性は充分にある）。いずれにせよ、そうした痕跡が見つかったという報告はない。存在するなら必ず報告されているはずだ。ゆえに塀越え男はそもそも建物のなかから出てきたのではなく、裏庭から出てきたという結論になる。蓋然性の点からいって、そう解釈するのがいちばん妥当だろう。では、塀越え男は裏庭で何をしていたのか？　なぜ動転していたのか？　包みの中身はなんだったのか？　そして――こうした疑問の数々をどうやったら解きほぐせるのか？

　男が動転していたという事実になんらかのヒントがあるのだろうか？　むろん警察は、この男が殺人者であるという真っ先に思いつく結論を支持している。なぜなら、男の目撃されている時間帯が、エニスモア＝スミス夫妻がミス・バーネットのフラットで物音がするのを聞いた時刻とほぼ一致しているし、動転していたのは一刻も早く殺人現場から逃げたいという自然な欲求の表われと解せるからだ。包みの件を知れば、収納箱の中身をコートでくるんだのだろうと判断するのはほぼ間違いない。塀の向こうへ投げ、塀を乗り越えてからひろったのだろうと。彼らの観点からすれば、じつにまっとうな正論だ。だが、ロジャーとしては、男の動転していた理由を殺人現場から逃げだしたい気持ちの表われとは考えたくなかった。とはいえ、犯意を抱いて裏庭をうろついていた人物が急におじけづき、殺人があったのと同じ時刻に犯意を捨てたというのは、偶然にしてはできすぎている。やはり殺人と逃走はなんらかのつながりがあるはずだ。その場合、逃げだしたのは殺人があったのを知ったからだとしか思えない。するとどういうことになるか？　塀越え男はなんらかの方法で自分が忍びこむつもりだったフラットで人が殺されたと知り（それほどむちゃな仮定でもない。あの建物内で忍びこむに値するフラットはほかにはひとつもないのだから）、下手に巻きこまれると面倒なことになるのであわてて逃げだしたのだ。そう考えれば、充分つじつまはあう。だが、彼はどうやって凶行について知ったのか？

ロジャーにわかるかぎり、方法はひとつだけ――ロープをよじのぼることだった。だが、かりにのぼるのにロープを使ったのなら、おりるときにも使ったと見て間違いあるまい。とはいえ、これまで検討してきたとおり、あのロープは目くらましにすぎず、実際には使用されていない。ロジャーは鼻をこすった。どうやら行き詰まりのようだった。

さらに三十分ほど熟考して、やはり行き詰まりだと断を下した。男はなんらかの方法で殺人事件のことを知ったはずだが、その経緯についてはまだ結論が出ない。塀越え男を無視するのではなく、当面は棚上げするしかないだろう。

ロジャーはお抱え運転手から聞いた話を詳細にわたって書きとめた。

作業を終えると、図書閲覧室を出てクラブへお茶を飲みにいった。自宅にはもどりたくなかった。ミス・ステラ・バーネットに取り仕切られているからで、きょうはもう彼女と顔をあわせるだけの気力がなかった。

第七章

ロジャーはクラブからスコットランド・ヤードに電話して、モーズビー首席警部を呼びだした。

ロジャーの新しい秘書がらみで首席警部から発せられた、いくぶんきつい冗談を受け流して、彼はたずねた。

「まあ、それはともかく、ちょっと知りたいんだけど、キッドはもう捕まえたの？」

「いや、それがまだなんですよ」モーズビーは悔しそうに言った。「いまのところ逮捕には至っていません」

「何か新しい情報は？」

「そうですね」首席警部は慎重に答えた。「あるとも、ないとも言えます、これでおわかりいただけるようなら」

「さっぱりわからない。どういう意味？」

「いえね、本人はまだ見つからないんですが、やつの女の居場所がわかったんです。ブレイシンガムから引っ越していました。ロンドンにいたんです」

「へええ、そうか。すると、きみたちはその気の毒なおねえさんを拷問にかける気だね？」

「よしてください」モーズビーは傷ついた口調で言った。「まだしょっ引いてすらいないんですから。監視下に置いているというだけの話ですし、本人はそのことすら知りません。遅かれ早かれ、われわれをやつのところに案内してくれるでしょう」

「言わせてもらえば、陰険なやり方だね」

「そうですか？」首席警部はそっけなく答えた。「これこそわれわれの本分なんですが」

「そんなおつにすました言い方するなよ。おっと、そうだった」ロジャーは軽々しい口調のまま、電話した当初の目的のほうへと話題を移した。「ちょっと気になったことがあってさ。殺人事件の捜査できみたちが真っ先に調べることのひとつは、生きている被害者を最後に見た人は誰かってことだろ。ぼくはそう理解していたんだけど、先日のことを思い返してみると、その質問は一度もなされなかった。これって職務怠慢に当たるんじゃないのかな？」

「それはどうでしょうか」モーズビーはむっとして答えた。「あのときは遺体発見直後でしたし、あなたは先にお帰りに――」

「いやいや、べつにきみを責めてるんじゃないんだよ」ロジャーはわざとらしく思いやりをこめた口調で相手の話をさえぎり、電話口でほくそ笑んだ。世知に長けているはずの首席警部がなんともあっけなく引っかかってくれたものだ。「そんなふうにとられちゃ心外だ。ただちょっと妙だなと思っただけだから。じゃあ、もう調べはついてるんだね？」

「そう思っています。例の魚の名前のご婦人です」モーズビーは早口で言い、ロジャーの知りたかった情報をじつに手際よく提供した。「ええっと、ミセス・デイス——ではなくて、ピルチャードですね（デイスも魚の名前）。いっしょにお茶を飲んで、そのとき口論になったようです。涙にくれながら、アフォードにいきさつを語りました。どうにも理屈がよく理解できないんですが、彼女に言わせると、そのときの口論がなんらかのかたちで友人の死を招いたそうなんです。短気を起こした自分に対する神の裁きだということらしいんですが」

「うぬぼれるにもほどがあるな」ロジャーはつぶやいた。「こう言ってやればよかったんだ——神はよほどあなたをひいきにしていらっしゃるんでしょうな、べつの人の命を奪ってまで、あなたにもう少し感情を抑えるように忠告なさるとはって。天は彼女の短気をほかの人の命よりずっと重要視しているって、そう思いこんでるわけだろ。あきれたもんだ」

「わたしがあなたでしたら、そう言ってやりたいところですよ」

「ぼくなら遠慮しないね。誰かが注意してやるべきだ。じゃあ、また。例の女から目を離すなよ、幸運を祈る」

ロジャーはまんざらでもない気分で受話器をもとにもどした。だが、じつのところ彼がまんざらでもない気分でないことはめったになかった。

彼はしばらく電話の前に立ったまま、両手を深くポケットに突っこんで床をにらみつけていた。さて、次はどうするか？

魚の名前のご婦人に話を聞こう、と彼は思った。あながち役に立たないこともないかもしれない。

タクシーでモンマス・マンションへ向かった。

ロジャーの幸運は続いていた。ミセス・ピルチャードは在宅していた。

ミセス・ピルチャードは警察の最初の、ゆえに、もっとも重要な事情聴取の際にロジャーが同席していたのを憶えていたので、彼の質問になんのためらいもなく答えた。それどころか、ずっと乗り気になった。というのも、彼の醸《かも》しだす打ち解けた雰囲気が、ほかの警察官のいかにも役人らしい堅苦しい態度とまるで違っていたからだ（この紳士はきっとスコットランド・ヤードのお偉方にちがいない。なにしろ押し出しが立派だし、育ちもよさそうなのだから。身なりを整えれば紳士になれるというものではない、そんなことはありえないとミセス・ピルチャードはよく知っていた）。ほら、こんなふうに炉辺にくつろいで座っているとまるで友達とおしゃべりしているような気がする。この人が炉の前の敷物の上に投げだした脚を無造作に組んでいるところはいかにも紳士ふうだ（紳士の名前はわからずじまいだったが、べつにかまわなかった。大事なのは人物であって名前ではない）。

ふたりは事件について気楽に語りあった。ロジャーは水を向けるようなことはせず、ただミセス・ピルチャードに勝手にしゃべらせて重要な情報がぽろっとこぼれ落ちるのを待った。

だが、二十分経過しても、そんな気配はいっこうに現われなかった。

ロジャーは自分の頭に浮かんだ質問をなにげないふうを装って発しはじめた。尋問されていることを悟られないように注意しなければならなかった。それでなくてもアイルランド人は気が短い。

「そもそもあなたとミス・バーネットが親しくなられたのは、おふたりともカトリック教徒でいらしたからなんでしょうね？」

ミセス・ピルチャードはあわてて十字を切った。「アデレードはわたしたちの宗派ではなかったんですよ、残念なことに。何度も何度も信仰の道に誘ったんですけど、まったく聞く耳を持ちませんでした。いまとなっては手遅れですけどね」

「カトリック教徒ではなかった？」ロジャーは驚いて言った。これは予期せぬ発見だった。

「でも、亡くなったとき、そばにはロザリオが落ちていたでしょう？」

「あれは彼女のものじゃありません」ミセス・ピルチャードはきっぱりと答えた。「だから、よけい気の毒なんですよ」

「前に見かけたことは？」

「一度もありゃしません。おたくの警部さんたちにも訊かれましたよ、彼女のでもなく、わたしのでもないなら、どこから来たのかって。あいにくなんのお役にも立てませんでした」

「それはじつに不可解ですね」ロジャーは頭をフル回転させた。これは重要な手がかりになりそうだったが、当座はどこがどう重要なのか計りかねた。

「おまけに、犯人は罰当たりにもそのロザリオを使って彼女を絞め殺したそうじゃありませんか」

「とうきょ——いえ、われわれはそう見ています。ええ、おそらく犯人はどこかでそれをひろい——何かの役に立つかもしれないと考えたのでしょう。ひろったのはこの建物内だったかもしれませんね」ロジャーはさりげなく話を続けた。「こちらにはほかにもカトリック信者のかたがおいでになるのではありませんか?」

ミセス・ピルチャードは哀しげに首を横にふった。「ここの住人は罰当たりな者ばかりですよ。このわたし以外に真の信仰を認めてるのはたったひとりだけ。もっとも彼女の場合」ミセス・ピルチャードはかすかに鼻を鳴らしてつけ加えた。「口先だけみたいですけどね、まったく」

「ほう、誰のことです?」

「ミス・デラメアですよ」

「ほんとうに? すると、あなたは彼女をよくご存じなんですね?」

「まさか」ミセス・ピルチャードはきっぱりと答えた。「知りたいとも思いません」

管理人のミセス・ボイドとこのミセス・ピルチャードは犬猿の仲らしいが、とにかくひとつは意見の一致することがあるようだ。ロジャーはこの話題はそれ以上追求せず、ミス・デラメアにもっと注目したほうがよさそうだと心に留めた。

ミス・デラメアが話題に出たおかげで、マンションのほかの住人のほうへ話を向けるのが楽になった。ロジャーはミセス・ピルチャードをそっと誘導して、彼女がじょじょにあけすけなゴシップを披露できるようにしてやった。ミセス・ピルチャードはかくも親身な聞き手の出現に気をよくして、思う存分、噂話に興じた。ロジャーは彼女の語る一語一語に熱心に耳を傾けるのはもちろん、行間を読むのも忘れなかった。こういうとき、彼は噂話をけっして軽蔑せず、その含意にはなおさら注意を向けた。ミセス・ピルチャードのような女性は自分ではこれといった趣味を持たず、近所の人々を観察することに楽しみを見いだしている。無自覚であれ、彼らの日常生活をできるかぎり細部に至るまで明らかにすることを趣味とし、尋常ならざる状況に置かれた者がいると知れば、いよいよ探索に熱を入れる。こうして集められた情報は、全体としてみれば、あながち不正確と断じてしまえるものでもあるまい。

一時間後、気づいたときには、ロジャーはモンマス・マンションの住人たちについておびただしい量の情報を得ていた。大半は今回の事件とは無関係に思えたが、そこここにひとつふたつ、きわめて有用そうな情報も混じっていた。ミセス・ピルチャードの隣人たちに対する評価はおおむねミセス・ボイドのそれと一致していた。どうやら《ロンドン・メリーマン》の若き副編集長、オーガスタス・ウェラーと、フランシス・キンクロスが彼女のお気に入りのようだった。もっともウェラーの自由奔放な女性関係については首を横にふって感心しない旨を示したが。ロジャーにわかったかぎり、このふたりの青年は親友で、出身校も同じだが、キンクロスのほうがウェラーより一、二歳年上らしい。ふたりともミセス・ピルチャードにはいつも明るい笑顔を向け（ミス・バーネットに対しても、彼女が受け入れるようであれば、同じようにしていたはずだ）、台所用具をよく借りにくるという。

ふたりに次いでお気に入りなのは、ミセス・キンクロスとその幼い子供だったが、この母子については彼女もあまり熱弁をふるうことができなかった。その次に来るのがエニスモア＝スミス夫妻で、この夫婦もまた最上階に住む孤独だが交際好きな未亡人に対して、状況が許すかぎり、親切に接しているらしい。夫妻については、管理人同様、ミセス・ピルチャードも同情を寄せていた。ミセス・エニスモア＝スミスのようなレディがお店に勤めなければならないのはじつにお気の毒だ。人にあごで使われて、キャンバウェルやクラパムくんだりの小娘みたいに身分の下の者に頭を下げるなんて。「だって、あのかたはれっきとしたお嬢さまなんですよ、お父さまは将軍でいらしたし」夫君については同情的ではあっても、いくぶん軽蔑しているふうだった。「気骨ってもんが全然ないんですよ」あの奥さまがいなかったら、とっくの昔に落ちぶれて、いまごろはサンドイッチマンにでもなっていただろう。感情の起伏が激しくて、気分がころころ変わる。陽気に夢を語っていたかと思うと、急に自分はつまらない人間だ、この世にいても意味がない、早いところおさらばしたほうが世のため人のためだなどと言いだす。とはいえ、先の戦争でひとり息子を亡くしていて、そんな不幸に見舞われたら誰だってまともではいられないだろう。

ミセス・バリントン＝ブレイブルックに対してはミセス・ピルチャードは思いやりはあっても慎重だった。ロジャーの見るところ、当人が自分の生い立ちや連れ合いとのなれそめなど、自分の半生についてミセス・ピルチャードに打ち明けようとしないのが好ましくない印象につながっているようだった。彼女に言わせると、隠しておこうとするのは何か相当恥ずべき過去があるからにきまっており、そういうことはむやみと詮索しないほうがいいのだそうだ。いっぽう夫君に対しては、あからさまに嫌悪の情を示した。「いつだって偉そうなことを言うんです。なんでも知ったかぶりをして。ちょっとばかり稼ぎがいいもんだから、身の程もわきまえず誰にでも横柄な態度をとるし。いいところなんか全然ありゃしません」

ミス・イヴァドニ・デラメアに関しては、ミセス・ピルチャードはくちびるを固く結んで、ひと言たりとも言葉を発そうとしなかった。

七時近くになってロジャーはようやくいとまを告げたが、そのころにはモンマス・マンションの住人に関してかなりの事情通になった気分でいた。辞去する前には、被害者についてもいくつかとりとめのない質問をしてみたが、これといって目を引く情報は出てこなかった。ただ、いささか荒れたお茶の時間（荒れた原因はつまびらかにされなかった）のあと、五時をまわってすぐミセス・ピルチャードは友人と別れ、それが生きている彼女を見た最後の機会になったということは確認できた。

「お茶といっしょにレーズンロールをいただいたんです」ミセス・ピルチャードは涙ながらに言った。「アデレードはレーズンロールが大好きでした。それが唯一のぜいたくだったんです。毎日お茶の時間にふたつ、そして、夜九時、床につく前にもうひとつ食べる習慣でした」

「ははあ、そうですか」ロジャーはうなずいた。「それで思いだしました。あの晩、ミス・バーネットが何時ごろ、床につかれたかは当然、ご存じありませんよね？」

「知ってますよ。いまお話ししたじゃないですか。あの人は毎晩九時にきちんと床についたんです。布団にはいってから食べられるように、ベッドのわきの椅子に一杯のお茶とレーズンロールを用意して。『おなかをあったためるため』っていつも言ってました。おなかがあったかいほうが冷たいより寝つきやすいんだって。ああ、その言葉を何度聞かされたかしらねえ……」

ケルト人気質が表われそうな兆しを見てとり、ロジャーは辞去すべき時刻をとうに過ぎていることを思いだしたのだった。

オールバニーの自宅におそるおそる滑りこむと、彼は書斎をのぞく前に、廊下を忍び足でメドウズのいるキッチンへ向かった。

「ああ、メドウズ、ただいま。それで、ええっと——ミス・バーネットはもう帰ったのかな?」

「六時にお帰りになりました。六時きっかりに」

「そうか。そりゃそうだよな。うん——まあいい」なんともふがいない返事で、自分の耳にもメドウズの耳にも、彼がいまなお自分の世界の主人で、自分の魂の指揮者であることを実証しているふうには響かなかった。

だが、書斎の机の上には、きちんとタイプされて綴《と》じられ、表紙にはタイプで打ったラベルまでつけられた〝モンマス・マンションの謎〟の一件書類が置かれていた。いまのかたちのほうが昨夜のそれよりはるかに参照しやすいのはたしかだった。

男の城が女性の侵略に屈するのは嘆かわしいかぎりだ。とはいえ、女性には使い道がないわけでもない。オックスフォードでも、当世のカエル面《づら》をした虚弱な若者は、たくましい異性の仲間から多少なりとも元気を分けてもらうべきなのだ。

夕食のあいだ、ロジャーは次の手についてあれこれ考えた。ミス・バーネットの絞殺犯がモンマス・マンションに住む男たち四人のうちのひとりにちがいないという思いはいよいよ強まっていた。そろそろ容疑者四人とよしみを通ずる潮時なのは明らかだった。

まずオーガスタス・ウェラーから当たることにして、彼を訪問するもっともらしい口実を探そうとした。たがいの職業柄、つながりのようなものはあるわけだし、駆け出しのころ《ロンドン・メリーマン》にはときどき寄稿していた。そこで、それをつてに、ある若い女性の就職を頼みにいくことにした。その女性は彼の被後見人で、必死に就職口を探しているのだが、困ったことにタイプも速記もできない。実際、人の役に立つようなことは何ひとつできないという設定だ。

オーガスタス・ウェラーはフラットの玄関ドアを自分の手で開けた。体格のいい青年で、背丈はロジャー（背の高いほうではない）より一インチほど高い。顔にはそばかすが目立ち、砂色の髪をしている。

「こりゃあ驚いた」ウェラーは言った。「さあさ、はいってください、遠慮なく。またお会いできるなんて最高だ。カーペットの穴に気をつけて」

ロジャーは遠慮なくなかへはいると、部屋の主のあとについて狭い居間にはいった。

「いやあ、最高だなあ」ウェラーはにこやかに笑って、とびきりの親愛の情を見せながら、部屋の明かりをもうひとつつけた。「ずっと寄ってくださるのをお待ちしてたんですよ。タイミングも絶妙だ。ちょっと仕事せにゃならんかなと思ってたとこなんで」

「仕事があるのなら……」ロジャーはおずおずと言った。初対面の人間からこうも熱烈な歓迎を受けていささか当惑していた。

「仕事？　何が悲しくて仕事なんかしたいもんですか。したくないにきまってるでしょう。さあ、座った座った。この椅子がいちばん安全だろうな。それにしても、またお会いできるなんて最高だなあ。飲み物はなんにします？　といってもビールっきゃないんですが」

「じゃあ、ビールを少々いただくとするかな。それにしても――その、前に会ったことあるかな？」

「ありませんでしたっけ？」ウェラーはとまどった顔をした。

「ぼくが憶えているかぎりでは」

「名前が思いだせないなとは思っていたんですよね。なるほど、そういうことか。まあ、いいじゃないですか」ウェラーはビールを注《つ》ぎ分けながら、達観したように言った。「いま、こうしてお会いしてるんだし。じゃあ、出会いに乾杯」

　ふたりはグラスを干した。

「じつのところ」ロジャーは話を切りだした。「自己紹介して、ここを訪ねてきた理由を説明したほうがいいようだな、こんなふうに歓迎してもらえたのは光栄の至りではあるんだが。きみの住所は以前から知っていたし、会いたくもあってね。で、たまたま通りかかったもんで、ちょっと寄ってみようかと思ったわけさ。ぼくの名はロジャー・シェリンガムだ、それで――」

「ロジャー・シェリンガム！　そうか。道理で見覚えがあったわけだ。写真でなら幾度となくお目にかかってますからね。いやあ、こいつはすごいや。夢みたいだ。あなたが通りすがりに立ち寄ってくれるなんて、もうほんと、最高ですよ。信じてもらえないかもしれませんけど、ご本はたくさん拝読してます。いやあ、えらいことになったなあ。さあさ、ビールをもっとどうぞ」さらにひと続きの感嘆詞を並べながら、ウェラーは客のグラスをふたたび満たした。ロジャーは心温まる思いで、ウェラーは称賛に値する青年であるばかりか、備蓄しているビールもまた称賛に値すると考えていた――質の点で完璧な組み合わせだ。

部屋の主の感激ぶりが多少落ち着いたところで、彼は訪問の目的について説明を始めた。

ウェラーは架空の被後見人の職探しについて、親身に相談に応じてくれた。そればかりか、なんの問題もないと考えているふうだった。ウェラーによれば、自分の勤めている会社は、タイプや速記、それどころか人の役に立つようなことは何ひとつできない若い女性を大量に採用することにも意欲を燃やしているのだという。まさにそういう女性こそ、会社が求めてやまない人材なのだが、不思議なことに、条件にあう人はめったに見つからない。なんなら、あした、だれそれくんに声をかけてみよう。これこれさんに伝えるし、なんとかさんにもそれとなく匂わせる。なにがし氏にきちんと話してみるし、いざとなればサー・アイザック・なんたら御大《おんたい》に直談判してもかまわない。シェリンガム氏としては大船に乗ったつもりでいていただきたい。あなたの被後見人はすでに高給を約束されたも同然だし、それに見合う仕事を求められることもないだろう。ウェラーにこう力説されて、ロジャーはかなり当惑した。自分のインチキな口実がこれほど大まじめに受け止められるとは予想もしていなかった。

ロジャーはいくぶん真剣に自分の被後見人をけなしはじめた。彼女は会社になんの利益ももたらさないばかりか、貴社の生産性を阻害し、来年度の経営収支に重大な損害を与えかねないと。だが、何を言っても無駄だった。ウェラーはその見知らぬ娘を自分の庇護の翼の下ばかりか、心のなかにまで取りこんでしまっており、かなりの気負いと確信を持って賛美するので、いまさらその思い込みを覆《くつがえ》すのは不可能だった。ロジャーは抵抗をあきらめて感謝の意を表し、いくら自信たっぷりにうけあってくれたところでこの就職話が現実のものになる見込みはまったくないのだと考えて、自分をなぐさめた。

とにかく（ロジャーは胸の内でつぶやいた）この人好きのする青年ほど楽天的な人間にお目にかかるのは、疑いなく生まれて初めてだ。

こうして被後見人がらみの障害を乗り越えると、ロジャーは思いのまま今夜のほんとうの用向きに移った。

部屋の隅におあつらえ向きにビール樽が据えてあった。ウェラーがそこからどんどんビールを注《つ》いでくれるので、妙な小細工はせず、酒興めかして本題にはいった。

「話に聞いたんだが」ロジャーはぶしつけに言った。「ここで人殺しがあったそうだね」

「そりゃお聞き及びでしょうよ」ウェラーは言い返した。「それに、察するところ」彼は意外にも抜けめなくつけ加えた。「ここへいらしたほんとうの理由はそれなんじゃないんですか？　就職の話なら、あしたの朝にでも会社のほうへ出向いてサー・アイザックにお会いになればすむんですから。いいですよ、なんでも訊いてください」

ロジャーは笑い声をあげた。「たしかに興味はある。それで、きみに会って話を聞いてみたら、もっと興味深いことになるんじゃないかと思ったんだ。きみはどういう仮説を立てているのかな？」

「仮説も何も、いたって明白じゃないですか。何者かが押し入って被害者を絞殺し、金目のものを奪って逃走した。それに、警察はおおかた犯人の目星をつけてますよ。逮捕は時間の問題だって新聞にありましたし」

「いや、新聞の報道なんて」

「でも、たしかな筋からの話だそうですし。この場合はスコットランド・ヤードですが。どうしてです、何か早期逮捕を疑う理由でもあるんですか？」

「ぼくだってそこまでくわしいことは知らない」ロジャーは慎重に答えた。「ただ、犯人逮捕は時間の問題だっていうのはスコットランド・ヤードの常套句だろ。ぼくが解せないのは、犯行の手口なんだ。犯人はフラットに侵入して被害者を絞殺し、きみが言うように、金目のものを奪ってまんまと逃走した——建物内の誰にも目撃されずにね。もう全員、床についてたってことなのかな？」彼はもの問いたげな顔つきになった。

「ぼくはまだ床についてませんでした」ウェラーは率直に答えた。「でも、犯人は見ていないし、なんの物音も聞いていない」

「ほう、じゃあ、起きて動きまわっていた？」

「いや、起きてただけです。この部屋で、会社から持ち帰った原稿の山に目を通してたんです。動きまわってはいませんでした。床についたときには午前二時をまわってましたが、それまではこの部屋から出ていません。ご覧のとおり、この部屋は建物の正面に面してますから、裏のほうで何かあってもまず気づかないんですよ。実際、何も気づきませんでしたけど」

「そうか。でも、正面のほうで何かあったら気づいてただろうね」ロジャーはできるかぎり無邪気な表情を装い、さりげない口調で次の質問を放った。「じゃあ、建物内ではどう？　人が動きまわる音とか、そういう音は聞いてない？」

「猫の足音ひとつ」ウェラーは陽気に答えた。「ふたつ上の階のエニスモア＝スミス夫妻が目を覚ましたっていうやかましい音だって聞いていないんです。あの晩はきっと耳に綿が詰まっていたにちがいない」

供されているビールは上等だったが、ロジャーは部屋の主をじれったい思いで見やった。目の前にいる男は証人として最高に価値のある証拠を提供してくれそうなのに、こちらの期待にはいっこうに応えてくれない。世の中にはサンフランシスコ大地震のような大災害ですら、隣町に住んでいるのに気がつかない間抜けがいる。だが、事件の晩、ウェラーがじっと聞き耳を立てていたとしても階段の足音にまるで気づかなかったというのはありえない話ではないだろう。殺人者は底鋲《そこびよう》付きのブーツを履いていたとはかぎらないのだから。

ロジャーがこんなふうにウェラーを証人扱いするようになったのは、彼をとうに容疑者リストから抹消していたからだった。このあけっぴろげな青年を潜在的殺人者と見なすのは、どう考えてもばかげていた。このフラットを訪ねて得られた収穫はせいぜいこの程度のものだった。言い換えれば、容疑者の数はいまや三人に減ったということだ。

会話を重ねるうちに、ロジャーは事件に対する自分の関心を隠しておけなくなった。というのも、部屋の主はロジャーのこれまでの犯罪学における活躍ぶりを熟知しており、今回の事件も独自に調査するつもりなのかと何度も訊いてきたからだ。ロジャーとしてはこう言ってごまかすしかなかった——単に殺人と聞いただけで現場に引きつけられてしまう悪い癖がある。それと、やむなく警察とかかりあうはめになった普通の人々に興味があるのだと。

この二番めの口実は思いのほか役に立った。ウェラーのほうから、それならぼくが紹介するから、やはり毎日のようにスコットランド・ヤードの訪問を受けている人たち、すなわち、キンクロス夫妻に会ってみてはどうかと提案されたのだ。ウェラーから価値のある情報は何ひとつ引きだせないと判明して以来、次の一手を考えあぐねていたロジャーにとって、この申し出はまさに渡りに船だった。

「フランシスくんのことはきっと気に入りますよ」ウェラーは樽のビールを上の階へ持っていくために、今度はピッチャーに注《つ》ぎながら言った。「最高の男です。最初は少し退屈だとお思いになるかもしれませんが、気にしないでください。ただ、正直なところ、昔とは変わっちゃったんですよね。以前は、あれほど陽気なやつはいないってほどだったのに。でも、結婚ってのは」ウェラーは達観したように言った。「人をちょっとばかりまじめにしちまうみたいですね。その点、ありがたいことに、ぼくがプロポーズする相手はきまってぼくを袖にしてくれますが」

この考えさせられるひと言を潮に、ふたりは上階へ向かった。

第八章

キンクロスは煙草の灰をカーペットにはたき落とそうとしたが、煙草の先に灰はまだなかった。つまり、落ち着きをなくしている証拠だ。ロジャーの観察では、一分間に数回は同じことをくり返していた。彼の口元がいっぽうの端だけ妙にぴくっと引きつった。ロジャーは経験からそれが〝大演説〟の前触れだと承知していた。

「まったくきみときたら」彼はウェラーに向かい、甲高い声で憤然として言った。「よくもまあそんなでたらめを並べられるものだ。でたらめもいいところだ。『裏町の寡婦』は十五世紀のスコットランドのバラッド以降、英語（と、その方言）で書かれた最高の作品だ。これにまさるものはない。まさに至高の作品だ」

「異議あり」ウェラーが断固として言い返す。「大仰すぎる。無理に戦慄をねらいすぎている。オスカー・ワイルドの『レディング監獄のバラッド』を見ろ。同じことを、まさに同じことを、十倍もうまくやってのけている。ずっと簡素な、気取りのない表現を用いながら、二倍の戦慄を生みだしているじゃないか」

「オスカー・ワイルドだと！」キンクロスは手にした煙草を何度も立て続けにはたいた。本気で怒りだしたようだ。彼はおよそ非個人的な話題――この場合は、ジョン・メイスフィールドの作品――に対して、きわめて個人的な感情を持ちこまずにはいられないやからのひとりであるらしい。「どうでしょう、シェリンガム、あなたなら賛同してくれますよね？　『裏町の寡婦』以上に素晴らしい物語詩はありませんよね？」

「バラッドに近い作品で、って意味？」

「いいえ」キンクロスは無謀にも言った。「物語詩も叙事詩も、全部引っくるめての話です」

「そういえば、昔、『アエネイス』（古代ローマの詩人ウェルギリウスの作品）とかいう叙事詩を読んだ憶えがあるなあ」ウェラーがにやにやしながら言った。「それに、ホメロスとかいうおっさんがいなかったっけ？　そいつもかなりいい作品をものしたことになってるはずだよなあ」

キンクロスは怒りに燃える視線をウェラーに投げた。「どうなんです、シェリンガム？」白く細長い指で黒い髪をとかしながら、しびれを切らしたように言う。

「悪いが、ぼくは承服しかねる」ロジャーはできるだけ公正な態度を心がけて言った。「同じメイスフィールドの『狐のレナード』のほうがずっと優れた作品だと思うな」

「ほう、『狐のレナード』ですか、なるほど」ロジャーの読みどおり、キンクロスは同意が得られなくても、自分がひいきする詩人の地位が揺るがないかぎりは嫌な顔をしなかった。「うーん、ある意味ではそうかも。名作ですよね。そうそう、いくつか印象に残る連が……どうでしょう、ひとつふたつ、朗読したらご迷惑でしょうか？」

「まったくもう」ウェラーが聞こえよがしに、うめくように言った。「いったいなんだってメイスフィールドの話になったんだ？　ここへ来ると、いつもこれだ」

「迷惑どころか」ロジャーはあわてて口をはさんだ。「拝聴したい、ぜひとも」

「マージョリー……？」

ミセス・キンクロスが合図《キュー》を与えられたかのように低い椅子からさっと立ちあがった。彼女はこの三十分間、ほとんど黙ってその椅子に座り、ビーズのように輝く、大きな茶色の目で発言者ひとりひとりを食い入るように見つめていたのだった。

ロジャーはミセス・キンクロスの人となりを判断するのに少々手こずった。彼女は普通と違ってどのタイプにもぴったり当てはまらなかった。最初は大げさにしゃべりまくるたちなのかと思って恐れをなした。というのも、彼の作品について、それはもうぺらぺらとしつこいほど称賛の言葉を並べたのだ（ロジャーの作品は名作にはほど遠く、おおかたの小説家とは異なり、そのことは本人もよく承知していたので、お世辞を聞かされるのはなおさら苦痛だった）。ところがそのうち、彼女は大げさに言っているのではなく、嘘偽りのない本心を語っているのだとわかってきた。ほんとうに彼の作品は完璧だと思っていて、ほんとうに彼の大ファンであり、彼を自宅に招き入れることができて、ほんとうに子供のように舞いあがっていたのだ。ロジャーもしょせん人の子だったから、こうなると彼女に対する好感度は一気に増した。やがて、夫のかなり露骨な冷やかしを浴びて赤面した彼女から、自分もときどき二流雑誌に短編を投稿していて、実際に採用されたこともある、夢は《デイリー・メール》（日刊の大衆紙）に連載を持つことなのだ、と打ち明けられるに及んで、ロジャーの彼女に対する評価はようやく定まった。要するにチャーミングで無邪気、おつむが軽くて、いま以上に発達する見込みもまずない。

だが、彼は自分の下した評価にいまひとつ満足できず、この家の若い女主人のあどけない顔をちらちらと見やり、三人の男たちがくり広げる議論の合間に、そこにときおり思いもかけず知性の兆しが浮かぶのを見てとった。とはいえ、彼女の文学論の大半が夫の受け売りなのは明らかだった。いや、全部と言ってもいいかもしれない――ただ一点をのぞいては。キンクロスにとって自分がお気に入りの作家でないのは明白だった。この青年は知的にすぎて、とうていロジャーの作品の愛読者にはなりえない。

それに、性格を評価するのもずっと簡単だった。ロジャーは彼に同情した。まじめで誠実な、とても好感の持てる男であるらしいのに、頭のてっぺんから足の先まで力《りき》み返っている。その直接的な原因は見当もつかなかったが、結婚して日の浅い青年にしては酒量を過ごしてしまいそうな印象がある。彼のフラストレーションの原因は明らかだった。キンクロスは才能もないのに創作意欲にかき立てられて苦しむ、世にも不幸な人々のひとりなのだ。彼は本来、詩人か、純文学の作家か、思索的な作曲家か、あるいは画家にでもなれるはずの男だった。だが、たまたま詩も、純文学も、思索的な音楽も作れず、絵すら描けなかった。彼は世の中に何事かを伝えたかったし、自分には世の中に伝えるべき何事かがあると確信していた。だが、それがなんなのかは明確にできなかったし、どういう媒体を使って表現したらいいかもわからなかった。それに、たとえわかったところで、それを表現する能力に欠けていた。妻の小説の話が出たときの、彼の冷やかしぶりがようやく理解できた。あれは単に露骨というのでなく、ほとんど残酷だった。彼は自分が授けられなかった天分を持つ妻を猛烈に嫉妬していたのだ。かりにそんなつまらない小品でも実際にものせたなら、妻の作品同様こき下ろしただろうが、駄作すら生みだせないとあっては……。それが腹に据えかねるのだ。

こういう人間は通常、無意識の自己防衛策として他人の書いたものを編集したり、論評したりする。そうやってプロの著述家より一段高い地位についてしまえば、プロを相手に仕事のやり方について、独断的とまでは言わないにしても、説教じみた講釈を垂れることができる。相手が反論できる立場にないことは百も承知だから、いい気なものだ。ロジャーにしてみれば、目の前にいるふたりの青年は、いつの世にもあるちぐはぐさの好例だった。フランシス・キンクロスは優秀な編集者になれただろうし、広告会社のオフィスにいる姿がほとんど想像できないのだが、身を置いているのは広告業界だ。いっぽう、オーガスタス・ウェラーはまさに広告屋が似合いなのに、副編集長の座についている。

『狐のレナード』について、ロジャーはよく知っているつもりでいた。だが、ほとんど何もわかっていなかったと悟らされた。キンクロスの朗読は彼がこれまで考えもしなかった含意や隠れた韻律を表に引きだした。聞いていて楽しかった。これほど見事な、情感のこもった詩の朗読を聞くのは初めてだった。個々の単語の意味はむろんのことその美しさも充分に理解しており、それでいて感傷的になったり、よくあるような、もったいぶって過度に強調したりするところは少しもない。当初選ばれた連の朗読が終わると、ロジャーはもっと聞かせてほしいと訴えた。キンクロスは喜びに顔を上気させて朗読を続けた。一時間後、いとまを告げるために立ちあがったときには、近い将来、必ずもう一度ここに来ようという気持ちになっていた。そう声に出して言うと、たちまち「よろしければあすにでも」と熱のこもった答えが返ってきた。

ロジャーはブリッジの最後の一、二戦に加わるつもりで、クラブまで歩いていった。まれにみる愉快な晩だったと彼は思った。上等のビールをたっぷり味わった上に、優れた詩を優れた朗読で鑑賞しつくした。ひと晩にこれ以上何を望めよう？　さらに言えば、有益な晩でもあった。なぜなら、容疑者リストからふたつの名前をひと思いに消し去ることができたのだから。オーガスタス・ウェラーに人が殺せないとしたら、フランシス・キンクロスにはその三倍は不可能だった。

「じゃあ、エニスモア＝スミスは？」ロジャーは考えこんだ。「彼には一度会っているし、あのタイプは一度で充分、一から十まで理解できた自信がある。今回のような計画殺人は言うに及ばず、そもそもいかなるかたちの殺人もしてのけるだけの度胸がないのは確実だ。この事件の犯人には頭脳と度胸が必要だ。エニスモア＝スミスには頭脳はあるかもしれないが（それも怪しいものだが）、度胸となるとこれっぽっちも持ちあわせていないのはまず明らかだろう。となると、残るのはジョン・バリントン＝ブレイブルックだけか。だったら、ジョン・バリントン＝ブレイブルックが犯人にちがいない。そうとしか言いようがない」

だが、ジョン・バリントン＝ブレイブルックは犯人ではなかった。その事実が判明したのは、ロジャーがいまの判断を下してからわずか三十分後のことだった。

現実世界ではまれではないのに小説の世界では避けられがちな偶然の一致が起きて、ジョン・バリントン＝ブレイブルックの名前が、ロジャーがへばりついていたブリッジテーブルにひょっこり顔を出した。三回勝負の一戦めが終わったとき、ロジャーのパートナーが椅子の背にもたれて、こう言った。「シェリンガム、きみは人の名前に興味があるんだったよな？　次の小説のために名前をひとつ進呈しよう。その手のことはよくわからないが、きみなら名前からだけでも登場人物をひとりこしらえられるんじゃないか」

「そりゃあ、ありがたい」ロジャーは答えた。「うん、たしかにぼくは名前を収集してる。で、なんていうんだ？」

「ジョン・バリントン＝ブレイブルック。言わせてもらえば、まさに収集に値する名前だよ」

ロジャーは二組めのカードに手を伸ばし、せわしなく切りはじめた。「たしかになかなか気が利いてる。でも、打ち明けた話、聞き覚えがあるな、面識はないと思うけど。じゃあ、知り合いなの？」

「いや、知り合いとは言えない。一度、顔をあわせただけだ、先週の火曜、〈ユナイテド・エンパイア〉で。仲間とそこで食事したんだが、あとからブリッジの欠員補充を買ってでてくれてね。どこかの百貨店で——どこだか忘れた——ワイン部門の主任をしているらしい。会ったことがなくたってべつにかまやしない。これといっておもしろみのあるやつでもなかったし。ただ、名前は使えるんじゃないかと思ってさ。さてと、そろそろカットと行こう」

ロジャーは耳をそばだてた。先週の火曜と言えば、ミス・バーネットが絞殺された晩だ。まあ、実際の犯行時刻は水曜の早い時間だろうが。

てたずねた。「〈ユナイテド・エンパイア〉はかなり遅くまでやってるよな？」彼はなにげないふうを装っ

「そう言ってもいいだろうな」相手は思いをこめて言った。「ぼくらがお開きにしたときには、夜中の二時近かったはずだし」

「で、ジョン・バリントン＝ブレイブルックは最後までいっしょにいた？」

「うん、最後までね。でも、最初からじゃない。ゲームに加わったのは十二時前だったな。それがどうかしたか？」

「いや、なんでもない」だが胸の内で、ロジャーは毒づいていた。これで四人とも嫌疑が晴れてしまったわけで、ほかに容疑をかける人物も思いつかない。ふりだしにもどってしまったのはいまいましくてならなかった。

三回勝負の第二戦のあいだ、彼は陰鬱な気分のまま、あの娘は何かの役に立つだろうかと考えていた。万事休すも同然のいまの状況を考えれば、ほんのわずかな助けでも大歓迎なのだが。その疑問は床についてからは断固として考えないようにしたので、寝つくのに苦労はしなかった。

翌朝、ロジャーに嘆かわしい出来事が起きた。朝食前に着替えたのだ。女性の存在は有害な影響をもたらしつつあった。

時計が十時を打つと同時に、玄関の呼び鈴が鳴った。三分ほど待ち、彼女が帽子を脱いで身なりを整え終わったと思えるころ、彼は廊下を男らしく大股に歩いていった。

「おはようございます」すでにタイプライターの前についていたミス・ステラ・バーネットが、顔を上げて明るい声で言った（雇い主に明るい声で朝の挨拶をするのは、優秀な秘書の務めである。また、雇い主が部屋にはいってきたとき、すぐタイプが打てるように準備しておくのも、その務めのひとつである）。

「おはよう」ロジャーはぶっきらぼうに言った。

彼はそのまま待った。ミス・バーネットは張りきった表情を変えなかったが、口は閉じたままだった。

「えーっと……」ロジャーは言いかけた。

「はい？」ミス・バーネットははきはきと答えた。

「なんでもない」こちらから話を持ちだしてたまるものかとロジャーは思った。だいたい自分から持ちださないようなら、この娘は人間ではない。なんといっても被害者は彼女の伯母なのだから。

しかし、どうみてもミス・ステラ・バーネットは人間ではなさそうだった。タイプライターのキーを指先ですばやくはじく。「けさは《パッサーバイ》誌の短編の続きをなさるんでしょうか？」

「そのつもりだ」

まったくこの娘にも困ったものだ。伯母の事件についての彼の本音を知りたくて、いても立ってもいられない気持ちでいるはずなのに。彼のほうも彼女の感想を知りたくて、いても立ってもいられない気持ちでいると気づいてしかるべきなのに。こんなつむじ曲がりがいるものだろうか？

ロジャーの視線が書き物机のほうにそれた。そこには、ロジャーが昨夜見たとおり、例の一件書類が置かれていた。きちんとタイプされて綴じられ、表紙にはラベルもつけられて、まさにぴかぴかの仕上がり。まさか存在を忘れてしまったふりをして通るとでも思っているのか？なんてしゃくにさわる、腹の立つ娘なんだ……。

こちらから話を持ちだしてなんかやるものか。

言うまでもなく、話を持ちだしたのはロジャーのほうだった。

「あっ！」彼はお粗末にもさりげない口調を装って言った。「それって例の一件書類じゃないか。へええ……じゃあ、きのうのうちに仕上がったの？」

「はい、もちろんです。実際、四時半には終わりました。六時までお待ちしたんですが、いっこうにおもどりにならなくて。それに、ほかの仕事は何も言いつかっていませんでしたから」非難するようにつけ加える。「時間を一時間半も無駄にしてしまいました」口調からすると、さらにこうつけ加えたいらしい――先生がご自分の時間を無駄にするのは先生の勝手である。しかし、今後、わたしの時間を無駄にするのは慎んでいただきたい。

ロジャーとしては、きみの時間はぼくの時間だ、こっちの好き勝手に浪費してやると言い返してもよかった。実際、もう少しでそう口にしかけたが、すんでのところで思いとどまった。そして、暴言を吐く代わりに、素直に白旗を掲げた。「それで――あの――きみの感想は？」

ミス・バーネットはその質問を一種の命令だと解釈することにした。この件について議論せよ、というか、この件についての議論に応じて、ソクラテス問答法の相手役をつとめよというのだ。そうすれば、悩める雇い主は胸の内のわだかまりをすっかり吐きだして、それを言葉で表現することによって、自分の考えが確たる根拠に基づくものなのか、それとも、根拠薄弱なものでしかないのか判断をつけることができるというのだろう。そこで、彼女はくるっと椅子の向きを変えて、きちんとした黒いスカートの膝の上で両手を組むと、励ますように言った。

「とても興味深く拝見しました」さらに顔の表情も取りつくろって、〝あれだけのことをひとりでお考えになるとは、なんて頭がいいんでしょう、驚きました〟とでもいうような趣旨を伝える。

「いやあ、それはうれしいな」ロジャーはソクラテス問答法などしょっぱなから受けつけずに答えた。「でも、ぼくがたわ言を並べてると思ったんじゃない？」

「まさか」

「じゃあ、まっとうで、理にかなっているというんだね？」

「ええ、まあ」さほど鋭い耳の持ち主でなくても、ミス・バーネットの口調があいまいなことには気づいただろう。

「ねえ」ロジャーはじれったくなって言った。「ほんとうは、どう思ったの？」

ミス・バーネットは鼻筋の通ったかわいい鼻の先に視線を落とした。「申しわけありませんが、何も考えませんでした。いつもタイプしている書類の内容にはあえて注意を向けないようにしています。興味を持ちすぎると、タイピングのスピードにさしさわりますので」

「つまりこういうことか、全部タイプしたけれど、内容については全然わからないと？」ロジャーは彼女をじっと見つめた。

「教えていただけるのであれば、きっと興味を持てると思います」ミス・バーネットはとり澄まして答えた。「たとえば、短編の続きは後回しになさるとかして」

ロジャーは彼女の顔から目を離さなかった。「つまりこう言いたいわけ？」ひと呼吸置いて言う。「きみはタイプしている単語ひとつひとつの意味にはまったく注意を払わず、当然の結果としてあきれ果てたミスを犯す、知性のかけらもない清書屋のひとりだと？　そんな話、誰が信じられる？」

ミス・バーネットにもかすかに赤面するほどのたしなみはあった。「ご推察のとおりです」落ち着いた口調で言う。「さっきはでたらめを申しました。あの書類の内容ははっきり理解しています、言うまでもなく。ただ、それとなくこうお伝えしたかったんです、いわば事件の当事者である以上、伯母の死を話題にするのは控えさせていただきたいと」

手厳しい批判に、ロジャーはむっとした。「事件の当事者であればなおさら真相に迫りたくてたまらないんじゃないかって、そう思ったんだけどね」いささか大人げなく言い返す。

秘書は礼儀をわきまえつつも冷ややかな態度を変えなかった。「どうしてですか？　今回の事件はわたしにとってはなんてことのない、赤の他人の事件も同様です。実際、伯母は赤の他人も同然でした。家族の縁などこれっぽっちも感じたことはありませんでしたし、いまも感じません。図らずも相続することになったお金に手をつける気はまったくありませんし、事件の捜査はスコットランド・ヤードにまかせておけばいいと思っています。こういう問題の扱いには慣れているでしょうから。率直な感想をお求めなのだとしたら、これで答えになるのではありませんか?」

「なるもんか」ロジャーはむきになって言い返した。「最初は当事者だから事件については話せないと言っていたのに、今度は赤の他人も同然だから真相を知りたいとも思わないと言いだす。どっちなんだ、本音はどうなんだよ?」ロジャーは憤然として顔を赤くした。ミス・ステラ・バーネットはもはや不本意な畏怖の対象ではなかった。真相に至る道をふさぐ障害物にほかならず、断固たる措置が必要だった。

ミス・バーネットも事態が自分の手に負えなくなっていることがわかったにちがいない。

「いったいなんの権利があって、わたしにそんな口の利き方をするんですか?」彼女は言い返したが、その声はこれまでほど冷静ではなかったし、確信に満ちてもいなかった。

「じゃあ、言っておく」ロジャーは微笑した。「そんな権利はない。まったくない。だが、ぼくの調査の足を引っぱるようなばかなまねをしたら、必ず同じことをやってやる。さあ、もうぬらりくらりはなしだ。伯母さんの死についてのぼくの仮説をどう思うか、感想を聞かせてもらいたい」

「よろしいですとも」ミス・バーネットはきつい口調で答えた。「つまらないことを大げさに騒いでいるという印象を持ちました」

「つまらないこと?」殺人事件を評してこういう表現が用いられるのを、ロジャーは初めて聞いた。

「言葉の選び方が不適切でした」秘書はいらだたしそうにわびた。「言いたいことはおわかりのはずです。いらぬことをして、単純明快な事件をわざとややこしくしているとしか思えません」

「じゃあ、ぼくの見方には同意しないんだね?」

「はい」

「ぼくの集めた証拠では納得がいかない?」

「はい」

「なんとね」

ふたりはたがいの顔を凝視した。

「犯人はキャンバウェル・キッドだと思っている?」

「そのとおりです」

「なるほど」

ロジャーはがっかりした。この娘の頭の出来は彼が思っていたほどにはよくなかったわけだ。

電話のベルが鳴った。ミス・バーネットがすかさず受話器を取りあげ、ロジャーは手を伸ばす余裕すらなかった。

「もしもし? いいえ、こちらは秘書です。先生が在宅かどうかは存じません。確認してまいりますので、少々お待ちいただけますでしょうか？」片手で送話口をふさいで、「スコットランド・ヤードのモーズビー首席警部です。お出になりますか？」

「出る」ロジャーは答え、受話器を受けとった。「やあ、モーズビー。どうした？」

「あっ、シェリンガムさんですか？　モーズビーです。ちょっとばかりお知らせしたいことがありまして」

「へええ、なんだい？　キャンバウェル・キッドを見つけたとか？」冗談めかしてたずねる。

「というか、向こうから現われたんです。数分前、なんとも涼しい顔をして、ここにやってきましてね。ヤードが自分のことをかぎまわっていると聞いた。良心に恥じるところはひとつもないから、ことのしだいを訊きにきたというんです。言い換えれば、やっこさんはこしらえていた根も葉もないほら話が、ようやく水も漏らさぬ完璧なものになったので、そいつを披露して、われわれの目をくらませてやろうという魂胆なんですよ」

ロジャーはその知らせにすっかり心を奪われてしまい、彼の秘書が聞いたら頭を抱えそうな、妙な比喩表現の寄せ集めも気に留めなかった。「なんだって⁉　そりゃあ、おもしろいことになってきたな」

「いや、連中がわれわれをけむに巻こうとするのはいつものことでして。どんなに眉唾な話でも、すんなり受け入れられると思いこんでるんですな。まあ、キッドの場合、並みの連中よりほんの少し頭が切れることは否定しませんが。とにかく、シェリンガムさんはこの事件に当初からかかわっておられたのですから、幕切れも見届けたいとお考えなのではないかと思いまして。キッドはいま階下《した》にいます。三十分でも無為に待たせておけば《クール・ヒズ・ヒールズ》（直訳すると、「かかとを冷やす」）、頭も冷えるってもんです。どうでしょう、いますぐお越しいただけるのでしたら、取り調べに同席できるよう手配しますが。いささか異例ですが、日頃から捜査にご協力いただいている以上、さしつかえはないかと」

「もちろん、うかがわせてもらう」ロジャーは大喜びで言った。「すると、これで決着はつくと思ってるんだね？」

「そうなっても驚きませんが。何か疑問でも？」

「いや、べつに……キッドは犯行を認めるだろうか？」

「なにがしかの答えが引きだせるまで、根気よく当たるしかありませんよ」モーズビーは善意に満ちた口調で答えた。

「拷問のひとつも加えて、だろ？」

「よしてください」首席警部はむっとして言った。「われわれがそういうやり方をしないことはよくご存じじゃないですか。そんな荒っぽい手を使わなくても結果は出せます、その実例をお目にかけられると思いますよ」

　ロジャーは受話器をもとにもどした。「どうだろう」思いを口に出す。「どうだろうな。はなはだ疑問だ」

　彼は秘書のほうを向いた。秘書が見つめ返してくる。「そろそろよろしいですか？」

「よろしいって何が？」

「短編の続きです」

「まさか、冗談じゃない」ロジャーはあきれて言い返した。この娘は人間じゃない。健全な好奇心を持つ、人間の女性だとはとても思えない。気味が悪いほどだ。いまの電話が伯母の事件に関するものだということは当然わかったはずだ。実際、ロジャーはキャンバウェル・キッドの名前を口にしたのだから。それなのに、何ひとつ訊いてこないし、訊くそぶりすら見せない。

ここだけの話と断わった上で、ロジャーはモーズビーからの電話の内容を語って聞かせた。ミス・ステラ・バーネットは礼儀正しく耳を傾けていたが、まるで関心がなさそうだった。

「そうですか。では、これで解決ですね。やれやれ、ほっとしました」

「なにが解決なもんか」ロジャーはきつく言い返した。「あの男は潔白だ。こういう行動をとったことで、いよいよそれが確実になった。モーズビーは下手な芝居だと言い張るかもしれないが、こいつは芝居なんかじゃない」

「そうなんですか」ミス・バーネットは冷淡に言った。犯罪者の性癖について聞かされても、どうやらまったく興味がわかないようだった。

相手の興味が薄ければ薄いほど、腹立たしいことに、ロジャーはかえってむきになった。

「ねえ、賭けをしないか？　絹のストッキング一足か、煙草百本。先週火曜の夜零時以降、キッド本人がモンマス・マンションの近くにいなかったことを明確に証拠立てられるかどうかを賭けるんだ」

「賭けは嫌いです」ミス・バーネットはそっけなく答えた。

「つまり、条件がそれでは気が乗らないっていうんだな。いいだろう。ストッキングは三足にする、こっちは煙草百本のままで」

「ご遠慮申しあげます」

「だったら、最新の流行素材を使った下着一式と、煙草百本では？」

「お断わりします」

「きみは人間じゃない」ロジャーはうめくように言った。「人間だったら、いまごろはステラと呼んでいたはずだ。ぼくは普通、女の子と知りあって二十四時間もすれば相手をファーストネームで呼んでいる。そのほうが時間や手間が省けるし、何かと便利だし。よし、だったら、パリモードの帽子ひとつと、煙草百本では？」

「ステラとお呼びになりたければどうぞ、わたしはいっこうにかまいません」ミス・バーネットはそっけなく言った。「とはいえ、賭けはごめんこうむります」

「でも、どうして？」

「ええっと、そうですね、パリモードの帽子なんて無駄にしかなりませんから。それに釣りあう服を持っていませんもの」

「じゃあ、こうしよう」ロジャーは捨て鉢になって言った。「パリモードの帽子に加えて、帽子に釣りあうドレス一着、ドレスに釣りあう下着一式、下着一式に釣りあう靴一足、靴に釣りあうストッキング三足、ストッキングに釣りあう手袋三組、手袋に釣りあう……」

「もういいです！」ミス・バーネットは笑い声をあげていた。ロジャーには初めての体験だった。笑顔になると美しさがますます際立ったが、そうとわかっても、とくに驚きはしなかった。

「どうしてそれほど、このばかげた賭けにこだわるんですか？」

「理由があるんだ」彼はしかつめらしく言い返した。

「わたしが間違っていることを証明したいだけでは？」

「そう思うのなら、それでいい。とにかく、受ける気はあるの？　勝てば、きみのほうがはるかに得をするんだよ」

「たしかにそうですね」

「そんなわけで、僭越《せんえつ》ながら、ひとつささやかな条件をつけさせてもらう。敗者は賞品の購入にあたり、勝者の立ち会いを求める」

「どうしてそんな条件を？」

「なぜって、ぼくにはそういうものの善し悪しがさっぱりわからないからさ」ロジャーは軽薄な口調で言った。「大金をドブに捨てるようなまねはしたくないし。筋は通るだろ？　さあ、ステラ、賭けに乗るか、それとも、女らしさなんてひとっかけらもないっていうんで、せっかくのチャンスをふいにするか？　勝てば、パリモードの帽子と、帽子に釣りあうドレスと、ドレスに釣りあう――」

「もうけっこう、ふたたび数えあげていただくには及びません。わたしだって、そこまで女らしさと無縁ではありません。どうやら、先生はご自分の勝利を信じていらっしゃるようですね。でも、わたしは負けるのは先生のほうだと思っていますし、そちらがひたすら愚行に走る気でいらっしゃるのなら、この機会を逃す手はないでしょう。ですから、ばかばかしいにもほどがありますが、賭けに応じさせていただきます。ただし、こちらにもひとつ条件があります。賞品として特定されている品物の選択については、全面的に勝者の裁量にまかせるということです。つまり、そちらはサリヴァン（煙草の銘柄）だってお選びになれるということです」

「いいとも」ロジャーはうれしそうに言った。「賭けの内容と付帯事項をタイプして文書にまとめておいてくれ」

「かしこまりました。ところで、そろそろスコットランド・ヤードにお出かけになったほうがよろしいのではありませんか？」

「それは、けさ、きみの口から聞かされた初めての分別ある言葉だな」ロジャーはうなずきながら言った。

「でも、これでいいのかしら」彼がドアのところに着くと、秘書がひとり言を言った。「雇い主が愚行に走ろうとしているときには、それを止めるのがわたしの務めなんじゃないのかしら、あおるのではなくて」

「おいおい、興ざめなことを言わないでくれよ」ロジャーは懇願した。「せっかく、きみもつまるところは人間なのかもしれないと思いはじめていたのに」

　珍しくもロジャーをさいなんでいた劣等感はすでに消えつつあった。ロジャーが相手では、劣等感が勝ちを収めることはまずなかった。

第九章

ジェイムズ・ウォトキンズ氏はレモンイエローの手袋をていねいに脱ぎ、ぴしっと折りめのついたズボンの膝をつまんでから、首席警部に勧められた椅子に腰かけた。きれいにマニキュアが施されたとおぼしい白い手で、オイルをたっぷりと塗った黒髪をなでつけ、愛想よく微笑する。ロジャーは、そのほっそりとして若々しい優美な姿を見つめながら、あとは片眼鏡でもかければ、いくぶん間の抜けた顔つきにアクセントがついて、美男子の一丁上がりだと考えた。この男が当世で指折りの、大胆不敵な盗賊だとはとても信じられなかった。盗賊のいでたちもビル・サイクス（ディケンズの『オリヴァー・ツイスト』に登場する盗賊の首領）の時代とはずいぶん変わったものだ。

「どうした、ジム？」モーズビーは父親のような口調でたずねた。「なんの用だね？」

「ご挨拶だなあ、それはこっちの台詞ですよ、モーズビーのだんな」ウォトキンズ氏はゆっくりと気取った話し方をしたが、生来のコックニーなまりは隠しきれていなかった。「ちゃんちゃらおかしいとしか言いようがありませんや。なにしろ、こうして参上したのは、そちらのご用をうかがうためなんですから」

「きみのほうでは、用はないというんだね？」

「きまってるじゃないですか」ウォトキンズ氏はもったいぶって言った。「ここんとこ、まっとうにやってますんで。だんなもそれはよくご承知のはずだ」

「ふーん」モーズビーは疑わしそうに言った。「ここのところまっとうにやっているって？　それはいい話を聞いた。で、何を生業《なりわい》にしている？」

「あれっ、ご存じなかったですか？」ウォトキンズ氏は驚いて言った。「ルイス（ロンドンから南へ七十キロほどのところに位置する、歴史ある田舎町）で小さな骨董屋を始めたんですよ。てっきりご存じだと思ってたんですがね。扱っているのはみんなちゃんとした品物で、信頼できる業者を通してます。怪しげな盗品とか、そういったものはひとつもありません。どの品であれ、お客さまがお望みなら、来歴をお教えします。だんなもぜひ一度のぞきにきてくださいよ。そうそう、ちょうどクイーン・アン様式の真鍮の燭台が一対はいったとこでしてね、だんなにお似合いなのが」ウォトキンズ氏は熱意をこめて言った。「極上の美品です。いくぶんごつい感じだし、たしかに古くさい、光沢だって多少失せています。でも、もうまさに、だんなにぴったりなんですよ」

「そりゃどうも。ごつくて、古くさい、光沢の失せた真鍮の燭台をプレゼントにほしくなったら、連絡させてもらうよ」

「プレゼント？　もう、よしてくださいよ、そういう意味で言ったんじゃありませんや。立場を悪用しちゃいけませんって。そういうのはここじゃご法度《はっと》なんでしょう？　それに、ここんとこ、こっちも懐が寂しくってね。でも、これだけはお約束します。だんなでしたら、一割引に勉強させてもらいます」

ロジャーは笑みを漏らした。彼自身モーズビーをからかうのは好きだったが、モーズビーが悪党にからかわれているのをはたで見ているのはさらに楽しかった。部屋の隅にいる巡査が、この珍妙なやりとりをせっせと速記しているのも傑作だった。

だが、モーズビーは悠然としたものだった。「あいかわらずおもしろいやつだな、ジム。骨董の話はともかく、堅気になったと聞かされたのはうれしいかぎりだ。ルイスの店の住所は？」

ウォトキンズ氏はすぐに住所を答えた。「それと、向こうではロードと名乗ってます。ジェイムズ・ロード」

「なるほど。さて、近況を伝えて胸のつかえがおりたところで、わざわざ訪ねてきた理由を教えてもらおうか」

「だんなにお目にかかるのはいつもうれしいですからね」ウォトキンズ氏は小さな黒い口ひげをきゃしゃな指先でいじりながら、お愛想を言った。「昔話としゃれこむのもおつなもんじゃないですか。ほら、だんなはあたしのことを希代の大泥棒だと決めつけて、しゃかりきになって捕まえようとしてましたし」

「すると、昔話がしたいわけか？」

「いや、違うんで」ウォトキンズ氏は異議を唱えた。「まあ、たしかにビールでも一杯やりながら（強い酒とはいきませんよ、手元不如意なもんで）、おしゃべりしたいのはやまやまです。でも、リルから聞いた話じゃ、だんながたはご親切にもあたしのことをたずねてまわってるそうじゃないですか。それで、こっちから出頭して、ご質問にはなんなりとお答えしようと思ったわけで。もっとも、ダチを裏切るのはなしですよ。以前つきあってた悪党連中とはもちろん、すっぱり縁を切りましたが、やつらを売るわけにはいかない。それだけはご勘弁を」

「すると、リルから連絡があったんだな?」

「そうです。びびりまくってますよ」ウォトキンズ氏はとがめるように首を横にふった。「かわいそうに、ロンドンに出てきてからこっち、ずっとだんながたにつけまわされているそうじゃないですか。ひどい話だ、ひどすぎますよ」

首席警部はこのやんわりとした非難を聞き流した。「最近はリルとはあまり会っていないようだな」

「リルのことは大好きですよ」ウォトキンズ氏は殊勝らしく言った。「でも、あいつ、あたしが堅気になるのが気に入らないんですよ、ほんとです。言いたかないが、心根が曲がってんでしょうね、やっぱり。堅気で食えるもんか、なんて言うんですよ。考えてもみてくださいよ」

「うん、リルはおまえにずっと悪い影響を与えていたからな」モーズビーはふたたび父親のような口調にもどって言った。「それに、逃れることもできなかった。わたしも今度ばかりは、おまえが彼女と別れたと聞いても気の毒だとは思わないよ。しかし、それには何かわけがありそうだな、うん」

「それが、世の中には不思議なことがあるもんでしてね」ウォトキンズ氏はうれしそうに言った。

「今度の女は誰なんだ?」モーズビーはずばりと核心を突いた。

ウォトキンズ氏は反論するように片手をふった。「よしてくださいよ、だんな。そりゃ気が早すぎるってもんで」

「おまえが女っ気なしでやっていけるわけがないだろう。とうにお見通しだよ。おまえはわたしと似ている。いつだってつきあってる娘《こ》がいるが、いずれは落ち着いて、そのうちのひとりと所帯を持つタイプだ」

「だんなが所帯持ちだとは存じませんでしたよ」

「違う。だが、いまの言葉を訂正する気はない。さあ、彼女の名前を教えろ」

「ふう、そうまでせっつかれちゃ、しかたがない。じつはルイスにちょっと気になる娘《こ》がいるんです」ウォトキンズ氏は照れくさそうに打ち明けた。「名前はパーカー。とてもかわいい娘《こ》でしてね。やもめの母親とヒリングドン・クレセントに住んでます。母親はそこで下宿屋をやってまして、エルシーは姉ともどもその手伝いをしてるんです。ミス・パーカーもまた骨董に関心があって、それも縁になりまして」

「なるほどな」若き元盗賊の語るこのロマンチックな恋物語に対して、モーズビーはかなりそっけない言葉を返した。「で、そのお嬢さんはおまえの過去を知っているのか？」

「もう、後生ですよ、だんな」ウォトキンズ氏はひどくあわてた様子で声を張りあげた。「せっかくのチャンスをつぶされちゃかなわない。それに、あたしにはやましい過去なんかないんです。だんながたがいくらがんばっても、何ひとつ罪をかぶせられなかったじゃないですか。それはなぜか？　あたしが潔白だからですよ。〝疑わしきは罰せず〟って法律にもあるでしょう。まさか本気であの純真な子に、そんなたちの悪い、不当な、でたらめ話を教える気じゃないでしょうね？　いくらなんでもやり方が汚いですよ」

「わかった、わかった、そういきり立つな。わたしからは何も言わないよ。どうせ早晩、寡婦だという母親が嗅ぎつけるだろうしな。とにかく、わざわざ近況報告に来てくれて感謝する。ついでと言ってはなんだが、いくつかこちらの質問に答えてくれないか？」首席警部はしばらく訪問者に善意に満ちた顔を向けていたが、やがて顔の表情を変えぬまま、不意に鋭い質問を発した。「先週の火曜の晩は何をしていた？　ちょうど一週間前だ。さっさと答えろ！」

「先週の火曜？」ウォトキンズ氏はひどく驚いた様子でくり返した。「どうしてです？」

「おまえの知ったことではない。さあ、ぐずぐずするな」

「ええっと、ちょっと待ってくださいよ」ウォトキンズ氏はぶつぶつ言った。「思いだしますから。先週の火曜ねえ。何をしてたかな？」

「先週火曜の晩だ」

「はい、はい」ウォトキンズ氏は眉根を寄せて考えこんだ。「そうだ、午後からロンドンに出てきたんだ。仕入れ先に用事があって――」

「その仕入れ先の名前は？」

「なんなんですよ、だんな、妙にしつこいじゃないですか」ウォトキンズ氏は不審そうに言った。「またあたしに何かの罪をおっかぶせる気ですか？」

「こちらの意向など気にしなくていい。わたしが知りたいのは、おまえが火曜日に訪ねていった業者の名前だ、それと、その時刻と」

「はあ、何が何やらさっぱりですが、お答えしますよ。なぜかって？　隠さなきゃならないことなんかひとつもないからですよ――おわかりですね？　ルイスを二時二分に発って、最初に訪ねたのは〈コップ・アンド・メレディス〉でした、オールド・ストリートの。そこに着いたのは三時半ごろでしたかね。そのあと〈トンプスン・ブラザース〉へまわりました、シティ・ロードの。その帰り、シティ・ロードのべつの店で、なかなかいい小ぶりの折りたたみテーブルがウィンドウに出てたんで寄ってみたんですが、法外な金額を吹っかけられました。店の名前はわかりません、きちんと確認しなかったし、あとからだんなにねほりはほり訊かれるなんて思ってもみませんでしたから。そのあと、〈ポピュラー〉でリルと落ちあってお茶を飲んでから、いっしょにオックスフォード・ストリートの映画館へ行きました――〈スーパーパレス〉とかなんとかってとこです。隣が〈サンフォード〉っておもちゃ屋で。とにかく、法に触れるようなことは何もしてないつもりですがね」ウォトキンズ氏は冷笑するように言った。

「リルと会ったのか？」

「ええ、いっしょにお茶を飲みました。それがどうかしましたか？」

「彼女とは別れたと言っていたように思うんだが」

「失礼ながら、そりゃだんなの誤解です。あたしは別れるつもりだと申しあげただけで。こういうとき、だんながどういうやり方をするのか存じませんが、ひとつ間違うとえらいことになるんで、あたしの場合、ゆっくりと話を持っていくんです。たぶんこの先も一年くらいはときどき会いますよ」

「そうか、それで、映画のあとは？」

「また〈ポピュラー〉にもどって食事にしました。関心がおありだといけないので話しときますけど、ウェイトレスが法外な代金を要求してきたんで、こっちもちょっとばかり言いたいことを言ってやりました。そのあとリルが駅まで見送りに来てくれて、あたしは八時十七分の列車で帰りました。これでご満足いただけましたか？」

「ヴィクトリア駅八時十七分発の列車でルイスにもどったんだな？　その後はどうした？」

「まったくもう、いいかげんしつこすぎやしませんか？　ええっと、どうしても知りたいっておっしゃるんならお話ししますけど、パーカーさんのお宅を訪ねました。ロンドンに予定より長居しちまったもんで、着いたときには九時半をまわってましたが、どうってことありませんでした。あの晩はちょっとしたパーティがあったんで。あたしもけっこう遅くまで騒いでました」

「ほう、そうだったのか。何のお祝いだったんだ、それに、何時ごろまで続いた？」

「いえ、ミス・パーカーの伯父さんのベンって人がアメリカから里帰りして、伯父さんの昔の友人をひとりふたり呼んでパーティをすることになりまして。あたしもミス・パーカーに招かれたんですよ。全部で十人ぐらい来てましたかね」

「そうか。で、おまえは何時までいた？」

「あたしですか？　夜中の一時のちょっと前か、少し過ぎてたか。まだ残ってる人もいましたね」

「なるほど」

顔色ひとつ変えないが、モーズビーが内心うろたえていることが、ロジャーにははっきりとわかった。いまの話が事実なら、この男のアリバイは鉄壁だ。まさかルイスで午前一時にパーティ会場を出た人物に、そのわずか二十分後、ユーストン界隈で老婦人を殺害できるわけがない。モーズビーがうろたえているとすれば、ロジャーは逆に満足していた。彼の推理は間違っていなかった。キッドは殺人者ではない。この事件は探偵小説に言うところの〝内部の犯行〟によるものなのだ。

モーズビーはウォトキンズ氏にさらにいくつか質問したあと――その大半は先週火曜の晩のパーティに関するものだった――机の上の呼び鈴を鳴らした。

それと同時に、ウォトキンズ氏がののしり言葉を吐いて、椅子から勢いよく立ちあがった。

洗練された物腰もいっしょにかなぐり捨てる。「ちくしょう！　先週の火曜っていやあ、あのユーストン・ロードの殺しがあった日じゃねえか、モーズビーのだんな？　モンマス・マンションの。冗談じゃねえぜ、このおれに罪をなすりつけようってのか、おれが殺しに手を出さないのは、だんなだってよく知ってるじゃねえか」

モーズビーはむっとした顔をして彼を見やった。「犯行時刻にルイスでパーティに出ていたのなら、犯行は不可能だろう。そんなに騒ぎたてる必要はあるまい」

「やれやれ、ルイスでパーティに出ていて助かった」ウォトキンズ氏は落ち着きを取りもどして言った。「言えるのはそれだけですよ」

ひとりの巡査がはいってくると、モーズビーはウォトキンズ氏のほうを身ぶりで示した。

「この男をもとの部屋へ連れていけ、ジェイミスン。目を離すなよ。あとからまたいくつか質問したいことが出てくるかもしれない」

「嘘じゃねえでしょうねえ？」ウォトキンズ氏は不安そうにたずねた。「あとからまた質問するって、妙な小細工やって、濡れ衣着せる気じゃねえでしょうねえ？」

「小細工や濡れ衣の心配はしなくていい」モーズビーはうけあった。

ふたりの男は部屋を出ていった。首席警部の合図を受けて、部屋の隅にいた巡査もまた書類をまとめて退出した。これからいまの供述内容を調書に仕上げるのだろう。

ロジャーが口を開く間《ま》もなく、モーズビーは受話器をつかんで交換手にルイスのある番号を告げ、さらに、優先電話を意味するコードをつけ加えた。驚くほど短い時間で、電話はつながった。

「そちらはルイス警察か？　当番の巡査部長だね？　こちらは首席警部のモーズビー、スコットランド・ヤードからかけている。警視につないでもらいたいのだが、おいでだろうか？　もしもし、警視ですか？　じつは急ぎのお願いがありまして。ヒリングドン・クレセントのパーカーという家に人をやって、先週火曜の晩、ホームパーティを開いたかどうか確認していただきたいんです。さらに、パーティがあった場合、クイーン・ストリートで骨董屋をやっているジェイムズ・ロードという男が出席していたかどうか、出席していたのなら、何時に現われて何時に帰ったかについても。ロードは現在拘束中で、供述の裏をとっているところでして。ですから報告がはいりしだい、ご連絡いただけると助かります。ええ、例のモンマス・マンションの強盗殺人の関連です。それと、警視、ひとつお耳に入れておきますと、クイーン・ストリート在住のジェイムズ・ロードは、本名ジム・ウォトキンズ、またの名をキャンバウェル・キッドというんです。はい、興味をお持ちになるだろうと思っていました。それでは、なるべく早めにお願いいたします」彼は電話を切った。

　ロジャーと首席警部は顔を見あわせた。

「すると、いまのが彼のこしらえてきた根も葉もないほら話だったわけ？」ロジャーは穏やかにたずねた。

　モーズビーはうなるような声を出した。今度ばかりは軽口でいなす気分になれないのだろう。たしかに犯罪捜査部にとっては由々しい事態だった。言ってみれば、有り金全部ある一頭の馬に注《つ》ぎこんだのに、その馬が走りだしさえしないようなものだ。

「どうなの？　彼の話を信じるの？」ロジャーはふたたび訊いた。

「運のいいやつです」モーズビーは不明瞭な口調で言った。「やつの言うとおり、おあつらえ向きにパーティがあったのは」

「じゃあ、彼の話を信じるんだね？」

「もちろんですよ」首席警部は歯がゆそうに言った。「ジムはばかじゃありません。なんの根拠もなしに、あんな話を持ちだすわけがない。われわれが裏をとるまで、ここに留め置かれることは百も承知しているんですから」

「すると、彼は最初からきみの狙いがわかってたってこと？」

「それはそうです。たとえ関与していなくてもね。新聞を読めば、手口が自分にそっくりなことはすぐに気づくでしょうし、となれば、事件当夜の動きについて、われわれに説明を求められることは当然、予想がついたはずです」

「いずれにせよ、供述が事実なら、彼は無罪放免ってことだね」

「おっしゃるとおりです」モーズビーは陰鬱そうに言った。「むろん、われわれとしても裏はとります、ルイス側に任せきりにするのではなく。とはいえ、あまり期待はできないでしょう……。とにかく、あの晩、塀を乗り越えた男がキッドかどうかは、あと数分もすればはっきりします。部下をひとりミューズへやって、例のお抱え運転手に来てもらったので。人相の確認をお願いしたんです」

「でも、キッドのわけはないだろ、ルイスにいたのなら」

「アリバイには穴がつきものなんです、昔から」モーズビーは冷淡に言った。

「今回ばかりは、ちょっと期待しすぎに思えるけどね」ロジャーは言った。「あの男はシロだ、ぼくを信じろ。この事件にはまだきみの目に触れていない一面がある」

「でも、あなたの目には触れている、そういうことですか？」

「いや、うん、どうだろうな」ロジャーは笑い声をあげた。「白状すれば、ひとつふたつ、考えていることがないわけでもない」

「よろしければお聞かせ願えませんか？」首席警部はていねいに言った。

ロジャーは手にしていた鉛筆で歯をたたいた。彼がやましい気持ちになることはめったになかったが、この二十四時間は珍しく少々やましさを感じていた。結局のところ、あの覚え書きの内容をスコットランド・ヤードに明かすのは自分の義務ではないのか？　全部とは言わずとも、そもそも自分があの覚え書きを作成するに至った証拠や推論ぐらいは？　それが正論という気がしてならない。なんといっても、早々と取りかかってみたものの、彼の調査は完全に行き詰まっているのだから。そろそろプロの手にゆだねる潮時かもしれない。ロジャーはため息をついた。この巧妙な事件の謎解きから手を引くというのはどうにも気に入らなかった。

彼は唐突に心を決めた。手を引いてなるものか。かりにあのお抱え運転手がキッドを同定できなかったという報告がモーズビーのもとにはいったなら（というか、はいるのは確実だが）、要点だけは教えてやろう。つまり、先週火曜の晩、あのロープをつたいおりた者はいなかったということだ。そのことと、そこから自然に導きだされる、あのロープは誰かがつたいおりたと見せかけるためにわざと用意されたものだということ、さらに、それらの結論を確実とはいかないまでも、ある程度裏付けられる証拠もいっしょに渡す。だが、そうした結論にもとづいて組み立てた自分の推理については何も言わないでおく。そうすればやましい気持ちは収まるし、行動に制限はかからない。

長く待つまでもなかった。ほとんどすぐに電話のベルが鳴った。

「もしもし？」モーズビーは電話に向かって言った。「そうか」

受話器をもとにもどしながら、ロジャーの顔を見る。「運転手の話では、彼ではないそうです。まるで人相が違うと」

「ほほう！」ロジャーは答えた。

ふたりの視線がぶつかった。

「どうでしょう、シェリンガムさん」首席警部はそしらぬ顔をして言った。「何かわたしに伝えたいことがおありなのでは？」

ロジャーはふとひらめいた。「そうか、そういうことか、このペテン師め！　ぼくをここへ呼びだしたのは、情報を引きだすためだったたんだな。幕切れをご覧に入れましょうが聞いてあきれる。きみ自身、本心ではキッドが真犯人かどうか怪しんでるもんだから、そうやって貸しを作って、ぼくに腹の内を洗いざらいぶちまけさせる気だったんだ。ひどいじゃないか、モーズビー」

「何をおっしゃるやら」モーズビーは自若《じじゃく》として言った。「どこでそんな考えにとり憑かれたんですかな。あなたはこうお考えなんですよね、あの晩、ミス・バーネットの家のキッチンの窓からロープをつたっておりた人物はいないと？」

「どうしてそれを知ってる？――いや、なぜ、そう思うんだ？」

「なぜって、憶えておられませんか？　うちの部長刑事にご自分でそうおっしゃったそうじゃないですか」

「おっと、そうだった。うん、きみの言うとおりだ。伝えたいことと言ったら、それだな。さらにつけ加えると、ぼくはこれが事実だと確信している。百パーセントね。きみだって同じ結論に達したんじゃないのか？」

「お言葉ですが」モーズビーは無表情に言い返した。「わたしは常々、結論を出すのは、証拠が完全に固まってからにしています。ただ、白状すれば、同じことを考えてみなかったわけではありません。たとえわたしでも」

「素晴らしい」ロジャーは言った。「それに、意外に思うかもしれないけど、ぼくも証拠固めにはこだわる主義でね。で、例の件なんだけど」彼は首席警部にロープとガスレンジを用いた実験と、外壁の検証の結果について物語った。

モーズビーはうなずいた。「わたしだってあなたの見方が間違っていると申しあげる気はありません。それに、キッドがアリバイを主張している以上、われわれとしても捜査の範囲を広げなければならないのは事実です。あなたが考えていらっしゃるのはこういうことではありませんか――あのロープをつたっておりた者はいなかった。そればかりではなく現場の状況すべてが見せかけだ？」

「うん、警察を欺くための念入りな細工だよ」

「何者かがキッドの手口をわざとまねたと？」

「そのとおり！」ロジャーは挑むように言った。「無意識のうちにやったのかもしれないけど。先週の水曜日、ビーチに似たようなことを言ってみたんだ、彼がフラッシュ・バーティの名前を出したときに。でも、あっさり却下された」

「フラッシュ・バーティねえ」首席警部は考えこんだ。「ええ、手口はたしかにキッドとよく似ています。しかし、やつは現在服役中です。まあ、かりに模倣犯のしわざだとしたら、まねるのはフラッシュ・バーティでもキッドでもかまわなかったかもしれません。要はわれわれを袋小路に追いこめればいいんですから。ただ、こういうのは全部、理論上の話です」

「まあね。そういう言い方をするところをみると」ロジャーはつけ加えた。「きみはいまでも常習犯のしわざだと確信しているんだね？」

「ええ、まあ」モーズビーは気のない口調で答えた。「まず間違いないと思っていますよ」

「なるほど」ロジャーはその点についてはそれ以上追及しなかった。

「しかし、一足飛びに結論を出すのは禁物です」モーズビーはこれまでよりきびきびした声で言った。「そもそも細工の証拠、あのフラットの状況が見せかけであることを示す証拠は何かありましたかね？」

「山ほどあるさ」ロジャーは言い返し、その事実をおおむね証拠立てられると判断した項目をひとつひとつ挙げていった。最初に大英博物館に行ったときに書きだした十六項目をすべて披露したわけではない。先に決めたとおり、侵入者が被害者と面識があったことを示唆するくだりについては触れずにおいた。なんといっても、彼につかめた以上、モーズビーにつかめないはずはないのだから。

首席警部は賛意を示してうなずいた。「理にかなっているようですな。こちらとしても大いに参考になりそうです。たしかな証拠とはとうてい言いがたいですが、非常に有力な論拠にはなります。お説は間違ってないと申しあげてもいいかもしれません」

「それはうれしいな！」ロジャーは満足して言った。

「ただし、一点だけは納得がいきません。走り去るところを目撃された男について、事件とは無関係だという方向にむりやり話を持っていこうとしているふうに思えるのですが。どうしてそんなことを？」

ロジャーとしては、内部犯行説を信じているからだと打ち明ける気にはなれなかった。適当にごまかすしかなかった。「無関係だと断定してるわけじゃない。その可能性もあるってだけだ。だってほら、ぼくの仮説では、殺人者は表玄関から外に出たことになるから」これは完全な嘘で、ロジャーは少々気がとがめた。犯人が表玄関から外に出た可能性がないことはすでに証明済みなのだ。しかし、これまた同じ結論が出せるかどうかはモーズビーしだいだ――かりにまだ結論が出ていないのなら。

「それならどうして裏庭の塀を乗り越えるようなはめに陥ったんです？」

「現場のキッチンの窓から裏庭に何かを投げ落としていて、それをひろいにいったのかも。だったら、はいるところを見た者がいるはずだって理屈は通らないぞ。お抱え運転手はそのときまだ帰ってきてなかったかもしれないんだから」

「たしかに、それはそうですな」首席警部は同意した。

ロジャーは論点をはぐらかせてほっとした。

「じっくりお話しできて楽しかったですよ」モーズビーは訪問者に愛想のいい視線を向けた。

「昔にもどったようで」

「まあ、お役に立ててなによりだ」ロジャーはむっとして言い返した。

ふたたび電話が鳴った。

ロジャーは電話口でのやりとりを聞きながら、難なく次の推論を引きだした――（a）電話はルイスからかかってきたものである。（b）ジェイムズ・ウォトキンズ氏の証言は完全に裏付けがとれた。

「まあ、これで『モンマス・マンションの謎』の第二幕は終わったな」モーズビーとふたたび話ができるようになると、ロジャーは言った。「キャンバウェル・キッドの出番は終わりだ」

「ふん」モーズビーは言い、ふたたび陰鬱な表情にもどった。

第十章

探偵たるもの、ときには小ずるく立ちまわることも必要だ――ロジャーはそう考えて、もともと安易に流れがちな自分の良心をごまかした。それに、実際のところ、嘘はついていなかった。

「ええっと、ステラ」ロジャーは先刻のモーズビーと同じくらい陰鬱な面持ちで、書斎に足を踏み入れながら言った。「その、なんというか、下着の素材では、最近はどういうのがはやりなのかな?」

「わたしの勝ちだったんですね?」ミス・バーネットは満足そうに言った。「思ったとおりです。こういう問題は、やはり」諭《さと》すようにつけ加える。「警察にまかせるのがいちばんなんです。でも、あらかじめおことわりしておきますが、ストッキングの一本だって割り引くつもりはございませんから」

「そんなことを頼むつもりはない」ロジャーはもったいぶって答えた。「それどころか、そのきれいな茶色の髪を結べるように、リボンを一本追加しようと思っているくらいだ。きみはほんとうにきれいな髪をしているね」

「お世辞は嫌いです」ミス・バーネットはじつにそっけなく言った。ロジャーが思うに、たいがいの女性はその陳腐なほめ言葉を聞くと、わざとつんとしてみせる。ミス・バーネットの場合は本気なようだった。

「そうなの？　だったら手間が省けていいや。お世辞って必要不可欠なもんだろ」ロジャーは辛辣に言い返した。

　今度ばかりはミス・バーネットもつんとした。「あいにくですが、わたしはそういうたぐいの女性ではありません」

「ぼくの経験では」ロジャーは考えこむようにして言った。「『わたしはそういうたぐいの女性ではありません』って言う娘《こ》にかぎって、ほんとうはそういうたぐいの女性なんだけどな、そのたぐいっていうのがどういうものであれ」

「先生の経験など、わたしの知ったことではありません」ミス・バーネットはかすかに顔を赤らめながら言い返した。

「きみはいま、なんでもかんでも否定したい気分なんだな」ロジャーは気分よく微笑した。知己を得て以来、ミス・バーネットをへこますことができたのはこのときが初めてだった。

「〈パピヨンズ〉へ行けばそうではないとおわかりになるはずです、きっと」ミス・バーネットは容赦なく言い返した。

「どうして〈パピヨンズ〉なんだ？」

「わたしの思いつく、いちばん高級な婦人服飾店ですから」

「だったら、そこへは行かない。個々の品物の選択権はきみにあるけど、店の選択権を持つのはこのぼくだ」

「それはフェアではないと思います」

「フェアであろうがなかろうが、そういうことにする。賭けの条項につけ加えておいてくれ。それと、帽子をかぶってもらいたい。そろそろ一時だ、きみを昼食に連れていく」

「失礼ながら、昼食はできればひとりでとりたいと思います」

「ステラ・バーネット、きみが昼食をひとりでとりたいかどうかはぼくの関知するところではない。きょうはランチタイムも勤務中と見なす。時間外労働に当たると言い張るのなら、その分の給料は出す」

「ばかなことをおっしゃらないでください」

「手当を要求する気はないのか？　ありがたい、安上がりですむ。では、仕事の話だ。憶えてるだろうが、ぼくはきのう、酒持ち寄りパーティの場面で会話に詰まってしまって、きみの知恵を借りることもできなかった（本来、きみの仕事はそれだと言いたいところなんだけどな）。で、ぼくの知っているソーホーのあるレストランには、カエル面《づら》をした、いまふうの若い男たちがたくさん来る。どいつもこいつも線の細い気取り屋で、若くてたくましい連れの女性たちにいいように引きまわされている。きみは鉛筆とメモパッドを持っていって、ぼくといっしょにいかにもそれらしいグループの隣の席につき、ぼくが指示したら、彼らの会話を速記で書きとめるんだ。ちなみに、きみは知らないかもしれないけど、こういう手法は文学の世界では昔からよく使われている。たとえばシング（アイルランドの劇作家・詩人。一八七一〜一九〇九）だが、彼が床の穴を利用して取材したのは間違いない。そのやり方のほうがずっと独創的だろうが、とにかく原理は同じだ。では訊くが、ぼくと昼食をともにすることについて、まだつべこべ言うつもりか？」

「とんでもないことです」ロジャーの秘書は冷ややかに答えた。「それでしたらお断わりする理由はございません」

「きみたち女性の困ったところは」ロジャーは秘書に向かって言った。「およそ私事とはかけ離れた事柄に私情をさしはさみがちなことだ。きみも変わらない。そういうのは思い上がりだよ。男性のひとりとして、きみたち女性の思い上がりには我慢ならないね」

だが、ミス・バーネットはすでに姿を消していた。

ロジャーは普段以上に自己満足に浸っていた。劣等感を克服できたこと以上に満足感を満たせるものはなかった。

昼食は彼の計画どおりに進んだ。彼が先刻ステラに話したことはまぎれもない事実だった。ほんとうに店の常連らしいグループの隣の席について、彼らの会話を採集したかったのだ。以前、わくわくしながら聞き耳を立てたものの、あとから思いだそうとして肝心要《かなめ》のところが思いだせなかった経験があるのだ。だが、実際のところ、こうして気後れを感じなくなってしまうと、ロジャーの関心はむしろミス・バーネットのほうに向いた。人間観察の対象として、隣のテーブルにいるカエル面をした青年たちと同じくらい興味深く思われたのだ。もっとも（若い美人に会うと、ほとんど条件反射的に口説きたくなるロジャーでも）、彼女については、隣のテーブルの連中に対してと同様に、口説きたいという気持ちはいっこうにわきあがってこなかった。

しかし、いくら仕事とはいえ、たえず隣のテーブルでの会話に片耳を傾けている状態では会話が弾むわけもない。

「最近では帽子は何とあわせるのかな、靴、手袋、それともべつの何か？」ロジャーとしてはこうたずねたかった。「それに、ストッキングは？　いや、ぼくはいたって真剣だ。情報がほしいんだよ。良心的な小説家は女性の登場人物の服装について、いつもかなり細かいところまで描写する。女性の読者はその人物の性格より身なりのほうにずっと関心があると知っているから。そこがぼくの悩みの種でね、独り者だろ。ぼくにはトリプルニノンとサーセネットの区別がつかない（いずれも薄手の絹織物）。いや、そもそも違いがあるのか、何に使われているのかも。だから、きみには職務として、日頃からそういう重要事項について教えを請うことになると思う。それで――」

「クリックルウッドっていったいどこだよ？」そんなとき、隣のテーブルでカエル面の哀れっぽい声があがる。

「いまのはメモしておいてくれ」ロジャーはあわてて言い、ステラは目立たぬよう膝の上に広げた帳面にせっせとメモをとる……。

それでも、それなりの成果はあった。とりわけ、カエル面の連中がアマゾネスたちに引ったてられて店を出ていくと、ロジャーも最後には進展があったことを実感した。というのは、秘書の彼への受け答えがともかくも、まともな人間を相手にするようなものに変わったからだ。これまでの彼女の態度がどことなく珍奇な間抜けか何かを相手にしているようなものだったことを思えば、これは格段の進歩だった。

それでも、ロジャーのけっして巧みとは言えない誘導尋問には引っかからず、あいかわらず自分のことについては何ひとつ話そうとしなかった。

「恋をしたことはある？」思いつくかぎりありとあらゆる話題を突っぱねられたあげく、彼はついにこの件を話に持ちだした。

意外にも、ミス・バーネットは即座に一蹴したりはしなかった。それどころか、彼ににこやかにほほ笑みかけた。「物心ついたときから、恋をしてきたようなものです」

「なんとね！」ロジャーは予想だにしなかった、この打ち明け話に肝をつぶした。「でも――まさか、同じ人ってわけはないよね」

「あら、ずっと同じ人です」

「こりゃあ驚いた」

「ええ、わたしもです」ミス・バーネットはきびきびと同意した。「ところで、そろそろ時間だと思いますが」

ふたりは店を出た。

タクシーをひろってシャフツベリー・アベニューへ向かった。タクシーのなかで、ロジャーはポケットから小さな黒い口ひげと、巨大な角ぶち眼鏡を引っぱりだして変装した。さらに小さなブラシを取りだし、それを使って眉毛を逆立て、がさつで荒っぽい雰囲気に仕上げた。「先生」今度ばかりはミス・バーネットも驚いてたずねた。「いったい何をなさっているんですか？」

ロジャーは眼鏡越しに彼女ににっこりほほ笑みかけた。「若い女性の服を買いにいくときには、かならず変装することにしてるんだ。あとあと証拠を残さないように」

ミス・バーネットは魅力的な肩をすくめた。

「いや、じつはこういうことだ。いまから行く店の店長はミセス・エニスモア＝スミスといって、モンマス・マンションの住人のひとりでね。ぼくは前に顔を見られてるから、気づかれたくないんだよ。きみは顔を知られてる？」

「いいえ、わたしの知るかぎりでは。少なくとも、お目にかかったことはないと思います。でも、どうしてまた、そのお店へ？」

「うん、彼女の職場での様子を観察したいというか」

「でも、どうして？」

「いや、のちのち参考になるんじゃないかと思ってね」ロジャーはあいまいな言い方をした。「経歴がいっぷう変わってるんだ、聞き及んでいるかどうか知らないけど。彼女はぜいたくとまでは言わないまでも、何ひとつ不自由なく育った。ところがどうだ、気がついたときには店で客にへいこらする身の上になっていた。これを興味津々と言わずしてなんと言う」

「そうかもしれません。でも、わたしにはむしろ痛ましいことに思えます」

「ああ、痛ましいよな。だからこそ興味が尽きないんだが。きみに言わせれば、そんな女性を観察したいなんていうのは卑劣きわまりないってことになるんだろうが、これぱかりはどうしようもない。仕事だからね。それに、ぼくがやりたいのは単なる観察じゃない。気骨があるかどうか、だいそれたこともやれる性格かどうかを知りたいんだ。実際、ぼくたちがわざとそう仕向けるんだ」

「はっきり申しあげて……」

「わかってる、わかってるって。とにかく、きみには次のことをお願いする。店長本人を出せとしつこく言い張って、それがうまくいったら、あらゆることに難癖をつける。単に服のことだけじゃなくて、やることなすことすべてにだ。できれば、思いっきり品をなくしてほしい。無作法とまでは言わないまでも、偉ぶった態度をとる。相手をゴミ扱いして、なんだかんだ言いつけ、やたらと文句をつける。そんなふうにふるまってもらいたいんだ。できるかな?」

「何がなんだかよくわかりませんが」

「そうかもね。でも、ぼくにはかなり重要なことなんだ。どう、できそう?」

「できるかもしれません」ミス・バーネットはゆっくりと答えた。「理由に納得がいけば。先生はどうなさるんですか?」

「金持ちのアメリカ人になる。きみにむりやり連れてこられたって寸法だ」

「本気ですね?」ミス・バーネットは穏やかにたずねた。「わたしに街の女を演じろとおっしゃるんですね?」

「そういうこと。どう、できる？　やってみる勇気はある？」

「何か裏がありそうですね、それははっきりわかります。でも、こんなとほうもないペテンがほんとうに必要なのかどうか、そのあたりのことについてわたしに判断の機会を与えてくださるおつもりはないんですよね？」

「ない。判断するのはぼくの仕事だ。ぼくひとりでできるのなら、そうしたいところだが、あいにくそうもいかない。どうしたって女手が必要だから。きみが尻込みするようならほかを当たってもいいけど、できれば腹心の秘書たる、きみに頼みたいんだ。でも、雇用主に対する義務とかそういうものでは全然ないから、断わってくれていっこうにかまわない。で、どうする？」

「さっぱりわけがわかりませんし、わかろうとしても無理なんでしょうが、先生が重要だとお考えである以上、お受けいたします。先生のお手伝いをするのはわたしの義務ですから」

「そうこなくっちゃ」ロジャーは勢いこんで言った。「服装がおとなしすぎるのが難だが、まあしかたがない。ところで、商品を選んでいて好みにあうのがなかったら、ほかの店へ行くから。そこは了解しておいてくれ」

彼は椅子にもたれ、腕組みをして考えこんだ。じつのところ、ステラ・バーネットから同意を得られるとは一瞬たりとも考えたことがなかった。まったく彼女には驚かされる。ともあれ、おかげでことはずっと楽になりそうだった。

じつは昨夜から、ロジャーの頭のなかにはひとつの考えがはっきりとしたかたちをなしつつあった。ミス・バーネットの殺人者は直接事件に巻きこまれた男たちのうちのひとりである――この仮説が倫理的にも物理的にも成立しないというのなら、探索の網は広げる必要があるだろう。そもそも犯人は女性だと考えてみるのは、性差の点で無理のある、およそ荒唐無稽な話なのだろうか？　現実に支障となるのは絞殺を可能たらしめる力の強さだろうが、モーズビー本人が遺体を検分したときに話していたとおり、今回の事件ではさほどの力は要しなかったらしい。普通に力の強い女性であれば、あのきゃしゃな被害者の体を宙に持ちあげることなど、普通の男性と同じくらい容易にできただろう。

可能性に賭けるとして、その女性をどこで捜したらいいか？　やはり、あの集合住宅の住人のなかからだろう。では、どういう女性に注目すべきか？　むろん、決断力があって、頭の回転の速い女性。自暴自棄になっている女性、万策尽きた女性だ。モンマス・マンションに住む女性のなかでは、ミセス・エニスモア＝スミスこそ、性格的にも、決断力でも、経済的な窮状という点でも、その条件にいちばん合致しそうだった。だが、彼女に人殺しが可能だろうか？　重要なのはその点で、一度ちょっと顔をあわせただけでは、ロジャーには判断がつかなかった。ただひとつたしかなことがある。ミセス・エニスモア＝スミスは感情を表に出さないタイプだ。あの落ち着いた物腰の下には、外からはうかがえないはるかに強い感情が隠れているにちがいない。問題はそれをどうやって表に引きだすかだ。彼女が内に秘めていると思われる怒り、忍耐力、決断力、自制心。彼女は置かれた状況をどこまで甘受するのか、また逆に、どこまであらがうのか。そうした事柄をどうやったらあらわにさせることができるだろう？　ロジャーの考えでは、彼の立てた作戦なら失敗なくミセス・エニスモア＝スミスの内面に迫れそうだった。

まともなやり方ではないし、とうてい人に誇れるものでもない。とはいえ、本来の目的以外でもかなりの成果が期待できそうだ。ささいなことだが、ミス・ステラ・バーネットに演技の才能があるのかどうか確かめるのも一興だとロジャーは思った。

そのミス・バーネットが唯一口を開いたのは、店に着く直前だった。「コックニーなまりを使ったほうがよろしいでしょうか？」いつものきびきびした口調でたずねる。

「ほんの少しなまってみせるぐらいが無難だろう」ロジャーはもったいぶって答えた。

店のドアをくぐるとき、彼女は反抗的に肩をいからせ、腰をかすかに左右にふってみせた。ミス・バーネットに演技の才能があることは、それでたちまち明らかになった。

極端に色の淡い髪の、黒いドレスの若い店員が彼らのほうに近づいてきた。

「いらっしゃいませ。何かお探しでしょうか、お客さま《マダム》？」

「アフタヌーンドレスがほしくってさ」ミス・バーネットは純粋なコックニーなまりで答えた。

「やあ」ロジャーはアメリカなまりに聞こえることを願いながら、続けた。「おたくにある、いちばん上等なやつを出してくれ。値段は気にするな。こっちは金には不自由してないんでね」

店員は愛想笑いを浮かべて向きを変えたが、ミス・バーネットが咳払いをして、まだ話は終わっていないと知らせた。

「悪いけど、店長呼んできてもらえる？」

「かしこまりました」店員は奥へ引っこんだ。

「驚いたな」ロジャーは小声で言った。「やるじゃないか。演技を習ったことがあるの？」

「前に一度、アマチュア劇団でこれと似たような役を演《や》ったことがあるんです」ミス・バーネットは説明した。「いまみたいな感じでよろしいでしょうか？」

「文句なしだ。でも、もう少し派手にしてもいいかも。いや、うんと派手にしてくれ。ざっくばらんに言えば、くだんの女性を小突きまわしてほしいんだ」

「小突きまわす？」

「そのとおり」ロジャーはきっぱりと答えた。〝彼女のメッキをはがしたい〟とまでは言わなかった。

「まあ、見てなって」ミス・バーネットは答えた。

ロジャーはふり返った。ミセス・エニスモア＝スミスが如才なく口元に笑みを浮かべて彼らのほうへやってくるところだった。同じように黒いドレスを着ており、背筋をピンと伸ばした、上背のある姿にはえも言われぬ気品があった。「アフタヌーンドレスをお探しとか？」ロジャーはそのひと言にお決まりの〝お客さま《マダム》〟が添えられなかったことに気がついた。また、彼のほうへはほんの一瞥をくれただけで、正体を見破られなかったのは明らかだった。もっとも、その心配はあまりしていなかったのだが。

「うん、ドレスを。それと、いっしょにかぶる帽子も」

「おいおい、それ以外にもいろいろとあるだろ」ロジャーは口をはさんだ。「ええっと、まずストッキングだろ、それから手袋、あとは――」

「もういいって、ハンニバル」ミス・バーネットは言った。

ミセス・エニスモア＝スミスはあとについてきた白っぽい金髪の店員のほうを向いた。「ミス・ホール、急いで階上《うえ》へ行って、あのベージュのレース地のと、翡翠《ひすい》色のポードソア（畝織りの柔らかな絹地）のを持ってきてちょうだい」

ミス・バーネットは店員が姿を消すや、口を開いた。「ちょっと何、翡翠色だって⁉ このあたしに翡翠色が似合わないことぐらい、すぐわかりそうなもんじゃない、どこに目つけてんのさ。いいから、もう少しちゃんとやってよ」

「そうとも」ロジャーはうなずいた。「ちゃんとやってもらえれば、それなりの礼はするぜ」

「申しわけございません」ミセス・エニスモア＝スミスは穏やかに返事をした。「失礼ながら、お客さまには翡翠色がとてもお似合いのようにお見受けしたものですから。とはいえ、お気に召さないとおっしゃるのであれば……。いかがでしょう、お色選びの参考までに、お帽子をお取りいただくわけにはまいりませんでしょうか？」

「いいよ、べつに」ステラは帽子を脱ぎ、明るい茶色の柔らかい髪をあらわにした。年上の女性に向かって帽子を突きだす。「そのへんに置いといて」

これにはミセス・エニスモア＝スミスもほんの少し眉を上げたが、そのまま帽子を受けとってサイドテーブルに載せた。「翡翠色がお気に召さないのでしたら、ミッドナイトブルーのとてもすてきなデザインのものがございますが」

「見たいな」

「また、最新流行のターコイズブルーのほうがよろしければ、クレープ地のシックなドレスがパリから入荷したばかりでございます」

「あのさ、どっちの色がいいかなんて、まだわかるわけないじゃない」ステラはぶしつけに言い返した。「なんならこの店にあるの全部持ってきなよ。気に入るかどうか試してみるからさ」

「それがいい」彼女の連れがわきからけしかける。「片っ端から試着してみろ」

店員が二着のドレスを抱えてもどってくると、三人の女性はカーテンで仕切ったブースに消えた。ロジャーの耳にはあれこれ文句をつけるステラの声がずっと聞こえていた。数分後、彼女はベージュのレース地のドレス姿で試着室から出てくると、奥にいるふたりに向かって肩越しに言った。「とにかくお友達にちょっと見てもらうから。だけど、これだめだよ」ロジャーに向かって憤慨したように続ける。「わきの下がきつすぎんの」

「それは困ったな」ロジャーは答えた。

「すぐにお直しできます、ご心配には及びません」同じように顔を出したミセス・エニスモア＝スミスが言った。

「あのさ、さっきから何度も言ってるけど、あたし、寸法直しで待たされるのは嫌いなの」

「了解いたしました。それで、翡翠色のほうはお試しにならなくてよろしいんですね？」

「いいって言ったじゃん、翡翠色は嫌いなの」

「ミス・ホール……」ミセス・エニスモア＝スミスは店員に新たな指示を出した。

「はい、店長。ミッドナイトブルーのはこちらに出ているはずです」

ミッドナイトブルーのドレスが持ってこられた。ミス・ホールは姿を消した。

「これ、モデルの子に着せてみせてよ」ステラは言った。「あたしと似た体つきの子、いるでしょ」

「あいにくではございますが」ミセス・エニスモア＝スミスは穏やかに答えた。「当店の店員はひとりきりでして」

「えっ、うっそ⁉　あたしが普段買い物してる店じゃどこでも、モデルの子が試着してくれるよ」

「申しわけございません」

「ちぇっ、しけた店だ」ロジャーは冷笑するように言った。「〈レヴィルズ〉へ行ってみようぜ」

「わたくしどもでも充分お役に立てると存じます、あともう少しお時間をいただければ。じきに店員ももどってまいりますし、こちらのドレスもお試しになってはいかがでしょうか？　ほら、とてもシックでございましょう？」

「もう、こっちはおたくの店員を一日じゅう待ってるほど暇じゃないの。これ、着てみるから、あんたが手伝って」

今度ばかりはミセス・エニスモア＝スミスの眉ははっきりとつりあがった。ロジャーが察するに、店長の仕事は本来、客が店員の手を借りて試着しているあいだ、そばでお世辞を並べることだけなのだろう。しかし、彼女はただ抑えた声でこう答えた。「かしこまりました。どうぞ試着室のほうへ」

試着が続いた。次から次へとドレスが持ってこられ、試されたが、ひとつとして客の希望にかなうものはなかった。いわく、ヒップがきつすぎる、似合わない、デザインが気に入らない、果ては〝泥くさい〟のひと言。ミセス・エニスモア＝スミスもいいかげん我慢の限界にさしかかっていたはずだが、それを表には出さなかった。ようやくドレスが決まったが、今度はそれに釣りあう帽子が在庫のなかになかった。ミス・バーネットがぶしつけにそう言いだすと、新たな商品を仕入れるために、ミス・ホールがタクシーで問屋まで使いに出された。

「今度は下着見せてもらえる?」

「かしこまりました。お色はどうなさいますか?」

色が決まり、いくつか下着のセットが広げられた。客は満足せず、店長は有無を言わさず奥へと走らされた。

ステラはロジャーのほうを向いて肩をすくめた。「精一杯無作法にふるまったつもりなんですが、あの人、まったく動じる気配がありません。もうお手上げです」

「限界はあるはずだ。なんとかそこまで頼む」

「でも、いったいどうして?」

ロジャーはためらいがちに言った。「怒ったときの顔が見たい、そういうことだ。信じてもらいたいんだけど、彼女が怒りに駆られたとき、かっとなるのか、それともかえって冷静になるのか、そこのところがぼくには重要に思えるんだ。これ以上は説明できない」

「そうですか、ほんとうに重要だとおっしゃるのなら、あとひとつ、手がないわけでもありません。あまり気が進みませんが」

「かまわない、やってみて。どうするんだ？」

「しっ」

ミセス・エニスモア＝スミスが新たな下着の山を抱えてもどってきつつあった。接客態度が多少慇懃丁寧でなくなっているが、仏頂面にはほど遠い。

ステラは下着の山をひっくり返した。「これは悪くないね、ほかのと違って」

「素敵なセットです」ミセス・エニスモア＝スミスは型どおりに同意した。「ご試着なさいますか？」

「ううん、やめとく。体にあわないもんばっかり着せられて、もういいかげんうんざりなの。モデルに着せてよ」

「しかし、わたくしどもではモデルを置いておりません」

ステラは店長を無遠慮に見つめた。「ふーん、だったらあんたにやってもらうしかないよね。うん、やってよ。そんなに背が高くっちゃ、ドレスは無理だけど、こっちなら問題ないからさ」

ミセス・エニスモア＝スミスはかすかに赤面して、くちびるを噛んだ。

「まことに申しあげにくいのですが、それは——その、いささか非常識では」

「どこが？　モデルがいないんなら、あんたが自分でやるしかないじゃん。ほら、さっさとしなよ。それでなくても、もうさんざん手間食わされてるんだからさ」

　ミセス・エニスモア＝スミスはためらい、そのとき初めてステラへ向けた顔に、この面倒な客に下着をまとめて投げつけてやりたい、とでもいうような表情が浮かんだ。だが、結局は下着を取りあげて、何も言わずに店の奥へ向かった。

　あとのふたりは視線を交わした。あの店長に自制を失うように仕向けるのはまず不可能に思えた。

　ロジャーは陳列台に置かれた帽子をにらみつけ、必死に考えた。ミセス・エニスモア＝スミスの人となりについてはすでに多くのことをつかんでいた。

「恐れ入りますが、お客さま、どうぞこちらへ……」店長が化粧着姿で試着室から出てきた。

　ステラは彼女といっしょになかにはいった。

　ロジャーは聞き耳を立てた。ステラはミセス・エニスモア＝スミスの体型を自分と比較して、しまいには相手をはっきりとくさした。

「でも、お客さまでしたらわたくしよりずっといいあんばいになりますわ」彼の耳に店長の辛抱強い声が聞こえた。「思いだしていただきたいのですが、身長はわたくしのほうが一インチ以上高いのですから」

「じゃあ、お友達の意見を聞いてみるよ。なんたって、お金払うのは彼なんだし」ステラは言った。

「どうか」ミセス・エニスモア＝スミスはおろおろと涙声になった。「どうかそれだけはご勘弁を。今回はお客さまおひとりのために特別に……」

「ばか言うんじゃないよ！」ステラは相手の話をさえぎった。「ハンニバル、ちょっと来て。あんたの意見を聞きたいの」

「いま行く」ロジャーは呼び返した。だが、試着室のなかへははいらなかった。

「こういうのどう？　あたしはあんまり好きじゃないんだけど……」

「ご来店ありがとうございました」ミセス・エニスモア＝スミスが化粧着のまま姿を現わすと、静かに言った。

「えっ？」ステラが続いて出てきた。

「ご来店ありがとうございました、と申しました。当店にはお客さまのご希望に添う品がひとつもございませんで、大変恐縮です」

「えっ？　でも、さっき選んだあのドレスはもらうつもりだし、それに……」

「申しわけございません。うっかり失念しておりましたが、あのドレスについては、すでにご予約がはいっております。あらためまして、本日はご来店まことにありがとうございました」

「ああそう、そっちがその気なら……」ステラは横柄に言った。

「はい、そうでございます」ミセス・エニスモア＝スミスは機嫌よく言った。

　ふたりは店を出た。

「ロンドンじゅうの下種《げす》を全部ひとまとめにして演じたような気分だ」表に出たロジャーは言

った。「でも、知りたいことは全部わかった。おっと、もう四時を過ぎてる。どこかでお茶にしよう」

「願ったりかなったりです」ステラがほっとして言った。「わたしのほうはロンドン以外の下種を全部ひとまとめにして演じた気分です。それにしても、あの人が最後に見せた表情の怖かったこと！　視線で人を殺せるなら……」

ロジャーはステラのほうをさっと見やった。

「さっきの芝居、気に入らなかったの？」彼はけげんそうにたずねた。ふたりは徒歩でピカデリー・サーカスへ向かっているところだった。

「いやでたまりませんでした」

「ほんと？　ぼくにはむしろ楽しんでいるように見えたんだけど」彼の思い違いだろうか？当初から年上の女性をいびるのをむしろおもしろがっていたのではないのか？

「とんでもないことです。お役目とはいえ、ぞっとするような体験でした」

「まあとにかく、名演技にお祝いを言わせてもらうよ」

「どうでもいいことです」ステラは冷淡に言った。

「それと、例の賭けはいまも有効だから。ドレスだけど、きみは本気でいちばん好きなのを選んだの？」

「はい、そのつもりです。どうしてですか？」

「なぜって、お茶を飲んだらすぐあの店に舞いもどるつもりだから。そのドレスに加えて、帽子と下着一式とストッキングを二、三足買いあげて、それぞれの商品の定価の二倍のお金を、どうにかしてあの店長に受けとってもらう。なぜって、ほんとうに気の毒でならないんだけど、彼女の給料はおそらく売上に応じた歩合給だろうから。だからこそ、あんな人間離れした我慢強さを見せたんだ。あの夫婦は経済的に追い詰められていてね」

「そういう事情があるのでしたら、せめてそれくらいはなさらないと。わたしは手袋と靴を見にいきます、それも約束の品ですので」

「いいとも」ロジャーは勢いこんで言った。「ぼくとしては喜んで手袋と靴を進呈するよ」

「ただ、彼がなんと言うか、わかりませんけど」ミス・バーネットは淡々と言った。「たぶん、本人にもわからないでしょう」

「彼だって？」

「婚約者です」

「き——きみ、婚約してたの？　ちっとも知らなかった」

「打ち明ける理由はありませんでしたから」

きょうは驚くほどたくさんのことを知り得た一日だったとロジャーは思った。なかでも最大の収穫は、モンマス・マンションの全住人のなかで殺人をやってのけられそうな者となると、ミセス・エニスモア＝スミスである公算がとび抜けて高いと判明したことだった。

第十一章

「彼女ならやれただろう」ロジャーはひとり言をつぶやきながら、ふたたびシャフツベリー・アベニューの歩道へと足を踏みだした。「彼女なら確実にやれたと思う。でも、それが事実だとは思いたくない、なぜって、彼女を嫌いになれないからだ。でも、かりに彼女が犯人だとしたら、夫が何も知らないのは間違いない。エニスモア＝スミス氏はどうみても他人《ひと》に隠しごとのできるタイプではないから。そこが奥方と違う。そうなると疑問が生じる。夫に気づかれずに犯行に及ぶことが可能だったのか？　夫がぐっすり眠っているあいだをねらう？　いくらなんでもリスクが高すぎる。それに、上の階で大きな物音がしたとき、彼女はベッドにいたという証言もある。その証言を口にした者は事件に関与していないという立場を取る以上、これは立派なアリバイのように見える。立派なアリバイだと思うんだが」ふと気がつくと、彼は両わきに大きなボール紙の箱を抱え、歩道の真ん中に立ってぶつぶつつぶやいていた。

彼は例のドレスを買ってきたところだった。ついでに、ミッドナイトブルーのベルベット地のドレスも買った。ミセス・エニスモア＝スミスの前で平身低頭して、下着を一セットではなく二セット買った。ストッキングやスカーフやハンドバッグなどなど、夢のなかにおぼろに立ち現われてくるような品々も山のように購入した。さらには帽子も三つ。ちょうど懐具合がよくて、これだけ散財しても支障をきたさなかったのは幸いだった。

彼はタクシーを呼んで抱えていた箱を車に載せると、運転手に名刺を渡し、この荷物をオールバニーまで運び、そこのポーターに命じて自宅まで届けさせてくれと頼んだ。そして、料金とチップを払うと、急ぎ足で通りをケンブリッジ・サーカスのほうへ向かった。とりたてて目的があったわけではない。単に早足で歩くと頭の働きがよくなるような気がしたし、ミセス・エニスモア＝スミスについてじっくり考えてみたかったのだ。ロジャーは彼女のことで知らず知らず心をかき乱されていた。

あてどなく、だが、ずんずんとかなりの距離を歩いたが、今回ばかりは頭はいっこうに冴えてこなかった。〝ミセス・エニスモア＝スミスのアリバイはひょっとしたら崩せるかもしれない。だが、それはそれでとても心苦しい〟と思うばかりで、そこから先には進めなかった。崩すのならむしろバリントン＝ブレイブルック氏のアリバイにしたいところだが、あいにくこちらは鉄壁だった。

ロジャーはぼんやりと道路標識を見上げ、モンマス・マンションから数百ヤードのところに来ているのに気づいた。

「ミセス・バリントン＝ブレイブルック」彼はひとり言を言った。「彼女には、いずれにせよアリバイがない（わかっているかぎりでは）。それと、例のデラメアなる女性。ミセス・エニスモア＝スミスひとりに絞ってしまう前に、ひとまずほかの女性陣に当たってみなければ公平を欠くというものではないだろうか？　それに、とどのつまり腕力の問題だというのなら、ミセス・ボイドはどうだろう？　ともかくもあの管理人は被害者と不仲だった。まったくなんて事件だ！　いくらでも仮説が立てられる。だのに、蓋然性の高いものとなるとただのひとつもない。まあ、（ありがたいことに）ミセス・エニスモア＝スミス犯行説だってそうなんだが」

モンマス・マンションの階段をのぼりながら、彼はアメリカ人に変装したままだということを思いだした。このまま行くことにした。たしかミセス・バリントン＝ブレイブルックは大西洋の向こう側の生まれという話ではなかったか。

応対に出てきたメイドに、奥さまにお目にかかりたいと言うと、彼女はロジャーを玄関ホールに招じ入れて女主人を探しにいった。名前は名乗らず、単にとても重要な用件でお話があるとのみ告げた。

ミセス・バリントン＝ブレイブルックのほうではとくに異存はなかったらしく、ロジャーは気がついたときには居間に通されていた。しかし、ここには家具がむやみと詰めこまれていて、ほかのフラットの居間よりずっと狭く見えた。彼はふたつの小さなテーブルのあいだを慎重に進み、大きな丸いクッションをよけて、若い女主人のほうへ向かった。彼女はロジャーが部屋にはいると同時に立ちあがっていた。

彼女は若く、けっして見場は悪くなかった――まあ、〝見場は悪くない〟という表現が雌牛に対しても使えるならばの話だが。大きく柔和な目、幅広の白い額、丸々とした締まりのない頬、愛想はいいにしてもどこかぼうっとしていて自信のなさそうな笑みが、意志の弱そうな、だが愛らしいあごの先で消えている。

〝分類すれば〟ロジャーは胸の内で考えた。〝鈍牛のタイプ。涙にくれる可能性、無限大。激情に駆られる可能性、五パーセント。冷酷な殺人を犯す可能性、マイナス百万。ミセス・バリントン＝ブレイブルックは容疑者リストから削除すべし。長居は無用〟声に出してはこう言った。「いやあ、突然押しかけたりしてすみませんねえ、奥さん。じつはこの住宅に十四年前、住んでた男の住所をどうしても知りたいんですよ、スミスっていうんですが。ひょっとしてなんかご存じじゃないですか、いまどこに住んでるか教えてもらえませんかねえ？」

「ごめんなさい」ミセス・バリントン＝ブレイブルックは残念そうに言った。「そのかたについては何も存じあげないと思います。でも、まさかって感じですけど、あなた、アメリカのかたですよね？」

「いやあ、よくおわかりですなあ」ロジャーは答えた。

「ボストンあたりかしら？　うーん、最高！　とても言葉では言い表わせないわ、この部屋で生粋《きっすい》のアメリカ英語が聞けるなんて。それに、そうよ、しゃべれるなんて。英国式の発音をしなくちゃならなくて、いっつも気を遣ってばっかりなんですもの。ねえ、ぜひ、ゆっくりお茶を召しあがってってくださいな、ミスター……あら、そういえば、まだお名前をうかがっていなかったかしら」

「ジョーンズです。申しわけないんですが、きょうはゆっくりしてられないんですよ。そのスミスのやつを追ってるところで。早いとこ話をつけないと、とんずらされちまいますんで。今度また、時間のあるときに絶対うかがいますんで」ロジャーはそそくさと退散した。うっかりボストンなまりとシカゴなまりをごっちゃにしてしまったような気がしたからで、実際、ミセス・バリントン＝ブレイブルックの丸い目に当惑したような色が浮かんだところを見ると、その推測は当たっていたのだろう。

「ユーモア感覚、皆無」フラットを出ると、ロジャーは分析を再開した。「信用詐欺に引っかかる可能性、百パーセント。大西洋の向こう側の生まれである件は確認完了。ミュージカルに出演経験ありとの噂、信頼度は高い。興味の対象、なし。趣味、なし。知性、なし。なんともはや、まいったね。お次はミス・デラメアか。今度はもっとさりげなくいかないとな。よし、きわめてさりげない手を使うとしよう」

ロジャーの考えた〝きわめてさりげない手〟とは次のようなものだった。玄関口にみずから応対に出てきたミス・デラメアに対して、こう告げたのだ。「ミス・イヴァドニ・デラメアですか？　初めまして。ウィンターボトムと申します。ディックから、近くに行く機会があったら、ぜひ訪ねて、よろしく伝えておいてほしいと頼まれまして」

ロジャー自身少々驚いたことに、この作戦は壺にはまった。「ディックから？」ミス・デラメアはうれしそうに言った。「それはご親切に。さあさ、おはいりになって」

ロジャーは遠慮なくなかへはいった。

「あいにく居間はひどく散らかってるんですけど」ミス・デラメアはきゃしゃな肩越しに作り笑いをした。

「お気遣いなく。ぼくも散らかっているほうが好きなので」ロジャーは言った。

居間は、実際には、極端なほどきれいに片付いていた。散らかり具合を示すのは、わかるかぎり、カウチの上の縫い物だけだった。ひと目見たところでは、肌に直接触れる性質のものらしい。ミス・デラメアはきゃっと小さな声をあげてその薄い布地にとびつくと、あわててクッションの下に押しこんだ。そのくせ、せっかくの奮闘を台無しにするような言葉を口にする。

「わたし、身の回りのものは何から何まで手作りしてますの」

「ご自分で?」ロジャーは心から言った。「素晴らしいですね。ぼくにはとうてい無理だ」

「あら、でも、あなたは殿方でいらっしゃいますもの」ミス・デラメアはすねるように言った。

「まあ、たしかな筋からそう聞いてはいますがね」ロジャーは慎重に返事をした。

ミス・デラメアは一瞬、少々とまどったような顔をしたが、やがてまた媚《こ》びをふくんだ高い声でまくしたてた。「あら、どうぞお座りになって、ウィンターボトムさん。わたしって、気が利かなくって。いっつも、人に椅子を勧めるの忘れてしまうんですの。自分はさっさと座って、お客さまのことはほったらかし。まあ、最近は勧められる前に座ってしまうかたも多いですけれど。でも、あなたはそうではないのね。ほんとうにごめんなさい。それにしても、ディックのお知り合いだなんて。あの、わたし、彼と最後に顔をあわせたのはもうずいぶん前になるんですの。あのかた、元気にしていらして?」

「ええ、変わりありませんよ」ロジャーは言い、手近の椅子をひとつ引き寄せた。

「あら、それにお座りになってはいけませんわ。ここの椅子はどれもこれもガタが来てるんですの。こちらにたっぷり余裕がありましてよ」ミス・デラメアはカウチの、自分の隣を軽くたたいた。

「失敬」ロジャーはカウチの空いているスペースに腰をおろした。「ところで、裁縫をしていらしたんですよね？　どうぞ遠慮なく続けてください」

「あら、無理ですわ。お客さまの前でなんて」ミス・デラメアは恥ずかしがるようなふりをして言い、彼のほうを流し目で見やった。

「どうしてです？」

「だって、あなたをよく存じあげないでしょう？　それに、殿方でいらっしゃるし」

「どこかの占い師に、見知らぬ男に用心しろとでも言われたんですか？」

ミス・デラメアは声を立てて笑った。

しばらく似たような軽口のやりとりが続いたあと、彼女はとうとう折れて、ふたたび針仕事に取りかかった。旧習が遵守《オブザーヴ》されている以上、もはやはにかむような様子は少しも見せなかった。

そうこうするうち、ロジャーとミス・デラメアはたがいに横目でちらちらと相手を観察《オブザーヴ》していた。

ロジャーの目に映るのはとても小柄な女性だった。ここまできゃしゃで美しい女性《ひと》に会うのは初めてだと彼は思った。身長はおそらく五フィートに満たないだろう。それでいてプロポーションは抜群、よく似合う黒いベルベットのドレスを通して、きれいな体のラインがくっきりと浮かびあがっている。顔立ちもある程度整っているが、鼻が少し大きすぎるのが難点か。目はとても大きく、瞳の色はビロードを思わせる濃い茶色、髪は漆黒だ。いちばん芳しくないのは顔色の悪さだろう、明らかにくすんでいる。話し方にはかすかにコックニーなまりが混じる。目のまわりや喉元のしわからして、ロジャーは彼女の年齢を三十五と踏んだ。とはいえ、全体から受ける印象はずっと若かった。

「えっと、立ち入った話で恐縮なんですが」ロジャーは言った。お世辞のかたちで取りあげられるかぎり、この小柄な女性のいちばんお気に入りの話題は容姿の件だと見抜いていた。「正直、あなたほど小さな足をしたかたには、これまでお目にかかったことがありません」

「ええ、そうかもしれませんわ」ミス・デラメアはまんざらでもなさそうな口調で言った。「靴のサイズは二なんですの。知るかぎり、ロンドンで二号をはくのはわたしひとりみたい。お店ではわざわざパリから取り寄せてもらってますの」

「それはそうでしょうね。ちなみに手袋は？」

「四号です」

「信じられない！　お近づきのしるしに、ぜひプレゼントさせてください」

「手に入れるのに苦労なさいますよ。置いているお店はとても少ないですから」

「いつもはどこでお求めになるんですか？」

「ボンド・ストリートの〈ロシターズ〉ですわ」ミス・デラメアは即座に答えた。

占い師の助言がどうあれ、ミス・デラメアは見知らぬ男からの贈り物でも平気で受けとるらしいとロジャーは踏んだ。

「でも、ほら、わたしはオーストラリア生まれですもの」彼女は続けて言った。それですべての説明がつくとでもいうような口ぶりだった。「ディックからお聞き及びでしょうけれど」

「いや、聞いた憶えはないですね。それはとても興味深い」コックニーなまりのわけはそれでわかった。オーストラリア人の英語の発音は不運にも、ロンドン子のなかでも、あまり発音にこだわらない層のそれとよく似ているのだ。「いつこちらにいらしたんですか？」

「あら、もうずーっと昔ですわ。十五歳のとき。わたし、以前は舞台に立っていましたの」

「ほんとうですか？　でも、いまはもう違うと？」

「あら、もちろんですわ。引退したのは先の戦争のすぐ――いいえ、数年前です」

「それで、いまは何をなさっているんでしょう？」ロジャーはたずねた。そう口にしてすぐ、いまのは気の利かない質問だったかもしれないと悔やんだ。

だが、どうやらじつに気の利いた質問だったらしい。「ものを書いています」ミス・デラメアは自信たっぷりに言った。

「ほう、ものをお書きになる？」ロジャーは鷹揚に言った。

「ええ、でも、わたしの名前を聞いたことがあるようなふりなど、なさらなくてけっこうですわ」ミス・デラメアは言い、お得意のおちゃめな一瞥を投げた。「本名は使っていませんから」

どうも実際に出版経験がありそうな口ぶりだとロジャーは思った。「筆名はなんと？」

ところが、ここへ来てミス・デラメアは極端にはにかんだ。この件はどうやら最高機密に当たるらしい。モンマス・マンションの住人は誰ひとり知らないにちがいない。まして初対面のロジャーに打ち明けてくれるわけがない。そう、まずありえないだろう。

「マデリン・グリフィスですの」ミス・デラメアは恥ずかしそうに言った。

ロジャーは相手の顔をまじまじと見た。マデリン・グリフィスの名は彼にはすっかりおなじみだった。作品はまともに読んだことがない。というのも、新聞の連載小説は好きではないからだ。だが、《日刊嘆き《デイリー・ウェイル》》や《日刊苦難《デイリー・ディストレス》》や《日刊憂鬱《デイリー・ブルース》》の読者にとって、マデリン・グリフィスは当代の文学の最先端を行く代表的な作家だった。彼女は大衆の求めるものを熟知していて、それをぼかしつつも、編集者の許すかぎり刺激的なかたちで提供していた。

ロジャーの頭はめまぐるしく回転していた。目の前にいるのは、本人がそう見せようとしているような、おつむの弱いコケティッシュな女（どうも当人はそのほうが魅力的だと勘違いしているようだが）ではなく、頭の切れる抜けめのない女性なのだ。このことは彼の作戦にどう影響してくるだろう――というか、ひょっとしてこの女性を仲間に引きこめないか？

判断を下すのには十五秒もかからなかった。ステラ・バーネットは適材とは言えない。いくら演劇の才能があっても問題外だ。当初から彼の調査の手助けをする気はないし、興味すらないと明言し、協力してもらうには、策略を用いて本人にそうと知られないようにするしかなかった。それに、ステラがこの住宅の住人の関係者だとしたら、この女性は住人その人だ。さらに言えば、彼女への疑いはいまや完全に晴れた。マデリン・グリフィスとして年に二、三千ポンドは稼いでいるにちがいないし、この小さな体ではテリア一匹ろくに絞め殺せないだろう。

「なんとね」ロジャーは言った。「そりゃ驚いた。だったら、ぼくもあらためて自己紹介したほうがよさそうだ。シェリンガムです――ロジャー・シェリンガム。つまりは、ご同業ってわけで。ぼくの秘密を守ってくれたら、ぼくもあなたの秘密は守りますよ」

「ロジャー・シェリンガム⁉　まあ、どうしましょう。ほんとうにご本人？　たしかにはいっていらしてすぐ、どこかでお見かけしたことがあるような気はしたんですけれど。でも、ウィンターボトムと名乗っていらっしゃいませんでしたっけ？」

「たしかに。でも、あれは嘘です。とはいえ、ぼくにだってウィンターボトムと名乗る権利はあると思いますよ、あなただってグリフィスの名をお使いなのだし。なんなら、結婚前の姓だってことにしましょうか。なにはともあれ、白状します。ぼくはここに入れてもらいたいがために嘘八百を並べました」

「では、ディック・マイヤーズのお知り合いではないんですね？　あなたのおっしゃったディックは彼のことだと思ったのだけれど」

「そうです、どこのディックも知りません。じつはここのフラットを一軒一軒まわっているところなんです、例の殺人事件について話を聞きたくて」

「あの事件について⁉　まあ、そうでしたの。てっきり、あなたの狙いはこのかわいそうなわたしだとばかり思っていましたのに。がっかりですわ。では、今度の事件をネタになさるおつもり？」

「その気でいます。被害者の高齢女性は興味深い人物に思えるし、結局は興味深い最期を遂げた。ほかの住人についても、何人か使えそうな人がいるように思うんです。ただ、あなたがお住まいだとは知らなかったし、そちらに優先権があることは認めます」

「あら、わたしは使いたくても使えませんわ。殺人事件なんてもってのほか。わたしの専売特許はむせび泣きと、たくましい殿方と、純潔ですから」ミス・デラメアはずばりと言ってのけた。

「よかった。じゃあ、話してもらえますか?」ロジャーは言い、カウチの隅に、これまでよりずっと気楽な気持ちで身を落ち着けた。彼が正体を明かしてからというもの、ミス・デラメアはどうやらポーズをとるのをやめたと見えて、コケティッシュなしぐさや言葉遣いを九割がた捨てていた。だが、一割はまだ消えずに残っている。ロジャーの見るところ、あまりにも長いあいだ猫をかぶっていたので、化けの皮の一部が皮膚に貼りついてしまい、はがしたくてもはがせないのだろう。

彼女はミス・バーネット（ほとんど顔をあわせたことはなかった、という）と、殺人事件について説明を始めていた。目新しい話はひとつも出てこなかった。事件が自分にどう影響したかという観点からのみ語られただけだった。どうやらこのフラットの女主人は彼女に作家としての成功をもたらしたはずの物事を客観的にとらえる能力を、現実の出来事に適用するすべは身につけなかったとみえる。ロジャーは少々がっかりした。

しかし人物批評となると、こちらは明らかにミス・デラメアの独擅場《どくせんじょう》だったので、ロジャーは話題をすばやくミセス・エニスモア＝スミスのほうへ持っていき、この件についての彼女の意見を求めた。むろん、彼自身の見解はおくびにも出さなかった。

「うーん、わたしとは性があいませんね」ミス・デラメアは率直に言った。「というか、ほとんど知らないいんです。ご主人のほうなら話はべつですけど。近づきになったとしても、あまり好感は持てないいんじゃないかしら。実際、ご主人のほうには以前、かなり惹かれたことがあるんです。彼は自分の星に感謝すべきでしょうね、わたしみたいな女じゃなくて、ああいう女性と結婚できたことを」

「なるほど」ロジャーは考えこむようにして言った。「うまい言い方をしますね。連れ合いのことともども」

しばらく沈黙が落ちた。

ロジャーはあごをなでた。苦労の割には少しも事件の解決に近づいていないような気がした。それに、ミセス・エニスモア＝スミス犯行説が正しいとしても（心の奥底では、どうにも信じられずにいたのだが）、それを裏付ける理由として提示できるのは蓋然性の高さしかない。蓋然性の高さなど、陪審員を前にして何の役に立つ？

「バリントン＝ブレイブルックとはお知り合いですか？」彼は唐突にたずねた。

いたずらっぽい表情がミス・デラメアの顔をよぎった。「どうしておわかりになりましたの？　それに、彼がどうかしまして？」

「いや、できる人みたいなので」ロジャーはけろっとして答えた。「あなたをのぞけば、ここの住人のなかで、唯一成功しているようじゃないですか」

ミス・デラメアはゆっくりとうなずいた。「わたしの印象も同じです。ええ、たしかに彼とは知り合いです、ちょっとした。いえ、かなり親密な、と言うべきかしら。ここの住人のなかで、あのかただけはわたしの職業を知っているんです。夜、ときどき、ここへあがってこられます、軽く一杯やりながら、わたしとおしゃべりを楽しむために。とりわけ、普段以上に奥さまに退屈なさったときとか。しまった！」小さな片手であわてて口元を押さえる。「こんなことは、言ってはいけませんね」

「どうしてです？」ロジャーはのんきに返事をしながら、こう考えていた――小ささは普通、いたいけなさに通ずる。だが、ミス・デラメアの場合、その常識はまったく当てはまらない。いくら見かけは小さくても常に芯の強さが感じられる。蠟人形ではなく機械仕掛けのおもちゃだ。「かまわないじゃないですか。くだんの女性にはぼくも会って話を聞きました。どうみたっておつむはほとんど空っぽだ」

「おっしゃるとおりです」ミス・デラメアはほとんど怒ったように答えた。「不公平ですわ、あんな丸ぽちゃのおばかさんに縛りつけられているなんて。ジョン――バリントン＝ブレイブルックさんはとても有能なかたです。ふさわしいお連れ合いをお選びになっていたら、もっと出世なさっていたかもしれませんのに」バリントン＝ブレイブルック氏にぴったりの連れ合いに関して、ミス・デラメアに心当たりがあるのはほぼ確実だった。「ええ、エニスモア＝スミスさんが良妻に恵まれたとすれば、バリントン＝ブレイブルックさんはその逆です」

少なくともどちらの夫も妻のおかげで二語からなる名字を得ることができた――ロジャーは

もう少しでそう返事するところだったが、バリントン＝ブレイブルック氏の場合はそれが事実かどうか疑問が残るので、口にするのはよしておいた。「まあ、集合住宅にはいろんな人がいますからね」と言ってごまかす。頭のなかでは、モンマス・マンションの住人に関するこの新事実について考えこんでいた。このことは事件の解決になんらかの光明を投じるだろうか？　彼にわかるかぎり、皆無だ。それをなし得るのはただ証拠だけ。堅牢で、確固たる、裁判に提出しうる証拠。それがどうしても見つからない。

それから一、二分、彼は次の手について考えこんだ。そのあいだミス・デラメアはかの悪妻に対する無言の憎しみを薄い生地に縫いこんでいた。

「事件の晩、なんの物音も聞かなかったとおっしゃいましたね？」こういうとき、どういう質問をしても許されるのが作家という職業の役得だった。どうみてもつまらなそうな事件にむやみと関心を寄せても、奇異に受けとられる心配はない。

「何も。あの日は早めに床につきました。わたし、仕事はたいてい夜中にするんです、あなたもそうじゃないかと思いますけど。でも、先週の火曜日はちょっと疲れていたので、珍しく十二時前に寝《やす》んだんです」その晩の訪問者について触れなかったことにロジャーは気づいた。

「エニスモア＝スミス夫妻が目を覚ましたという、ガチャン、ドスンという音もですか？」

「ええ、何ひとつ」

こうなると、その物音を耳にしたのはエニスモア＝スミス夫妻だけということになる、とロジャーは思った。ミス・ピルチャードもミス・デラメアも聞いていない。フラットの階数や位置を考えれば、ふたりの耳に届いていてもいっこうにおかしくないのだが。そもそもやかましい音がしたと証言しているのが夫妻だけだということには何か意味があるのだろうか？　いや、夫妻の証言には何よりも現場の状況という裏付けがある。家具は静かに倒せるかもしれないが、陶磁器は床に落ちれば必ず音を立てる。ドスンはなくても、ガチャンがあったのはほぼ確実だ。

でも、待てよ。ふとあることに気づいて、ロジャーはさっと居住まいを正した。エニスモア＝スミス夫妻の証言には、やかましい音がしたということ以外にひとつ忘れてはならない点がある。音の発生した時刻だ。この事件の全体像はただこの一点にもとづいて描かれている。なぜなら、この音のした時刻こそ犯行時刻だ、となんの疑いもなく信じられているからだ。ここへ来て、ロジャーはおもしろいことに気がついた。そもそもこの午前一時二十分という時刻を口にしているのは、ミセス・エニスモア＝スミスその人だけだ。エニスモア＝スミス氏は妻に時刻をたずねて、そうと知らされたにすぎない。かりに夫から訊かれなかったら、彼女は自分から時刻の話を持ちだしただろうか？　それに、その時刻が正しいかどうか、何か確認はされたのだろうか？　おそらくされてはいまい。

さらに（これが第二点だ）、ミセス・エニスモア＝スミスは大きな物音がすると言って眠っていた夫を起こした。そして、物音はその前からずっと続いていたと証言している。だが、オーガスタス・ウェラーは何も聞いていない。このことには重要な意味があると考えてもいいのではないだろうか？　ミセス・エニスモア＝スミスに嫌疑をかけるとすれば、当然そうなるだろう。

しかし、時刻についての偽証には危険が伴う。夫が自分で簡単に確認できたかもしれないのだから。ではここで、純粋に理論上の問題として、例の物音がしたのはエニスモア＝スミス夫妻の言うとおり午前一時二十分ごろだが、犯行時刻はべつだったと仮定してみよう。たとえば、こんな仮説は万が一にも成立しえないだろうか？——ミセス・エニスモア＝スミスはなんらかの細工をしてその時刻に騒音を発生させ、みずからのアリバイをほぼ疑問の余地のないものにしようとしたのだが（むろん、少なくともミセス・ピルチャードとミス・デラメアの耳にはその音が届く気でいた）、じつはそれに先だって……。

うん、問題の女性が才気に富み、意志も強いとなれば、まったくの空論とも言いきれないだろう。意志あるところ道ありと言うではないか。時計を使えば、驚くほど巧妙な細工が可能だ。目覚まし時計がひとつあれば、ピンと張った木綿テープを切ることぐらいはできる。テープが切れて小さなおもりが落ちる。その小さなおもりが微妙なバランスをとっていたずっと重量のある物体をひっくり返す。そうやって反応が続き、しまいに陶磁器が床に落ち、軽い家具が倒れて反響板のような音を立てる。ありえない話ではないかもしれない。むろん、フラットの合い鍵は用意しておく必要がある。そうして、目覚まし時計か、木綿テープか、おもりか、なんでもいいが、単純な装置を作るのに使った品々は一、二時間後、夫が熟睡してから回収しにいけばいい。

しかも、いまいましいことにミセス・エニスモア＝スミスにはそれが可能だとロジャーは陰鬱に考えた。とことんまで追い詰められた場合、心理学的に彼女ならやってのけられる。口惜しくてならない。それにしても、あの冷ややかな怒りは鮮明すぎた。そして、忍耐力も。怒りではなく絶望感に駆り立てられ、しかも、あの並外れた忍耐強さがあれば……。すべては夫妻がどこまで経済的に困窮しているか、当座の金をどれほど必要としているかにかかっている。それを探りだすにはどうしたらいいのだろう？

「プロットを思いつきまして？」ミス・デラメアが作家仲間へ同情をこめて言った。

「ひとつ思いついたのはたしかです」ロジャーは少々きつい口調で答えた。

「一杯いかが？」彼の機嫌の悪さを誤解したらしく、ミス・デラメアが提案した。

「ああ、それはいいですね」ロジャーは言った。

女主人はさっと立ちあがって、部屋の反対端の戸棚のところへ行った。その後ろ姿を見ながら、彼女はほんとうに最高に優美な二足歩行の生き物だと思った。正面からの姿がその水準に達していないのが残念だった。

ミス・デラメアは酒瓶をあれこれ取りだし、無造作な手つきでカクテルを作りはじめた。ロジャーはひと口味見をした。おや、こいつはなかなかイケる。二杯めを受けとった。話題は殺人事件を離れ、軽口の応酬となった。

軽い冗談を次々とくりだしながら、ロジャーはこんなふうに考えていた。〝ここでいとまを告げたら、ぼくの知りたいことは聞きだせないままになるだろう。というのも、この件にはモラルの問題がかかわっていそうな気がするし、カクテル二杯ぐらいでは、この小柄な女性がモラルの制約を超えて、自分をさらけだすことはないように思えるから（もっとも、もともとあまり制約にとらわれるたちではなさそうだが)。いっぽうで、このまま長居をすれば、情報と引き換えに恋愛ごっこにつきあわされるはめになるのは目に見えている。話題が途切れたそのすきに質問を投じるのはできないことではないかもしれない。タイミングを計ろう。金を賭けるとしたら、三杯めのカクテルが供されてから五分というところか〟

果たして三杯めのカクテルが供されてから五分後、ロジャーはこう質問した。「エニスモア＝スミスとはかなり親しいというお話でしたよね?」

「ええ、かなりね」

ミス・デラメアの口ぶりはそこまで警戒しているふうでもなかったので、ロジャーは遠慮なく先を続けた。「彼とは一、二度しか会ったことがないんですが、とても好感を持ったんです。もちろん商才はからっきしです。きっといいところの出なんだろうな。でも、すごくいいやつですよ」

「ええ、まさにおっしゃるとおり」ミス・デラメアは即座に同意した。カウチの背に、かわいい小鳥のようにちょこんと座る。「たしかにふざけたところはあるけれど。そこはバリントン＝ブレイブルックさんと大違い。でも、ほんとうに素敵な人で、頼りないから何でもしてあげたくなっちゃう。女ってそういうおかしなところがあるのよ、もっとも、あなたはとっくにご存じでしょうけれど」

「まあそうですね」ロジャーはしかつめらしくうなずいた。

「それと、不思議な話で」ミス・デラメアは考えこむようにしていった。いまでは警戒心はすっかり解いていた。「白状すると、わたし、ライオネルよりジョンのほうがずっと好みなんだけど（ふたりともここにはちょくちょく来るの）、なぜかライオネルの頼みにはつい応じてしまうの。これがジョンだと、いくら頭を下げられても、絶対にうんと言う気にはなれないんだけど。ただ単にねだり上手ってことかしらね。それでも」ミス・デラメアはずっと明るい口調になって、「損得勘定の利益のほうに目を向けた。「ライオネルのことは、わたし、とても重宝しているの。まあ、それを言ったらジョンもだけれど。ふたりともわたしの作品に十回以上は登場してるわ、毎回違う名前で。これがわたしの書いてるような小説の利点よね、新しい名前をつけてやれば、別人になるんだから。性格設定とか、そういったことにはこだわらなくたっていい。読者が誰も気にしないんだったら、どうして作者が気にする必要があって？」

「まったくです。それはそうと、エニスモア＝スミスはたしかにねだり上手ですね」ロジャーは断固として話を本筋にもどそうとした。「まさに言い得て妙だ。たとえば、お金とか」

「まあ、ライオネルったらあなたにまで借金しているの⁉」ミス・デラメアは声をあげた。わが子の所業を嘆きつつも、その責任は自分にあるとの思いをぬぐえずにいる母親もかくやの口調だった。「困ったものねえ。そんなに親しい間柄でもないのに」

「いや、べつにかまわないんですよ」ロジャーはあわてて言った。この事件にかかわってからというもの、これまでにないほどの大嘘つきになってしまったようだと彼は思った。「ほんとうに問題はないんです。最初からなんとなく予想はついたし。ってことは、あなたも貸してる口ですか？」

「ええ、まあ、じつはそうなの。収入源はともかく、わたしが稼いでいるのは知ってるから。でも、ジョンから借りるのだけはよしてほしかった。ジョンって融通が利かないから。最近のライオネルはどうかしているの。去年のいまごろは、わたしにさえ金を借りようとはしなかったのよ、何度も助けてあげるって言ったのに。ところが、つい最近、勇をふるってジョンに十ポンドの借金を申しこんだの。もちろんジョンは承諾したけど、いい気はしなかったみたい。それにライオネルはあとから、あれほど勇気がいったのは生まれて初めてだなんて言うの。わたし、腹が立ってならなかった、こちらに言ってもらえればそんな思いしなくてすんだんだもの。それに、ジョンのことだもの、いずれ耳をそろえて返せと迫るにきまってるわ」

「すると、あなたには返さないと?」

「あら、いずれ返してくれるわよ」ミス・デラメアは陽気に言った。「お金がはいったときに」

数分後、ロジャーはほっとした気持ちでいとまを告げた。

彼の心にかかっていた疑問については明確な答えが得られた。つまり、エニスモア＝スミス夫妻は経済的に困窮しているばかりか、とことんまで追い詰められているのだ。

先週の水曜日、ロジャーがエニスモア＝スミスにぶつけた唯一の質問は、あながち的はずれでもなかったことになる。エニスモア＝スミスがパブリックスクール出身だという事実には大きな意味があった。なぜならパブリックスクールでほんとうに学べるのは、アフリカの岬についての知識などではなく（一生涯アフリカの地を踏むことがないなら、そんな知識は無用）、たとえば〝女から金は借りるな〟といったような、はるかに実用的な知恵だからだ（金欠病には誰しも罹患《りかん》する可能性があり、若いうちならともかく年齢を重ねてからでは重症になりがち)。そして、いかに落ちぶれようとも、念頭に思い浮かべることすら許されないタブーがひとつある。〝親密なつきあいをしている女性から金を借りる〟というのがそれだ。通説とは逆に、人は学校でほんとうに学んだことはけっして忘れないものだ。

事情がどうあれ、エニスモア＝スミス夫妻が絶体絶命の窮地に陥っていることはこれではっきりした。

第十二章

ロジャーは結局、ミス・イヴァドニ・デラメアがマデリン・グリフィスと同一人物だとわかったときにふと思いついたアイデア、つまり、彼女を自分の推し進めている非公式調査の全面的なパートナーにするという案を実行に移すことはしなかった。やめておいて賢明だったと彼は思った。ミス・デラメアは頭の切れる女性だ。想像力が豊かで、着想にも富む。彼女の助力や見解は大いに役に立ちそうだ。ステラ・バーネットの場合、たとえ協力的になってくれたとしても、そこまでの成果は望めないだろう。しかし、イヴァドニ・デラメアは事件関係者とあまりにも親密すぎる。自分の推理を打ち明けてみるかという思いが浮かんだ時点では、彼女がエニスモア＝スミスとどれほど親しいのかわかっていなかった。それを知った以上、ミス・デラメアが真に公平な助手になりえないのは明白だった。

それはそうと、ミセス・エニスモア＝スミスは連れ合いと隣家の住人との交友関係についてどこまで知っているのだろう？　ロジャーの見るところ、何も知らないか、すべて承知しているかのどちらかだ。すべては夫人がミス・デラメアの言う〝ふざけたところがある〟とのライオネル評にどこまで賛同するかにかかっている。もっとも、連れ合いとなれば、当然、見方も変わってくるだろうが。

その晩、暖炉のそばで静かに考えにふけりながら、ロジャーは新たな方針を決めた。これからは、ミセス・エニスモア＝スミスが殺人者であるという前提に立って論を進める。その前提を受け入れることにはいまだにためらいを感じるが、そういう手法をとれば興味深い結果につながりそうな気がしたし、結果としてその前提が間違いだとわかっても、得るところはあるかもしれない。こうしてすべてが曖昧模糊としている以上、ともかくもひとつの取っかかりにはなるはずだ。

興味深い成果なら、すでにひとつあがっている。この事件の全体像を完全に崩してしまう仮説、つまり、午前一時二十分は被害者の殺害時刻ではなかったかもしれない、という考え方だ。これについては検証を急ぐ必要がある。

ロジャーは脚を組んで暖炉の火を見つめた。あのとき医師はなんと言っていたか？　死亡時刻について明言はしなかった。何時間から何時間というような言い方をしていたはずだ。ロジャーに思いだせるかぎり、死後十二時間から二十四時間だったように思う。まあ、これはあした の朝、モーズビーに訊けば簡単にわかることだが。

あの時点で医師が判断材料にできた徴候は三つだけだった。すなわち、死後硬直の進み具合、体温、死斑だ。そのなかで、ふたつめの体温については、時間の幅をせばめるのになんら役に立たなかった。遺体はすでに冷たくなっていたからだ。しかし、検死解剖で新たに何か見つかったかもしれない。たとえば胃の内容物や最後の食事の消化程度など、さらなる判断材料がひとつふたつ。そういえば、検死解剖の報告書はまだ見せてもらっていない。あしたの朝モーズビーに、それについてもうるさく言ってやらないといけない。

しかし、厄介なのは死後少なくとも十二時間経過すると、その後は二十四時間以内のどの時点で死亡したのか判断するのが実質的に不可能になることだ。原因は死後硬直にある。どの時点でどの程度まで進むといったきちんとした法則性がない。不慮の死を遂げたのが健康な人だったとしても、十時間以内に始まるときもあれば、二十四時間経過してなお始まらないときもある。じつにいらだたしい話だ。今回の事件の場合、医師は〝死後硬直は局部的〟と言っていた。あのとき、時刻は午後一時半ごろだった。となると、遺体の徴候を見るかぎり、犯行時刻はその前日の午後一時半までさかのぼれることになる。これでは幅が広すぎる。広すぎてお話にならない。

生前の被害者を最後に見たのはミセス・ピルチャードで、時刻は夕方の五時を少しまわったところだった。それでもなお幅は広すぎる。ただひとつ、そして（おそらくは）最後まで残る真夜中の物音の件を考慮に入れずに、ほかの証拠だけを見れば、ミセス・ピルチャードがお茶の席で友人を絞め殺してずらかったという説も成り立たないわけではない。ミセス・ピルチャードか……。

考えてみれば、ミセス・ピルチャードを自動的に容疑者リストからはずしたのは、単に被害者と親しかったからだった。これはあまりにもプロらしくないやり方だったのではないか？親密だからこそかえって殺意が芽生えることもある。それにミセス・ピルチャードは、背は低いにしても力は強そうだ。また、警察を呼んだほうがいいと強く主張したのは自分だとことさら強調していた。あのときは怪しいともなんとも思わなかったが、いまになって考えてみると……。いくらアイルランド系だとはいえ、いささか大げさではなかったか？　さらに言えば、被害者の財政状態についてすべてを知っていたのは彼女だけだ。その上、遺体のそばに行かせろと妙にしつこく要求したし……。

「こんがらがってきてるぞ」ロジャーはつぶやいた。「そんなばかな話があるものか。被害者は寝間着に着替えていたし、ベッドには寝《やす》んだ形跡があった。でも、ミセス・ピルチャードが友人を殺したあと寝間着に着替えさせて、シーツをもみくちゃにしたとは考えられないだろうか？」ロジャーは髪を引っかきまわした。「いいかげんにしよう」勝手な想像がふくらむのを抑えきれなくなっている。しかし、ミセス・ピルチャードがお茶の席で友人を絞め殺している図は、ミセス・エニスモア＝スミスが殺意を秘めて深夜に階段を忍び足でのぼっていく図とくらべても、さほど荒唐無稽ではないように思われた。

エニスモア＝スミス夫妻があの晩、寝室に下がったのは何時だろう？　それまでは何をしていたのか？　いっしょだったのか？　ミセス・エニスモア＝スミスは仕事から帰ってきて就寝するまでの時間をどう過ごしたのだろう？

ここは夫君に会って話を聞く必要がある、それも早ければ早いほどいい、とロジャーは頭のなかの備忘録にメモした。今回の事件にかかわっていないのなら、話を聞きだすのは難しくないはずだ。

いや、待て。先だって人を殺《あや》めるのはミセス・エニスモア＝スミスにはできても、夫君には無理だと判断したとき、彼が経済的に追い詰められているとは知らなかった。そのことは何か影響してくるだろうか？　普通の状況で心理学的に人を殺せない者は、普通でない状況に置かれてもやはり人は殺せないのだろうか？　かっとなったあげくの衝動殺人はべつだ。こういうとき、人は理性が吹き飛んで、獣的本能に支配されてしまうから。だが、今回の殺人はそういう性質のものではない。エニスモア＝スミスでもひょっとしたら衝動殺人を犯すことはあるかもしれないが、そういうのは純粋な殺人とは言えない、すなわち計画殺人とは。エニスモア＝スミスに今回のような巧妙きわまりない計画を練りあげ、実行に移すことが果たして可能だろうか、他人に濡れ衣を着せるべく泥のかたまりまで用意するような周到な計画が？　考えるまでもない。エニスモア＝スミスにはどんな異常な状況に置かれようとも、そんな殺人を実行に移す能力はない。ロジャーはほぼそう確信した。あんないいかげんな男に完全犯罪の計画が立てられるわけがない。

エニスモア＝スミスはふたたび容疑者リストから抹消しなければなるまい。

だが、奥方のほうは……。よほど切羽詰まっていたら……。

ロジャーは落ち着かなくなって座ったまま身動きした。彼女が店で見せた冷静さと有能さと確固たる忍耐力と、今回の事件の手口からうかがえる冷静さと有能さと確固たる忍耐力とのあいだに類似性があることは否定しようがない。とことん細かいところにまで目を配れる者でなければ実行は不可能だ。なにしろ細工の数ときたら並大抵ではないのだから。ロープ、窓敷居の足跡、壁のこすれた痕跡、位置のずれたガスレンジ、家捜しの形跡（現金のはいった収納箱が誰もが最初に確認しそうな場所にしまわれていたことを考えると、これはいささかやり過ぎだ。これは心理学的に見て手がかりになるだろうか？　女性にありがちな過度の強調とか？）、例の泥のかたまり、物置のなかの煙草の吸い殻と灰（しかし、これもまた完全には納得がいかない）、ろうそくの使用、プロらしく手袋をはめた指の跡……。

ふとあることに気がついた。ミセス・エニスモア＝スミスを第一容疑者に選んだのは、単なる消去法の結果だ。ほかの住人はすべてあれやこれやの理由で退けられ、彼女だけが殺人者に必要とされるにちがいない精神的、肉体的特質を備えていると判断したのだ。いままで犯人が女性かもしれないことを示す証拠はひとつも出ていなかった。ところがいまになって、ロジャーはそういう証拠が現に存在していたことを思いだしたのだ。手袋をはめた指の跡である。モーズビーはその跡が小さく、ほっそりしているので、ジム・ウォトキンズ犯行説の付随的な証拠になると断じた。ジム・ウォトキンズの手はロジャーも実際に確認したが、たしかに小さかった。だが、あの指の跡をつけたのは女性だと考えても筋は通るのではないか、いやむしろそちらのほうがまっとうな見方ではないだろうか？　そうにきまっている。

この線は少しばかり追ってみる価値がありそうだ。今回の事件が女性の犯行であることをうかがわせる証拠はほかにもないだろうか？　ミセス・エニスモア＝スミス犯行説をもっと説得力のあるものにするにはどうすればいいのか？

手口の緻密さに注目してみる？　細かいところに目配りするのは往々にして男性より女性の

ほうが得意だと言われるし、この事件はとにかく細工が細かい。雑で荒っぽい、いかにも男性ふうなところはひとつも見当たらない。ラファエル前派ふうで、ポスト・ジョージアンふうではない。いや、ラファエル前派は男ばかりだったか。やめよう、こんな高尚な話題を殺人事件に持ちこむのは不適切だ。

とはいえ、この事件にはどこか猫を思わせるところがある。こっそりうろつきまわって、派手にはねたりしない。忍び足で歩き、大またにはならない。だが、世の中には雄猫もいれば、男の空き巣《キャット・バーグラー》もいる。うん、あの指の跡をのぞけば、犯人が男性ではなく女性だということをうかがわせる証拠はひとつもない。ただそんな印象を受けるというだけ。優秀な探偵が単なる印象に一顧も与えないことをロジャーはよく知っていた。

いや、待て。かなり有力な証拠がある。ミス・バーネットは寝間着姿だった。これは訪問者が女性だったことのほぼ確実な証しだろう。

まあ、非常に興味深くはある。

ロジャーはもっと確実な証拠のほうに目を向けようとした。

だが、確実な証拠と言えるものはほとんどなかった。凶器とされているロザリオですら、まだ検証は終わっていない。それとも終わったのだろうか？　モーズビーから出どころが判明したとは聞かされていないが、だからといって判明していないとはかぎらない。モーズビーは見返りを期待しているときはべつとして、自発的にはめったに情報を提供しようとしないのだから。ロザリオの件も、あした必ず訊いてみよう。

それにしてもロザリオとは……。
そもそもどうしてロザリオだったのか？　警察はすぐに安易な結論に飛びついた。すなわち、被害者はローマカトリック教徒で、ロザリオは当人のものだと。しかし、ミセス・ピルチャードによれば、彼女は断じてローマカトリック教徒ではなかったという。たしかに、ロザリオを使うのはカトリック教徒にかぎらない。アングロカトリック（英国国教会高教会派）の信者のなかにも使用者は多い。だが、ミセス・ピルチャードの話では、そもそも被害者はロザリオを持っていなかったという。持っていたら、間違いなくミセス・ピルチャードに気づかれただろう。そうなると、考えられる結論はひとつしかない。あのロザリオは殺人者が持ちこんだものだ。

　考えれば考えるほど、あのロザリオには重要な意味があるように思えてきた。出どころが確認できなかったとしても、現場に残されていたという事実だけで貴重な情報を提供してくれるはずだ、かりに謎を正しく解くことができれば。ロザリオをめぐる疑問点は大きくふたつに集約できそうだ。（a）そもそもどうしてロザリオだったのか？（b）現場に残されていたのは偶然か、それとも故意か？

　ロジャーは席を立つと、食料貯蔵室で樽のビールをグラスに注《つ》いだ。このロザリオには希望が持てそうだった。

　ふたつの疑問点のうち、まず二番めから考えてみよう。殺人者が偶然、忘れていったのなら、手がかりとしての価値は明らかにずっと増す。犯人はミスをしたわけで、ロザリオの秘めている情報は、うまく引きだすことができさえすれば、読みとるのは比較的容易だろう。だが、わざと残されていたとなると、話はずっと複雑になる。遺体のそばでロザリオが見つかって、それが殺人者の落としたものであったという場合、真っ先に引きだされる結論は何か？　殺人者はローマカトリック教徒であるということだ。残されたのが偶然の産物なら、殺人者はとにかくカトリック教徒――ローマカトリックかアングロカトリック、どちらかといえば前者のほうが望ましい――である可能性が高い。だが、わざと残されたとなると、殺人者は自分をカトリック教徒だと思わせたかったとしか考えられず、そうなると、彼（もしくは彼女）は実際にはもっとも厳格な英国国教会の信者ということになるかもしれない。そうすると、すぐにまたべつの疑問がわく。殺人者がこうまでして自分をカトリック信者に見せかけようとしたのはなぜか？

こう考えていくと、結局は当初の第一の疑問にもどってきてしまう――そもそもどうしてロザリオだったのか？

そう、どうしてロザリオだったんだろう？

前提として、今回の事件は計画殺人だった。それならどうしてわざわざロザリオを用意していったのか？　ひも一本だってよかったはず、むしろ、そのほうがずっと扱いやすかっただろう（それにしても、どうして絞殺という手口を用いたのか？　いや、犯人が女性だったら、火かき棒とかそういうもので頭を殴るのは尻込みするか。素手でというのも無理だろうし、そう考えれば筋道は立つ）。カトリック信仰となんらかのかかわりがあるという結論は避けられそうにない。だが、殺人者がカトリック陰謀事件（十七世紀後半、英国で騒がれた架空の陰謀事件、多くのカトリック教徒が無実の罪で処刑された）の再現を企てているという、突拍子もない思いつきをのぞけば、ロジャーの頭には何の答えも浮かばなかった。

ロザリオの問題はひとまず棚上げするしかないだろう。彼はいまになってミス・デラメアにこの件を持ちだしてみればよかったと思った。彼女はカトリック教徒らしいから。彼女ならこの複雑な問題に多少とも光を投じてくれたかも。ロザリオの出どころを特定することさえできたかもしれない。かりに彼女が自分のロザリオを階段に落として、殺人者がそれをひろったとしたらどうだろう？　それなら凶器にロザリオが選ばれた理由は説明がつく。まあ、この件はあしたモーズビーに訊けばわかることだ。

彼は謎の走る男の検討に移った——いまでは、その男がジェイムズ・ウォトキンズ氏でないのはまず確実だった。

この走る男はまったく厄介なしろものだった。この男のピースだけはモンマス・マンションの謎というジグソーパズルにうまくはまってくれなかった。ロジャーが胸中に描いている事件のシナリオの唯一の欠点だった。それゆえこの数日間は完全に無視していたのだが、いつまでもそうしているわけにもいかない。組みついて取り押さえ、正体を明らかにしなければならなかった。

この男についてはもうひとつ困った問題がある。今回の事件の犯人はモンマス・マンションの住人のひとりであるという確たる（というか、ロジャーにはそう見える）説にかみあわないばかりか、目覚まし時計や木綿テープやらを用いた巧妙な仕掛けをひっくり返してしまうのだ。

この走る男はエニスモア＝スミス夫妻の供述を完全に裏付ける。時刻が合致するからだ。さらに、この男の出現は目覚まし時計説をぶち壊してしまうように思える。目覚まし時計が鳴りだしたちょうどそのとき、たまたま走る男が現われたというのは偶然にしてはできすぎだろう。

でも――たまたま現われたと言いきってしまっていいのだろうか？

ロジャーの理性が落ち着きなくぴくりとしたが、彼は無視した。彼はいま冷静に一歩一歩論を進めているのではなかった。想像をわざとむちゃなところまで飛躍させていた。出発点のミセス・エニスモア＝スミス犯行説にしたところで、当たっている可能性は高くはない。目覚まし時計の話（ここでいうのは、しかるべき時間に音を発生させる機械的装置のことだ）を持ちだしたのも、これといった目的があったわけでは全然なかった。だが、行き当たりばったりでも、牧草地をたっぷり時間をかけて根気よく跳ねまわっていれば、いつかは四つ葉のクローバーに出会わないともかぎらない、かりにその牧草地に四つ葉のクローバーが存在するのなら。幸い、この牧草地には四つ葉のクローバーが豊富にあるが、見つけるのがひどく難しい。だから、このまま跳ねまわりつづけるだけだ。

わかったよ。たしかにそうかもしれない。走る男と目覚まし時計説とのあいだの矛盾は、ひとつむちゃくちゃな仮説を立てさえすれば解消できる。つまり、男の出現は偶然などでは少しもなく、計画的なものだったということだ。

要するに、走る男は共犯者なのだ。うん、べつにかまわないだろう。殺人者に共犯者がいても珍しくもなんともない。それにいずれにせよ、走る男を共犯者と見なすのは、当初想定したような殺人者本人だとする解釈にくらべて理屈にあわないというものでもあるまい。さらに、男が単なる共犯だったとすれば、木戸を使わずわざわざ塀を乗り越えた理由も説明がつきそうだ。主犯なら当然、あらかじめ近隣の地理を自分で調べただろうが、単なる共犯はそこまでの準備はしなかったかもしれない。

しかし、これではつじつまがあわない。ミセス・エニスモア＝スミス――ここで言うのはモンマス・マンションの住人のなかで、殺人者である蓋然性がいちばん高い人物という意味だ――であれば、塀の木戸についてはよく知っていただろう。あれだけ細かいところにまで気を配っている以上、共犯者に木戸の存在を伝えなかったとは考えにくい。塀を乗り越えるというむやみと人目を引くようなまねはさせなかったはずだ。となると――

ロジャーの理性が鋭い蹴りを入れてきた。今度は彼も無視しなかった。おまえはとんだ大ばか者だ、と理性は言った。ロジャーはうなずくしかなかった。共犯者に求められたのはただそこにいて人目を引くことのみで、それ以上の目的はなかったのだ。ロジャーがすでに証明し、自分でも完全に納得しているとおり、あの晩、モンマス・マンションからこっそり抜けだすことは、殺人者にも共犯者にも不可能だった。先週火曜の晩、モンマス・マンションは中世の砦以上に守りが堅固だった。ゆえに、共犯者が砦内に侵入することはありえない。共犯者がしなければならなかったこと、共犯者に課せられた役目があるとすれば（ミセス・エニスモア＝スミスが大胆にも主たる仕事をひとりでやってのけたのだとしたら）、それはただひとつ、塀を乗り越えて路地に降り立ち、一目散にその界隈から逃げだすことだけだった、水曜の午前一時二十分きっかりに。実際に殺人事件が起きたのがその時刻ではなかったこと、走る男がへまをしたわけではなかったこと、何も知らないエニスモア＝スミス氏があれほど確信して証言した妻のアリバイは粉々に砕かれてしまうだろうということ、以上の三点に気づくだけの理知のある者、並外れた理知のある者がどこにいるというのか？

誰もいない（ロジャーは満足感にひたりつつ、ひとり言を言った）ただひとり、このロジャー・シェリンガムをのぞいては。

彼はビールを飲み干すと、ふたたび食料貯蔵室へ行ってグラスを満たした。今回の事件にかかわって以来、今夜はこれまででいちばん推理がはかどった。すべてはビールのおかげだと彼は慎み深く考えた。

これまで投じた毛針のなかで、走る男はいちばん引きが強いとわかった。彼はふたたび暖炉の前に腰を落ち着けると、さらにいくつか毛針を投じてみようと決めた。

まず、これまでの考察をまとめるとこうなる——走る男の役割は午前一時二十分、人目を引くかたちであの裏庭から脱出することだった。そのため、木戸を利用せず、わざと塀を乗り越えてお抱え運転手の注意を引きつけようとした、そして——

ロジャーははたと思考を止めた。犯人のふたりはいったいどうしてお抱え運転手が午前一時二十分に帰ってくると事前に知りえたのだろう？　運転手のもどってくる時刻は日によってまちまちだ。雇い主ですら三時間前まで予想がつかないというのに。

ここは論を立てなおす必要がある。走る男が塀を乗り越えたのはお抱え運転手の注意を引くためだった。ここまでは問題なさそうだ。木戸の存在を知らなかったというのでないかぎり、ほかには理由の説明のしようがないのだから。そうなると、男が塀を乗り越えた時刻はお抱え運転手の帰ってくる時刻しだいで決まり、ミセス・エニスモア＝スミスと事前に打ちあわせていたわけではなかった、ということになる。では、あの騒音の発生した時刻がぴったり一致したのはどう解釈すればいいのか？

「そうか、そういうことか」ロジャーはしばらく考えこんだのち大声を出した。「あの音を立てたのは共犯者だ、機械的な装置ではなかったんだ！」

これは一歩前進だった。

考えれば考えるほど、この推論は妥当なものに思えてきた。共犯者の役割は単に逃げるところを目撃されるだけでなく、大きな物音を立てて（犯人たちの希望としてはそうだったにちがいないが）マンションの住人半分の目を覚まさせることにあったのだ。それゆえ共犯者は、絶好の機会が訪れるまで、ときどき木戸の隙間から外の様子をうかがいつつ、何時間も待ちつづけた。そして、お抱え運転手がガレージから姿を現わすや、このときとばかりに行動を起こしたのだ。

ところがここで新たな疑問が生じた。四階下の裏庭で待機している共犯者に、いったいどうやったら現場のフラットで大きな物音を立てることができたのか？

その晩、ロジャーの頭はとびきり冴えていた。きっかり五分後にはその謎の答えを見つけていたし、それ以外の答えはありえないと確信していた。

こうして満足した彼はベッドにもぐりこむと、《パンチ》誌に丸々全部目を通してから、眠りについた。

第十三章

ミス・バーネットはタイプライターのカバーを手際よくはずして、その前に座った。雇い主がパジャマにドレッシングガウンという恰好のまま、書斎で彼女を待ち受けていたのを見て当惑したとしても、そのことはおくびにも出さなかった。

「『親の顔が見たい』の続きでしょうか?」彼女はてきぱきと訊いてきた。

「いいや。それに、そこに座る必要もない。机についてくれ。口述筆記を頼みたい」

「それでしたら、ここでも充分可能ですが」ミス・バーネットは手品のようにメモパッドと鉛筆を取りだしながら答えた。

「机についてくれ」ロジャーは気もそぞろにくり返した。

ミス・バーネットは机についた。

「おっと、ところで、こんな恰好で申しわけない」

「おかまいなく――どうぞお好きになさってください」

「それはどうも。じゃあ、始めるよ。モンマス・マンション事件の一件書類につけ加えたいことがある。大まかなところを話すから、順番をきちんと並べ替えてタイプしてもらいたい。それぞれの項目ごとに紙を替えてカーボンコピーを取ること。原本のほうはファイルにしまってくれ。できるだけ急いでほしい。いいかな?」

「了解です」

ロジャーは昨夜の考察の結果を口述していった。たどりついた結論の裏付けとして集めることのできた証拠についても取りあげ、証拠が見つからなかった項目については論拠をありのままに述べた。彼の結論は三つの項目からなり、それぞれには次のような見出しがつけられた。(1)犯行時刻は午前一時二十分ではなく、それより早い時間である。(2)午前一時二十分に聞こえた物音を立てたのは殺人者ではなく、その共犯者である。(3)午前一時二十分ごろ、お抱え運転手を初めとする複数の人々に逃げ去るところを目撃された男は、殺人者ではなく共犯者である。口述のなかで、ミセス・エニスモア=スミスに対する嫌疑についてはひと言も触れなかった。〝イヴァドニ・デラメア〟〝ミセス・バリントン=ブレイブルック〟と見出しをつけたページはすでに設けてあったが、あいかわらず白紙のままだった。今後、個人名は記録に残さず、特定の個人についての考察は頭のなかだけで行なおうとロジャーは決めていた。名誉毀損に問われかねないからだ。

口述を終えると、彼はさほど期待もせずにミス・バーネットの反応をうかがった。

ところが、今回はすぐに答えが返ってきた。

「ひとつ、おうかがいしてもよろしいでしょうか?」

「いいよ。それはそうと」ロジャーは優しい口調でつけ加えた。「靴やらなんやらは買えたの？」

「はい、おかげさまで。こちらが請求書です」

「じつに妥当な金額だな」ロジャーは請求書に入念に目を通しながら言った。

「そうお考えになるとは残念です。これを教訓にしていただくつもりでしたのに。いまおたずねしたかったのは――」

「そうだ、忘れる前に言っとくけど、きみあてに大きな荷物が二個届いてる。メドウズに持ってこさせよう。ついでに言っとくと、結局、ミッドナイトブルーのドレスも買ったんだ。そう、それから帽子も三つ。そうそう、下着もふたそろい。洗濯したときの替えがいるからね。それから、あといくつか何やかやと。ぼくにはさっぱりだけど、きみなら使い道がわかるだろう」

「無駄なことをなさいましたね。わたしとしては賭けの条件に指定されたもの以外は受けとれません」

「でも、ぼくが着るわけにもいかない」

「それはわたしの知ったことではありません」ミス・バーネットは冷ややかに言った。

「男にはまず無理だな」ロジャーは考えこんだ。「ジャプシャン（絹地のブランド名）のズボンをはくのは。しゃれているかもしれないが、街で着るには向かない（ウィルヘルミナ・スティッチ（二十世紀前半に活躍した英国生まれの詩人）の言葉だ）。それに、ぼくはトリプルニノンの効果が好きなんだけど、全体のバランスを考えないと、効果は台無しになってしまう（E・C・B（〝C・E・B〟の筆名で詩を発表した二十世紀英国のジャーナリスト、クロード・E・C・H・バートンのことか））。とにかくぼくにはなんの役にも立たないから、どうか引きとってもらいたい。着る必要はない。捨てるなり埋めるなりご勝手に。とにかく、どこかへやってくれ」

「まじめにお願いします。わたしはけっして受けとる気は――」

「これは命令だ」

「ああ、そうですか」ミス・バーネットはいらだたしげに言った。「いいかげんにこちらの話も聞いてください。先生のお楽しみに水をさす気は少しもございませんが、先ほど口述なさった素晴らしいご見解について、今後も検討を重ねるおつもりですか？」

「そのつもりだよ」ロジャーは陽気に言った。

「まさか、どなたかにお話しになる気ではいらっしゃいませんよね？」

「これからすぐスコットランド・ヤードを訪ねようと思っている」

ミス・バーネットは真剣そのものの顔つきをして彼を見返した。「それでは、腹心の秘書として、わたしにはこうおたずねする義務があると思います。それが賢いやり方だと本気でお考えですか？」

「どういう意味？」

「先生が警察のもの笑いの種になるのはいい気がしません」ミス・バーネットはしかつめらしく答えた。

「これはこれは、ご配慮に痛み入る」

「まさか。とばっちりを食うのはごめんですので。世間の人はこう言うでしょう」ミス・バーネットは冷静に言った。「雇い主が分別を失ったら、正気にもどすのは秘書の役目のはずだって」

「へええ、世間はそんなことを言うのか。要するに、きみはぼくの見解に同意しないんだね？」

「論外だと思いますし、それをお伝えするのがわたしの義務だと考えます。支離滅裂です。先生ご自身、きのう、あの男が捕まったとおっしゃったじゃありませんか。警察が逮捕に踏みきったのは明確な証拠があるからにきまっています。もっとも、けさの新聞には何も載っていませんでしたが」

「逮捕はされていない」ロジャーは薄氷を踏む思いであわてて答えた。「うん、きのう、ぼくはそういう言い方はしなかった。実際、警察はまだ逮捕に踏み切っていない。何か法律上、難しいことがあるらしい。でも、監視はついてるし、肝心なのはそこのところだ。居場所がわかってるんだから、いつでも好きなときにしょっ引けるわけだし。思いだしてもらいたいんだが、今回賭けたのは、事件の晩、彼がモンマス・マンション界隈にいたか、いなかったかってことだった。単に現場近くにいたというだけでは逮捕はできない。どこの治安判事だって逮捕状は出してくれないさ」

ミス・バーネットは少々疑わしそうな目つきで彼を見たが、ロジャーがほっとしたことに、それ以上は追及してこなかった。「いずれにせよ問題はそこではありません。とにかく、先生にはこの件から手をお引きになることを強くお勧めいたします」

「でも、こんなに頭が冴えてるっていうのに」ロジャーは訴えた。

「何が冴えているものですか、むちゃなこじつけをしているにすぎません」

ここまでぴしゃりと言い返されては、ロジャーはうなだれるしかなかった。「とにかく、タイプしてくれ。どうするかはあとで決める。それより先に朝食だ」部屋を出るときには立ち直っていた。

清書する書類の内容についての見解がどうあれ、ステラの仕事ぶりは称賛に値した。ロジャーが食事と着替えをすませたときには、書類はできあがっていた。

「ありがとう」彼は会釈して、カーボンコピーをポケットに突っこんだ。「けさはもうきみに頼むことはないな。ぼくは——」

「まさかスコットランド・ヤードにいらっしゃるのではありませんよね？」

「すぐにはね」ロジャーはごまかした。「やめるかも。様子を見るよ。午後、ぼくたちはマチネーへ行く」

「ぼくたち？」

「きみとぼくだ」

「シェリンガム先生、わたしがこちらへうかがっているのは秘書としてであって——」

「ステラ・バーネット、頼むから黙ってくれ。雇い主の話が終わらないうちから、反論を始めるのはきわめて不作法だぞ」

「申しわけありません」

「反省してもらいたいね。いま話そうとしたのはきみの任務についてだ。きみは午後一時に〈クライテリオン〉の入口ホールに来ること、昼食はそこでとる。メモパッドと鉛筆を持参すること、カエル面をした輝ける若者たちの会話をさらに収集する。そのあと、サフィック劇場へ移る。これも仕事で、一階の一等席をふたつ予約してある。上演中の『三人の罪人』について概要をまとめたいんだ。個人的に、この芝居は『流し目千両』（ポール・アルモン、ニコラ・ナンシー合作のフランス喜劇、映画化もされた）以来最高の笑劇《ファルス》だと思うので。メモパッドに速記でストーリーの流れや、役者の退場と登場、全体の構成をメモしてくれ。この先、笑劇を書きたくなったときにとても参考になるだろうから。それと、ぼくは人前に出るとき、連れの外見にけっこう気を遣うたちなので、素直にミッドナイトブルーのドレスを着てきてもらいたい。帽子やらなんやらもぼくが買ってきたものに替えて。ついでだから、この際言わせてもらうが、ぼくが賭けに関係のないものをいろいろと買いこんだほんとうの理由はそこにある。こんなことは言いたくなかったんだが、きみがどうしても受けとろうとしないからやむをえない。仕事の一環として、きみを連れて人前に出る機会もあるだろうし、ぼくとしては、いまのきみみたいなまるであか抜けない恰好をした女性といっしょにいるところを人に見られて、評判を落とす危険は冒したくない。くどくど説明する必要はないだろうが、きみがきのうかぶっていた帽子ときたら……。わかるだろう？　だから、ここはおとなしくあのふたつの箱のなかの衣類は制服とでも考えて、ぼくの付き添いで人前に出るときに着用してもらいたい。話は以上だ。おっと、待った。きみはぼくに煙草百本の借りがある。きみが言っていたとおり、サリヴァンにしてくれ、うん」

「た――煙草百本？」ミス・バーネットはつぶやいた。ロジャーの長広舌のあいだ、その顔には興味深くもさまざまな感情が浮かんでは消えた。

「うん。きみは賭けに負けたのさ。きみの勝ちだとは一度も言わなかった。単に女性の下着のはやりの素材について訊いただけだ。きみが勝ったと思うにまかせたのは事実だが、そのほうがずっと気の利いたやり方だと思ったんでね、面と向かって〝あの帽子をかぶったきみといっしょにいるところを人に見られるのは二度とごめんだ〟と言い放つよりは。だから責任はきみのほうにあるのさ、いやでもわかるだろうが。頼むからいますぐ家に帰って、きみの――いや、ぼくのミッドナイトブルーのドレスで着飾ってきてもらいたい。それと、おしろいはきょうは少し多めにしてくれ、てかてかの鼻を見ながら食事するのは願い下げなんでね。話は以上だ。おっと、待った。はい、半クラウン」

「半クラウン？」

「うん、これで口紅を買うといい。雑費につけておいてくれ。じゃあ、一時に〈クライテリオン〉の入口ホールで。いいね？」

「あの娘については」ロジャーは階段を駆けおりながら、ひとり悦に入って言った。「この街のどんな娘よりこっぴどく高慢の鼻をひしいでやらなくちゃいけない。そろそろ誰かが手を打つ潮時だろう。あの娘の彼氏とやらはきっと無脊椎動物にちがいない。そのうち連絡をとって意見してやろう。そうでもしないと、彼の結婚生活は地獄だ」

彼はタクシーを呼び止めて、運転手にモンマス・マンションへやってくれと頼んだ。

モンマス・マンションの裏庭では、彼の探していたものは見つからなかった。もともと期待はしていなかった。見つかったとすれば、よほどの僥倖《ぎょうこう》というところだった。

彼はタクシーでスコットランド・ヤードへ出かけ、モーズビーに面会を求めた。

「モーズビー」彼は単刀直入に切りだした。「例のモンマス・マンション事件について、まじめな話がしたい」

「まずおかけになってください」モーズビーは愛想よく言った。「ご存じのとおり、あなたのご意見はいつでも歓迎ですから」

「その後、進展は?」

モーズビーは悲しそうに首を横にふった。「いや、はっきりとした進展となると、あいにく何も。ただ、ひとつふたつ追っている線はありまして、そこに望みをかけています」

「ジム・ウォトキンズのアリバイを崩してみるとか?」ロジャーは抜けめなくたずねた。

「あのアリバイは鉄壁でしてね」モーズビーは憂鬱そうに言った。「現時点でわれわれに確認できるかぎり、やつが事件の晩、ルイスにいたのは間違いないようです」

「なるほど」ロジャーとしてはここで具体的な名前を出すつもりはなかった。スコットランド・ヤードを訪ねたのは、単に昨晩の考察の結果をモーズビーに伝えたかったからだった。内容の真偽はともかく、警察に伝えるのが義務だと思ったのだ。だが、それをどう利用するかについてまで指図する気はなかった。ジム・ウォトキンズ犯行説に適応させようとして無駄骨を折ったとしても、こちらの知ったことではない。ミセス・エニスモア＝スミスについて、あるいは、彼女の窮状についてはひと言もしゃべるつもりはなかった。

「それで、おたずねになりたいのはそれだけですか？」

「いや、断じて違う」ロジャーは椅子の背に身をもたせかけて、片方の足首をもう片方の膝の上に乗せた。「あのさ、モーズビー、ぼくは今回の事件についてあれこれ考えていて、きみの役に立ちそうなことをつかんだように思うんだ。きみ自身、同じ結論に達しているのかもしれないけど。とにかく、ここへ来たのは、それを伝えるためだ」

「市民としての義務に従ってくださった、と」モーズビーはとり澄まして答えた。

「この未開の国の市民の義務にね」ロジャーは応じた。「この国じゃ、個人の考えを胸の内にしまっておくことすら認めていないんだから。それで、ぼく個人の考えをきみに伝える前に、ひとつふたつ確認のために訊きたいことがある。質問に答えてもらえるかな？」

「この事件に関して、あなたに伏せておくべき事項があるとは思えませんが」モーズビーは慎重に答えた。

「よかった。じゃあ、まずひとつめ。あのキッチンの窓から垂れ下がってたロープだけど、下のほうの端にはひもか何かがつないであったんじゃない？」

モーズビーは驚いた顔をした。「ええ、おっしゃるとおりです」

「やった！」ロジャーは歓声をあげた。「丈夫なひもが固く結びつけてあって、結び目からほんの一、二インチ分だけが残されていたんじゃないかな？」

「だいたいそんなものですね」

ロジャーは首席警部を得意げに見返した。「純粋に推理の結果だよ」

「ほう、そうなんですか。それはそれは」だが、モーズビーが内心興味を引かれているのがロジャーには手に取るようにわかった。

「うん。それで、検死報告書は見せてもらえるの？」

「それなら、ここにあるはずです」

モーズビーは何も訊かずに検死報告書をさしだすと、ロジャーがそれに目を通すのを辛抱強く待っていた。

ロジャーは予想どおりだとでも言いたげに、ときどき首をうなずかせた。そして、書類をモーズビーの机の上にもどすと、足を組み替えた。

「これで裏付けはとれたと思う。さて、モーズビー、これからひとつ質問するから、正直に答えてもらいたい。犯行時刻について、午前一時二十分ではなく、それよりずっと前だったと考えてみたことはない？」

今回ばかりは、モーズビーの顔にも寛大な笑みは浮かばなかった。「午前一時二十分より前？」彼はあごをなでながらくり返し、ロジャーをひたと見つめた。「ミセス・エニスモア＝スミスの証言がありますし、現場から走り去る男を複数の人が目撃しているんですよ。ええ、その質問には間違いなく正直にお答えできます。考えてみたことはありません」

「だったら、いままでにない見方を提示してあげよう」

「キッドのアリバイを崩すのに役立つのなら、なんでも歓迎ですよ」

「すると、いまでもキッドの犯行に間違いないと思ってるんだね？」ロジャーは淡々とした口調でたずねた。

「ええ、それはもう確実です」モーズビーは力強く言った。「殺《や》ったのは絶対にキッドです。問題はそいつをあのチビの悪党のせいにできないことでして」口調だけを聞けば、キッドの容疑は戸棚からジャムをちょろまかした程度のことだと誤解されかねないような言い方だった。

「じゃあ、よく聞いてくれ——あとから、じつは自分も同じことを考えていたなんてのはなしだよ。きみのところの速記者を呼んでこさせる気は？　ない？　まあ、ここはきみを信用するとしよう。

まず、きみが指摘したとおり、エニスモア＝スミス夫妻が頭上の物音を聞いたのが一時二十分ごろだったという点についてはほとんど疑問の余地がない。さらに、ほぼ同時刻に、ひとりの男が塀を乗り越えて現場から走り去るのが目撃されたという点についても、やはりほとんど疑問の余地はない。この二点についてはひとまず事実と見なして、論を進めることにする。ぼくがまず指摘したいのは、そのふたつの事実をのぞけば、死亡時刻がそれよりかなり早かった可能性を否定しうる明確な証拠は何もないってことなんだ。

まず遺体そのものについて。遺体の発見時、医師は外的徴候から死亡推定時刻を二十四時間以内と判断していて、そのことにはべつに支障はない。ただ、ひとつ言わせてもらうと、検死報告書にある胃の状態に関する医師の所見は、死亡時刻が午前一時より早かったことを示す明確な証拠になると思う。医師は、胃のなかは空っぽではなかったと書いている。午前一時を過ぎていれば、空っぽになっていそうなものじゃないか?」

「たしかに空っぽではありませんでした。被害者は亡くなる前に紅茶を一杯、レーズンロールを一、二個口にしていました。ベッドのそばに汚れたカップがありましたし、ベッドにはパンくずが散らばっていました。パンくずは分析したところ、食料戸棚の缶のなかに残っていたレーズンロールと同じものでした」

「素晴らしい。なぜって、すべては被害者が紅茶とパンを口にした時刻で決まるってことだろ?」

「時刻を割りだすのは難しいのではないかと思いますが」

「ぼくには割りだせた。というか」ロジャーはより正直に言いなおした。「余談のかたちで、貴重な情報が得られたんだ。おととい、ミセス・ピルチャードから話を聞いたんだが、彼女がたまたまこう言ったんだ。被害者はおおかたの高齢者同様、習慣を守るたちで、来客のないときには必ず九時に床につき、紅茶を一杯、パンを一個ベッドに持っていくのが常だったと。『おなかをあっためるため』っていう言い方をしていたそうなんだけどね。これは初耳なんじゃないか?」

「おっしゃるとおりです」首席警部は潔く言った。「それに、耳寄りの情報でもありますね」

「まあ、無理もないよね」ロジャーは意地悪く言った。「きみたちにしてみれば死亡時刻は確定したも同然だったんだから、さらに調べてみようって気になるわけがない。検死報告書には、被害者は亡くなる一時間半から二時間前に軽食を摂取しているとある。きみたちは十一時から十一時半ぐらいを想定していたんじゃないか?」

「そんなところです。理屈からすればそうなります」

「うん、たしかに理屈上はね。だけど、今回はたまたま間違いだった。ええっと、つまりこういうことなんだ。ゆうべ、そのあたりのことについて調べてみたんだが、ぼくにわかるかぎり、被害者が紅茶とパンを摂取したのが午後九時だとすると、通常、胃と小腸は午前一時には空っぽになっているはずなんだ。判別不能の固まりが大腸のほうにあるだけで。ところが検死報告書には、胃と小腸にパンや干しぶどうだとはっきりわかる物体が残っていたとあった。となれば、医師が軽食の摂取時刻を死亡の一時間半から二時間前と判断したのは当然だよね。それに、知ってのとおり、被害者はあの晩ひとりだったから、いつもの習慣をたがえる理由はひとつもなかった。ゆえに、検死結果そのものから考えて、死亡推定時刻は午後十時半から十一時ごろと見てさしつかえないのではないかと思う。違うかな?」

「たしかに、そう考えてさしつかえないように思います」

「なあ、そんな渋々認めるみたいな言い方しなくたっていいじゃないか」

「そんなつもりはまったくありません。じつに水際立った推理だと思います」モーズビーは寛大に言った。「それに、今回の事件について、これまでとは異なる解釈が可能になるのはたしかです。しかし、午前一時二十分の物音と、塀を乗り越えた男についてはどうなさるおつもりなのか、そこのところをうかがいたいですね」

ロジャーはしばし考えた。モーズビーの言葉が正しくて、警察がいまなおミス・バーネットを殺したのはジェイムズ・ウォトキンズ氏だと確信しているのなら、わざわざその誤解を解いてやるまでもあるまい。その解釈を前提にして、モーズビーの前で事件を再現することもできなくはないだろう――主要な着眼点のひとつをはなから問題にせず、もうひとつの着眼点についてはおとぼけを通せば。じつはそのふたつこそ、この事件の犯人はモンマス・マンションの住人のひとりだという彼自身の解釈の根拠になっていたのだが。具体的にいえば、その着眼点とは、まず、訪問者は単に女性と言うだけでなく、被害者の個人的な知り合いで、好感を持っていた人物にちがいないということ。そうでなければ、そもそも夜のあんな遅い時間に家に招き入れるわけがない。そして、訪問者は被害者の死後もかなりの時間、フラットに居残っていたはずで、玄関ドアが施錠されてしまって建物の外へは出られなかっただろうということだ。ほかの住居に侵入するか、管理人のミセス・ボイドに声をかけるかすれば脱出は可能だっただろうが、そういう形跡はないのだから。

「議論を進めるために、アリバイの件は無視して――そいつを崩すのはきみたちの仕事だし――ミス・バーネット殺しの犯人はきみたちごひいきのキャンバウェル・キッドだとしよう。犯行前に何があったのかについては、すでにきみが説明してくれた。やつは暗くなる前に建物内に侵入し、あの物置のなかで待機していたんだったね。それに、ビーチの話では、やつはフラットに侵入するとき、スコットランド・ヤードの捜査員をかたったのかもしれないとのことだった。かりにこれがすべて事実だったと仮定すると、やつは人を殺《あや》めるつもりなんか少しもなかったのに、たまたま理性を失うような状況に陥り、凶行に及んだとは考えられないかな？

どうだろう？」

「現在、われわれが考えているシナリオはそれです、はい」

「では、次に何があったのか？　きのう話したとおり、やつは格闘の痕跡と大きな物音を作りだす舞台装置をこしらえて、ロープまで用意した。表玄関のドアの施錠後に、それを使って階下《した》へおりたと見せかけるためだ。この点については、きみの同意が得られるかどうかわからないけど」

「議論を進めるために、ひと言言わせていただきますが」モーズビーは慎重に切りだした。「あなたの見方は少し変わったのではありませんか？　たしかきのうは、犯人はキッドではなく、キッドの手口をまねした別人だとおっしゃっていたように思うのですが」

「人は心を広く持たなくてはいけないよ」ロジャーはもったいぶって答えた。「たしかに前はそうだったかもしれない。でも、あのときは殺害されたのがもっと早い時間だったとは知らなかったから。新たな証拠が出てきたら、考えを変える用意ができてなくてはならない」

「それこそわたしがいつも自分に言い聞かせていることですよ」モーズビーは心にもないことをしゃあしゃあと口にした。

「それに、いまはきみたちの考える犯人像に従って事件を再現しているところじゃないか。ついでに言っておくと」今度はロジャーが虚言を吐く番だった。「ぼくが関心を持ってるのは犯人の正体じゃない、手口なんだ。そちらのほうがはるかに興味深い」

「わたしにとっては、この事件に関することならなんでも興味深いですよ、たとえ殺人者の正体でも。とにかく、先を続けてください。やつは舞台装置をこしらえて、窓からロープを垂らした。その後はどうしたんです？」

「そりゃ、階段をおりて表玄関から逃げたにきまってるよ、戸締まりがされる寸前に」

「それはたしかにきのうおっしゃっていたことよりずっと筋が通っていますね」首席警部は考えこむようにして言った。「そのときのお話でも、犯人は表玄関から外に出たとのことでした。あのとき、われわれは犯行時刻をずっと遅い時間に想定していたのですが。じつは、そこのところが、ロープは使われていないというあなたの主張の弱点だったんです。なぜなら表玄関から逃げられたはずはありませんので。どうやらご存じなかったようですが、事件の晩、あそこのドアはエール錠が故障していたため、大きな彫り込み錠の鍵がなければ内側からですら開けられなかったんです」

ロジャーは〝そのことなら百も承知だ。アフォード部長刑事の口から直接聞いた〟とは言い返さなかった。単にもの柔らかにこう口にしただけだった。「それなのに、ぼくにも伝えてやろうとは思わなかったっていうの？　まったくもう、口が重いにもほどがあるよ。難事件についてきみに手を貸すのは、とんだ大仕事だ」

「お抱え運転手が目撃した男と、あの晩の物音という難問については、まだ手を貸していただいていませんね」モーズビーはにやにやした。

「これから話すところだ。まず例の走る男だが、その男がキャンバウェル・キッドでないことはお抱え運転手の証言から明らかだ。彼はその男を誰よりもよく見ているし。そのいっぽうで、われわれはあいかわらずキッドが犯人だとの前提のもとにいる。となると、まず考えられるのはこういうことだ。つまり、お抱え運転手が目撃した男は共犯者か事後従犯か、好きなように呼んでくれてかまわないが、そういうたぐいの人間だったんだ。ぼくが思うに、殺人者は自分が何をやらかしたかを悟ると、しばらく腰を据えて真剣に、冷静に考えこんだ。舞台装置やらなんやらの細工はその結果の一部にすぎない。もうひとつの結果はアリバイのでっち上げだ——このアリバイの件にきみたちは大いに悩まされているわけだが。

現場から逃げ去るや、殺人者がまずやったのはいちばん信頼できる男のところへとんでいき、自分のしでかしたことを洗いざらいぶちまけて、助けを求めることだった。その助けというのが、モンマス・マンションの裏庭へ行ってお抱え運転手の帰りを待ち、わざと人目を引くようにして塀を乗り越え、数百ヤード全力疾走することだった。できるだけ多くの人の注目を集めるように」

「キッドはお抱え運転手の存在と、彼があの晩出かけること、そして、もどってくることを前もって知っていたとおっしゃるんですか?」

「この事件の犯人なら、その程度のことは事前に確認していて当然だと思うよ」

「たしかに」モーズビーは同意した。「やつならいかにもやりそうですな」

「しかし、共犯者の役目はそれだけではなかった」ロジャーは喜々として話を続けた。「何を隠そう、あの、エニスモア＝スミス夫妻が目を覚ますに至った大きな物音を起こすことにあったんだ」

「それだけ？　それに、どうやって音を立てたんです？」

「そりゃ、あのひもを使ったにきまってるじゃないか」ロジャーは言い返した。「それくらい、きみにもわかるだろう？　だって、ほかにはやりようがないんだから」

「まあ、そうですね」モーズビーは心から同意した。「たしかにそのとおりです。でも、どういう手を使ったんです？」

「これから説明する。いいか、よく聞いてくれ。われながらじつに冴えてたんでね。殺人者はそもそも窓からロープなど垂らさなかった。だから誰も見てないんだ。垂らしたのは長いひもだった。そのひもは持参したか、フラットのなかで見つけるかしたんだろう。そして、片方の端をロープにしっかりと結びつけ、階下《した》でひもを引けばロープを簡単に引っぱれるようにしておいた。さらに、ロープのほうはテーブルの上とかなんだとか、表面の平らなところでいくつも輪っかを作って、その輪っかのなかには陶磁器を何個か置いていった。ロープを引っぱったときに引っかかったりせず、転げて床に落ち、エニスモア＝スミス夫妻の頭上で大きな音を立てるように。重量のある家具数点についても注意深く細工を施したのは間違いない。例の四つのレンガを使った罠みたいなもんだ、ふたになるレンガを小枝で支える。そうすれば家具もいっしょに倒れてにぎやかな音が生じる。殺人者がやったのはそういうことだよ」

「ほう、驚きましたな！」モーズビー首席警部は言った。

ロジャーはポケットから書類のカーボンコピーを引っぱりだした。「ほら、これに目を通してくれ。いま話したのは概略だけだ。くわしいことは全部ここに書いてある」

モーズビーは黙って書類に目を通した。そして、椅子の背にもたれてセイウチひげを引っぱった。目を輝かせてロジャーを見つめる。

「シェリンガムさん、先週の水曜日、あなたを現場にお連れしたのは間違っていなかったと思いはじめていますよ。よろしければ、この書類は預からせてもらえませんか？　うちの上司が関心を持ちそうなので」

ロジャーは会心の笑みをもらした。いまのひと言は彼がほんとうに有益な成果をあげたことを言い表わすときの、モーズビーのお決まりの台詞だと知っていたからだ。

ロジャーは目下、さらに有益な成果をあげるべく奮闘しているところだったが、モーズビーがそれにまったく気づいていないと思うと愉快でならなかった。

第十四章

モーズビーはロザリオに関する情報を何も持っていなかった。ロジャーはがっかりした。モーズビーもそれは同様だった。そもそもどうして現場に残されていたのか、その点が解明できさえすれば、ロザリオがもっとも貴重な証拠物件になるはずだという点で、ふたりの意見は一致した。ロジャーはかなり長々と自分の見解を披露した。モーズビーは礼儀正しくそれに耳を傾けていたが、自分としては、間違って置き忘れられたほうに賭けたいと述べた。ロジャーはむしろ逆に考えたかった、そのほうがずっとおもしろくなるからだ。最終的にはもとあったところにもどすしかないという結論に達した。すなわち、謎のまま。

ロジャーは約束の時間にまにあうように〈クライテリオン〉へ向かい、モーズビーは上司との協議に出かけていった――協議の際、自分の名前が一度ならずひょいと口に出されることがロジャーにはわかっていた。悪い気はしなかった。モーズビーの直属の上司はグリーンという名の警視で、丸々と太った大柄な男だが、そういう堂々たる体軀につきもののはずの度量の広さをまるで持ちあわせていない。ロジャーの見るところ、グリーン警視は世の中のほとんどすべてのものに反感を抱いており、なかでも目の敵にしているのが自分の仕事に首を突っこんでくる素人探偵だった。

シェリンガム氏は昼食を楽しんだ。ステラは当然ながら時間どおりに到着し、ミッドナイトブルーのドレス姿でますます美しさに磨きがかかっていた。色香が決定的に欠けてさえいなければ、この娘は絶世の美女になれるだろうに、惜しいことだとロジャーは思った。とはいえ、連れとして意気の上がる存在なのはたしかだった。

隣のテーブルから聞こえてくる会話を書きとめる作業はあまりはかどらなかった。ロジャーが連れから婚約についての話を引きだすのに忙しかったのだ。しかし、この話題について、ステラは常にもまして寡黙になった。婚約者の氏素性についてはいっさい語らず、なれそめはおろか、自身の結婚観すら明かそうとしなかった。

たった一点だけは回答をちょうだいすることができたが、それは大いに啓発的なものだった。

「婚約してまだ間《ま》がないんだね」ロジャーは鎌をかけた。「彼氏は指輪を用意する暇もないと見える」

「婚約指輪なんて意味がないと思います」ミス・バーネットはそっけなく言った。

ロジャーはじれったい思いで彼女を見つめた。本人がその気になってくれさえすれば、小説家としての彼にとって、これほど有益な娘はいなかった。いくら想像力が豊かな彼でも、婚約真っ最中のステラという図はどうにも描けなかった。自分の置かれた状況をどう思っているのか、率直に、分析的に話してくれてもいいではないか。それが偉大なる英国の一般大衆に対する義務というものだ。

最後の手段として、そういう趣旨のことを話してみた。

「わたしをご本のなかでお使いになりたいんですね？」彼女はあいかわらず落ち着いた口調でたずねた。

「そのつもりだ」

「わたしを秘書にお雇いになったのもそれが目的ですか？」

ロジャーは決まりの悪い顔をした。

ミス・バーネットはその点について考えこんだ。「たしかにいっぷう変わった仕事ですよね、性格研究の対象として小説家に雇われるなんて。でも、不当とは思いません。お給料はいただいているんですから、どうぞご自由にお使いください。ええ、うるさいことは何も申しません。では、わたしのことを興味深いと思っていらっしゃるんですか？」

「うん、とても興味深い」

「どこがですか？」

「これまでに会ったことのある、どの娘ともまるで違ってるからさ。気を悪くしたかな？」

「興味深いと思われたことをですか？　とんでもない。むしろ光栄です、当然ですが」

「何が当然なもんか」ロジャーはぶつぶつ言った。「ほかの娘《こ》なら『当然』なことでも、きみの反応ときたら、まるで予想がつかないんだから」

「それはよかった」ステラは落ち着いた口調で言った。「そうでなければ、いまごろはクビにされていたでしょうから。ところで、わたしといっしょにいるところを人に見られるのは恥だとはもうおっしゃらないんですか？」

「すまない、けさはちょっと言いすぎた」

「とんでもない。むしろうれしかったほどです。きのうかぶっていた帽子については、わたしも同じ思いでした。それで、けさ、いったん自宅にもどったとき、火にくべました」

「ひ——火にくべた？」ロジャーは啞然として、くり返した。

「もちろんです。せっかくずばりと言ってくださったんですから」

「ぼくとしては、あんな暴言を吐いた以上、逆に来る日も来る日も、四六時中、あの帽子を見せつけられることになるんだろうなと思っていたんだが」

ミス・バーネットはにこやかに笑った。「ほんとうにそうなんですね、先生にはわたしの反応がまるで予想できずにいらっしゃる。どうしてなのか、さっぱりわかりません。いまの帽子の件なんて、言うまでもないと思うんですが。きのうの午後、拝見していて、先生は女性のファッションについてじつにいい趣味をしていらっしゃると感じました。格別のセンスをお持ちです。そういうかたに帽子をけなされたんですよ。だから、ご判断に敬意を表して帽子は燃やしたんです。当然の帰結と言っていいのではないでしょうか？」

「ステラ」ロジャーは男が女性に与えうる最高の賛辞を口にした。「きみときたら、まるで男みたいなものの考え方をするんだな」

「外見まで似ていなければいいんですが」ミス・バーネットはとり澄ましたような口調で答え

った。「あの、質問をくり返さなければいけないんでしょうか？　さっきははぐらかされてしまったようなので。先生はいまもわたしといっしょにいて気まずい思いをなさっているんですか？」

「いや、そんなことはない」ロジャーは熱意をこめて言った。

「せっかくのミッドナイトブルーのドレスが台無しだとお考えなのでは？」

「そのドレスを買って、きみにむりやり着せたのは、われながら最高のアイデアだったと思ってるよ。すると、きみもほめられるのはけっして嫌いじゃないんだな？」

「本心からのものであれば、かまいません。侮辱だって、それが本心からのものなら、甘んじて受け入れます。いえ、ワインはもうけっこうです」

「おいおい、まだ一杯しか飲んでないじゃないか。残りは全部、ぼくが片付けろって言うのか？」

「もうけっこうです、と申しあげました。そのうち先生もおわかりになるでしょうが、わたしは心にもないことはいっさい申しません。そういうところが、先生のお知り合いの女性のかたがたとは違っているんでしょうね」ミス・バーネットはからかうように言った。

ロジャーは陰鬱な気持ちで彼女の顔を見た。けさ、彼は浅はかにもこの娘の鼻っ柱をへし折ってやったと思いこんでいた。ところが、あろうことかあるまいことか侮辱されたことに感謝し、しかも、どうみてもそれが本心らしいのだ。

ミス・バーネットは生洋梨のメルバソース添えをうわの空で口に運んでいた。「ところで」

ぼんやりと言う。「先生はわたしに言い寄っていらっしゃるんですよね？」

「いったい何を言いだすんだ!?」

ロジャーは今回ばかりはきれいな娘と同席していながら彼女を口説こうとしない自分に気をよくしているところだったので、腹が立つというよりむしろ驚いた。

「男の人が女性に対して〝きみはこれまでに会ったことのあるどの女《ひと》とも違う〟と語りかけるのは、きまってその女性に言い寄ろうとしているときです」ミス・バーネットは長いまつげ越しに雇い主を冷ややかに一瞥した。「それに、お見受けしたところ、先生は五分以上女性とふたりきりになると、きまって言い寄ろうとするタイプでいらっしゃいます。いずれにせよ、言い寄っていらっしゃるんだとしても、わたしの返事はノーです。ですから、もうお控えください」

「言い寄ってなんかいるもんか」ロジャーは強い口調で言った。とんだ不当な言いがかりをつけられて、驚きよりも腹立ちのほうがまさってきた。「きみに言い寄るつもりなんか全然なかった」

「そうなんですか？」ミス・バーネットは気のない返事をした。雇い主よりデザートの洋梨のほうにずっと関心があるようだった。

「なぜなら、いまが本音を吐露すべき段だというのならはっきり言わせてもらうが、きみはぼくがこれまでに会ったことのあるいちばんの美人であると同時に、いちばん魅力を感じない娘だからだ」

「まあ」ミス・バーネットは答えた。今度ばかりは落ち着きをなくしていた。

「それに、あけすけに言っても、きみは気にしないようだしね」ロジャーは意地悪くつけ加えた。「ほめ言葉だろうが、侮辱だろうが、きみはどちらも歓迎なんだろ、本心からのものであれば。コーヒーはどうする?」

「けっこうです」

「じゃあ、そろそろ行こうか」

ふたりはつかの間、かなり険悪ににらみあった。

やがてミス・バーネットは新品のストッキングに包まれた脚の交差を解いて、新品のハンドバッグから新品の鏡を取りだし、新品の帽子のかぶり具合を確かめ、新品の口紅(代金は当然、雑費に計上された)を軽く塗りなおし、新品のドレスをなでつけ、新品の手袋を取りあげて、用意が整ったと告げた。

ロジャーは彼女のあとについてドアのほうへ向かいながら、ぶつぶつ恨み言を並べた。あの席にぼくの買った服を着て座りながら、ぼくが言い寄っているなどと言いだす。誰があんな娘に言い寄ったりするものか、北極を相手にしたほうがまだましだ。しかし、その気があるなら、どうして言い寄ってはいけないんだ? それに、あの娘を前にすると、どうして毎回毎回小学生みたいな気分にさせられるんだ? それに、どうしてさっきはあんな子供っぽい、悪趣味な返事をしてしまったんだ? それに、どうしてきまって間違ったことを言ったり、やったりしてしまうんだ、彼女のほうはいまいましいほど冷静で、落ち着き払っているというのに? それに、だいたいどうしてあんな娘を雇ってしまったんだ？　それに、彼女はどうして辞職を申しでる良識を持ちあわせていないんだ？

しかし、いちばんしゃくにさわるのは、先刻、彼女に指摘されて気づいたある事実だった。彼はたしかに彼女に言い寄っていた——さりげなく、おずおずと、ごく控えめなやり方で。それでも、言い寄っていたのはまぎれもない事実だった。

ちくしょう！

彼は芝居のあいだずっと無用のメモをとらせることによって、彼女につまらない仕返しをした——そういう自分にほとほと嫌気がさした。

芝居がはねたあと、おざなりにお茶に誘って断わられたときには心底ほっとした。彼女は、このままオールバニーにもどっていまのメモをタイプで清書したい、そうすればあすの朝はすぐ「親の顔が見たい」に取りかかれると述べた。ロジャーはあえて引き留めなかった。

ひとりになってからようやく気がついたことがある。けさはあれほど気にしていたというのに、ロジャーが伯母の事件をどうする気でいるのか、それどころかスコットランド・ヤードに彼自身の見解を伝えたのかどうかについてさえ、彼女はひと言も訊いてこなかった。

「人間じゃないんだ」ロジャーはうなるように言った。「ただただ人間じゃないんだ。伯母さんが殺されたのも不思議はない」

彼は徒歩でウォーダー・ストリートのほうへ向かった。

エニスモア＝スミス氏が事業——いかなる性質のものかははっきりしなかったが——を営ん

でいるとされる住所はすでに調べがついていた。こうしてゆっくりとその建物の前を通りながら、ロジャーは入口の上部に掲げられた小さな真鍮の銘板に目を留めた。〝キャロル・アンド・スミス〟と記されている。彼の知るかぎり、キャロル氏はとうの昔に事業から手を引き、事務所の部屋数も五から一に縮小している。その上、〝スミス〟は凋落を防ぐための自衛策として、いまでは〝エニスモア＝スミス〟を名乗っている。ただ古びた小さな真鍮の銘板だけが往時をしのばせていた。

ロジャーとしては、エニスモア＝スミス氏の職場を訪ねるつもりはなかった。偶然出会ったふうを装いたかった。腕時計を見ると、ちょうど五時半をまわったところだった。彼は通りを眺めまわした。エニスモア＝スミス氏に会うのにふさわしい場所は一目瞭然、通りのちょうど真向かいにあった。

ロジャーは通りを横切って〈ピーコック〉にはいり、ビールを一杯注文した。

とにかくいつだってお茶よりはビールのほうがいい、と彼は思った。腹立たしい気持ちがまだ少し残っていた。

待つまでもなかった。きっかり三分後、エニスモア＝スミス氏がもの慣れた風情で店にはいってきた。

ロジャーはひどく驚いたふりをした。「なんとまあ、エニスモア＝スミスさんじゃないですか。奇遇ですね。なんにします？」

エニスモア＝スミス氏はあいまいな顔をしてロジャーを見返した。ロジャーのことを憶えていないのは明らかだった。だが、この手のこととなると、とりあえず実利を優先するたちであるらしい。「すまんな、ご同輩。シェリー・アンド・ビターにしてくれ」エニスモア＝スミス氏は答えた。

シェリー・アンド・ビターのグラスが彼の前に置かれた。ふたりの男はお決まりの会釈と微笑を交わしてから、それぞれの酒を口に運んだ。

ロジャーはすばやく頭をめぐらせた。顔を憶えられていないのなら、どちらがいい結果を生むだろうか——先日、どこで顔をあわせたのか教えてやるのと、警察との関係を隠したままにしておくのとでは？　後者のほうが無難そうだ。

かくして、ふたりは十五分ほど競馬や、ラグビーや、映画産業の憂うべき状況について雑談にふけった。殺人事件のような不愉快な話題はひと言たりとも口にされなかった。エニスモア＝スミス氏には友人が大勢いて、彼らと挨拶するたびにしばしばおしゃべりが中断されたが、ロジャーは相手をバーの隅の壁際へ追いこみ、自分がその手前に立つことによって逃げ口をふさいだ。シェリー・アンド・ビターが絶え間なくエニスモア＝スミス氏の喉を滑り落ちていった。

「ところで」ロジャーはそろそろ頃合いだと判断し、ようやくさりげない口調で切りだした。「ところで、先日、あなたの家の近所で殺人事件がありませんでしたっけ？　たしかお住まいはユーストン・ロードあたりのフラットでしたよね？」

エニスモア＝スミス氏はロジャーが自分の名前と職業と習慣と連れ合いのことまで知ってい

るのに、彼自身は相手と以前どこで顔をあわせたのかすら思いだせないという事実を、とうの昔に受け入れていた。しかも、もともと積極性に欠ける性格ゆえ、そういう状況を変えようとする努力もいっさい行なわなかった。ロジャーはそれを当てにしたのだった。

ここへきて、彼はほんの少し背筋を伸ばし、わずかばかり胸を張った。「同じ建物だよ、ご同輩」得意げに聞こえなくもない口調で言う。「まさにうちの真上のフラットだ」

「ええっ！　モンマス・マンションでしたっけ？　うん、そうだ、いまになって思いだしました。でも、おもしろいな。モンマス・マンションにはぼくの古い友人が住んでるんですよ。イヴァドニ・デラメアっていうんですが。あなたもご存じなのでは？」

「知ってるかって？　イヴァドニを？　そう言ってもいいだろうねえ。なんたって彼女は最高だ、ご同輩。あんないい女はめったにいない」

「同感ですね。このあいだ、たまたま顔をあわせる機会があって、ちょっとおしゃべりしたんです。警察が聞き込みにくるって話をたっぷり聞かされました。彼女、ちょっといらついてましたね」

「いらついてた？」エニスモア＝スミス氏は案ずるようにたずねた。「そりゃまたどうして？」

「ほら、警察っていつも人の行動をうるさく訊いてくるじゃないですか。彼女、何日の何時に何をしていたかなんていちいち憶えてるわけないいじゃないって言ってました。実際、かなり強い口調でしたね。あなたも同じめにあったのでは？」

「いいや」エニスモア＝スミス氏は考えこんだ。「うん、そういうことは訊かれた憶えがないな」

「ふーん、それは運がよかったですね」ロジャーはかすかに冷笑するような口調で言った。

「なんだと?」

「なぜって、あなたには警察を満足させられるほど正確に思いだすのは無理でしょうからね、イヴァドニと違って」

「どうして無理だというんだ、ご同輩? はっきり思いだせるぞ。完璧にな」

「できないほうに次の一杯を賭けますよ」ロジャーはすかさず言った。

「よし、乗った」エニスモア＝スミス氏は同じくらい間《ま》をおかずに答えた。

その後はむろん赤子の手をひねるようなものだった。

エニスモア＝スミス氏はまずまず率直に話をした。先週の火曜、帰宅したのは六時半の少し前だった。どうしてわかるかって? そりゃ単純な話で、いつもより一時間早かったからだよ、ご同輩。あの日はついていたので、いったん家にもどって家内を食事と芝居見物に連れだそうと考えた。たまには気晴らしも必要だからな。この不景気な時代、そんな特別な日のことは憶えていて当然じゃないか、えっ?

「そうなんですか」ロジャーは大いに落胆して言った。「では、あの晩、あなたと奥さまは食事と芝居見物に出かけたんですね?」

「いや、それが違うんだよ、ご同輩」エニスモア＝スミス氏は不満そうに言った。「家内は少々頭が古くてね。ツケやらなんやらの支払いのほうが先だと言うんだ」

「まさか、ひと晩じゅう、ツケの支払いに走りまわっていたっていうんじゃないでしょうね?」

「何をばかな」エニスモア=スミス氏はそんな旧弊な考え方をあざけりとともに一蹴した。「ただ家内が――うん、打ち明けるとな、ご同輩、せっかくの棚ぼたは請求書の支払いにまわすってんで、家内に引ったくられたんだ。で、芝居見物には行けずじまいさ。ご同輩、結婚は?」

ロジャーは首を横にふった。

「うん、まあ、結婚についちゃいろんなことが言われてるよな」エニスモア=スミス氏は達観したように言った。

「じゃあ、あの晩はどう過ごされたんです?」

「そりゃ、うちでおとなしくしていたよ、ご同輩。ずーっとな。六時半から、寝室に下がった十一時半まで。一歩譲って映画ぐらいは見にいきたかったんだが、家内は今夜じゅうに寸法直しをしなきゃいけないとかで、つまらんドレスをみ――」エニスモア=スミス氏は急に言葉を切り、ロジャーの顔をちらりと見やった。

ロジャーの見るところ、妻が雇われ店長をしていることはエニスモア=スミス氏の人生の泣きどころで、友人たちには隠しておこうと努めているらしい。その成果のほどは疑問に思えたが。

「じゃあ、ひと晩じゅう、夫婦水入らずで過ごされたんですね?」彼はのんきに言った。「じつに家庭的だ」

「ひと晩じゅうな。たしかにじつに家庭的だよな、ご同輩。もう一杯くれ」

「賭けはぼくの負けみたいですからね」ロジャーは言い、酒を注文した。「でも、奥さまはずっといっしょだったわけでもないでしょう？　そうだ、そこを突けば、負けにならない」

「ずっといっしょだったよ、ご同輩。あいにくな。誰だ、そうじゃないなんて言ってるのは？」

「新聞でなんか読んだような気がするんですよ、十一時ごろ、奥さまが踊り場のあたりで見かけられたとかなんとかって。生前の被害者を最後に見た人物について取りあげた記事だったと思いますが」

「だとしたら、それは誤報にきまっている」エニスモア＝スミス氏は大まじめに断言した。「いいか、家内はひと晩じゅう、居間を一度も離れなかった。ふたりで寝室に下がるまでな。神に誓ってもいい。針仕事で忙しくしていたよ」

「ほらほら、あなたがいかにしくじりやすいか、その見本みたいなもんじゃないですか」ロジャーは説教じみた指摘をした。「少なくとも一度は離れてるはずですよ、夕食の支度をしたときに」

「わたしがやった」エニスモア＝スミス氏は手短に言い返した。

「えっ？」ロジャーは答えた。しばらく沈黙が落ちた。「そういうことなら、ぼくの負けは決定的ですね」

「ああ、そうとも。ところで」エニスモア＝スミス氏は男らしく率直に言った。「ついでと言ってはなんだが、いまひどくぶざまなことになっててな、ご同輩。札入れを家に忘れてきて、小銭も使い果たしちまったんだ。ひどくぶざまな話だろ、ご同輩。これから、ある男に――うん、友達に会うんだが――それで、少し用立ててもらえないだろうか、ご同輩？　あすには返すから」

あともう一度〝ご同輩〟と呼ばれたら、子供みたいにわめいてやると思いつつ、ロジャーは札入れに手を伸ばした。

「もちろんです。いくらご入り用ですか？」

「うんまあ、一ポンドあれば」エニスモア＝スミス氏は考えこむようにして言った。どうやら習慣化しているらしい値踏みするような目つきでロジャーを見やる。「あるいは、二ポンドか。三ポンド貸してもらえれば、ご同――」

「五ポンド札をどうぞ」ロジャーは言った。

第十五章

エニスモア＝スミス氏は嘘をついていないとロジャーは確信した。というか、少なくとも本人は真実を語ったつもりでいる。そして、先刻のやりとりでもうひとつはっきりしたことがある。かりにミセス・エニスモア＝スミスがほんとうに今回の事件を計画、実行したのだとしたら、夫には絶対に犯行を打ち明けていない。そう、かりに彼女が犯人だとしたら、犯行についても、居間を抜けだしたことについても、まんまと夫の目を欺いている。それゆえ、彼女のアリバイは一見完璧なのだ。

しかし、一見、というだけだ。現実には穴がたくさん存在する。エニスモア＝スミス氏は真実を語っていると思いこんでいるかもしれないが、問題の晩、三十分ほど居眠りしなかったとどうして言いきれるだろう？　細君が身代わりの人形をひじ掛け椅子に座らせておくという使い古された手を用いなかったとどうして言いきれるのか？　こっそり部屋を出ていっても、寝ぼけ眼《まなこ》の彼には連れ合いがそこにいると映ったのではないだろうか。ずっと黙ったままなのを不審に思われないように、彼女のほうからわざとあらかじめ口げんかを吹っかけておいた可能性すらある。アリバイの穴は五、六個は思いつく。だが、すべて推測の域を出ない。

ロジャーは最寄りの電話で数分を費やしたあと、いい知恵も浮かばないまま帰宅の途についた。

ステラが書斎にいるのを見て、彼の良心は痛んだ。そろそろ七時になるというのに、まだマチネーで記したメモを清書していた。

「ああ、そんなのほっときゃいい」良心がとがめて、ぶっきらぼうな言い方になった。「きょうのうちに仕上げる必要なんかないんだ」

「お言葉ですが」ステラは手際よくタイプを打ちつづけながら、肩越しに言った。「仕上げてしまいたいんです」

「せっかくのドレスが台無しだ」

ステラはタイプをやめなかった。

ロジャーは居間へ行き、カクテルを二杯作った。

「いいえ、けっこうです」ステラはタイプの手を止めずに言った。「カクテルは好きではありません」

ロジャーは勤勉すぎる自分の秘書を陰鬱に眺めながら、カクテルを二杯とも飲んだ。明るい茶色の頭をかがめてタイプを打っている姿はじつに魅力的だ。それなのに、性格のほうはまるで魅力に欠ける。なんとも嘆かわしい話だった。

正体不明の彼女の婚約者はそれなりに英雄的な人物にちがいない。

彼女はタイプを終えて、書類をまとめた。

「いまさっきエニスモア＝スミスと話をしてきた」ロジャーはあえて話を持ちだした。

「甲斐性なし」ステラはずばりと断じた。

「どうしてそんなことを言うんだ?」

「ひと目見ればわかります」彼女はロジャーを見つめた。視線がいささか鋭すぎるとロジャーは思った。

「ステラ」ロジャーは衝動的に言った。「きみの婚約者に会ってみたい」

「本気ですか? 彼のことも研究対象になさりたいとか?」

「そうかもね。あすの昼食に誘ってくれないか、店はきょうと同じだ」

ステラは一瞬ためらった。「それはちょっと難しいと思います」

「どうして?」

「この近所にいるわけではないので」

「だったら夕食にしよう。そのあと芝居見物だ。メモはとらなくていいから」

「ご親切にどうもありがとうございます」ミス・バーネットはてきぱきと答えた。「それでも、無理だと思います」

「どうしてさ?」

「どうしてそうも熱心にわたしの婚約者にお会いになりたいんですか?」

「どうしてそうも熱心にぼくを会わせまいとするんだ?」

「そんなつもりは少しもありません。どちらでもかまわないんです。ただ、彼にお会いになりたい理由をお聞かせ願えませんか？」

「うーん、そうだな、彼氏に対しても、ぼくと同じくらい、きつい態度をとるのかどうか知りたいというか」

「冗談にもほどがあります」

「何か裏があるんだな。人前に出すのが恥ずかしいと思ってるんだろう？　カラーを後ろ前につけるとか、木の実だけを食って生きてるとか。どうして彼氏のことを恥ずかしく思うんだ？」

「失礼にもほどがあります。彼のことを恥ずかしく思うわけがないじゃないですか」

「恋してると称する乙女にしては、妙な返事だな。本来、誇りに思ってしかるべきところだろ」

「たしかに誇りに思っていますわ、とっても」口ではそう言いながらも、ミス・バーネットの顔つきはむしろ迷惑そうで、とうてい誇らしげには見えなかった。

「だったら、あすの昼食に連れてきてもらいたい。さもないと、きみの彼氏にはどこか妙なところがあるんだと本気で思いはじめるよ」ロジャーはからかうように言った。

「はい、承知しました」ミス・バーネットは言い、新しい帽子をぎゅっと引っぱってむりやりかぶった。「あした、レストランで待ちあわせできないか訊いてみます。ご親切に心より感謝いたします」

「どういたしまして」

沈黙が落ちた。ミス・バーネットは帽子からはみだした髪の毛をきちんと整えた。

「けさ、スコットランド・ヤードへ行ってきた」ロジャーは軽い口調で言った。

「あら、それはご苦労さまです。先方はさぞ大笑いしたんでしょうね」だが、ミス・バーネットはロジャーの体験より、自分の髪型を整えることのほうにずっと関心があるようだった。

「いや、感謝されたよ」

「先生がお帰りになってから、忍び笑いしたのでは？」ミス・バーネットは鏡から顔をあげないまま、皮肉っぽく言った。

「嘘じゃない。うけあってもいいが、スコットランド・ヤードはきみと違ってぼくを塵芥《ちりあくた》扱いしない。うん、ぼくが帰ってから、忍び笑いしたなんてことはありえない。実際、ぼくの意見をきわめて真剣に受け止めていた。まさしく貴重な成果だと考えている。嘘偽りなくぼくのつまらない推理に納得していた」

「それはまさか」ミス・バーネットはゆっくりと言った。髪型にはもはやあまり関心がなくなったようだった。「まさか、警察が先生のご意見を――あのややこしい推理を受け入れたという意味ではありませんよね？」

「そういう意味さ」ロジャーは得意になって言った。「まさしく」

ステラはロジャーの顔をまじまじと見つめた。ロジャーも相手を見返した。

「それでは、警察はどう動くんでしょうか？」

「そりゃ、さらに捜査を進めるさ。視点を変えて検討しなおす」

「あの男が逮捕されないのはそのせいなんですか？　警察はもう彼が犯人だとは考えていない

んでしょうか?」ロジャーとしては、もはやステラの事件への無関心さに文句をつけられなくなった。彼女は強い好奇心に満ちた表情を浮かべて、彼の顔から目を離さなかった。はしばみ色の目はいつもより少し大きく見開かれており、かわいらしい(だが、断じてキスする気にはなれない)くちびるは少し開いている。

「いや、そんなことはない。あいかわらずやつが犯人だと考えている」

「なるほど」ステラは考えこむような顔をした。「そうですか。でも、先生はそうは思っていらっしゃらない?」

「まあね」

ステラはさらにしばらくロジャーを考えこむようにして見つめた。

「そういうことなら、先生は間違っています」彼女はきっぱりと言った。「では、失礼します」

ロジャーは名残惜しげに彼女を見送った。じつに驚き入った娘だ、と同時に、じつに腹の立つ娘でもある。それでも、もうしばらく居残って夕食のテーブルにいっしょについてもらいたかった。今回ばかりは、日頃ひとりを楽しむすべを知らない連中を心底軽蔑しているロジャーでも、わびしさが身にしみた。

メドウズが普段以上に腕によりをかけてくれたにもかかわらず、食事はいっこうに楽しめなかった。ステラのことが気になってならなかった――彼女も同じようにおいしい料理に舌鼓を打っているのだろうか、かの知られざる英雄が同席しているのだろうかと。

「いいかげんにしろ!」彼はうんざりして自分に言い聞かせた。「あの娘のことが頭から離れなくなってるぞ」

娘はいっこうにロジャーの頭から離れようとしなかった。夕食後、彼はミセス・エニスモア＝スミスのアリバイを崩すべく真剣に検討を始めた。けさ、検死報告書を確認したあとモーズビーの前に提示した証拠によれば、被害者が死亡したのは十時半から十一時のあいだにちがいない（そこまで指摘してやる必要はなかったのかもしれないが）。ミセス・エニスモア＝スミスは十時から十一時まで、ほんとうに自宅の居間でドレスの寸法直しをしていたのだろうか？ 彼女を犯人と見なすのはこれを最後にあきらめるしかないのか？ それとも、まだ望みはあるのか？ ロジャーは前の晩と同じくらい実りの多い宵を過ごすべく暖炉の前に陣取った。だが、頭に浮かぶのはミス・バーネットの驚き入ったふるまいばかりだった。どこから見ても、彼女は並外れていた。だいたい運よく転がりこんできた遺産をどうしてああもあっさりと受け取り拒否できるんだ？ 結婚を控えている彼女にとって、こんなうまい話はないではないか。かの知られざる英雄はそのことをどう思っているのか？ 彼女はほんとうに仕事を続けるつもりなのか？ そもそも働きに出なければならないこと自体、けしからん話だ。ただの秘書にしておいてはもったいなさすぎるではないか。

「失せろ、ステラ」ロジャーはうなるように言った。「ぼくはきみの伯母さんの件に集中したいんだ」

だが、ステラは失せようとしなかった。

「くそっ！」ロジャーはついに立ちあがって寝室へ向かった。

「だいたいその婚約ってのが気に入らない。彼女にふさわしい男のはずがない。あの娘に必要なのは……」

だが、そこまで来て、ロジャー・シェリンガムはわれに返った。

その男が彼女にふさわしいかどうかは翌日、判断する機会が訪れた。昼食の席で明らかになった事実により、ロジャーはますます当惑することになった。

午前中は本業にあてられた。その結果、「親の顔が見たい」はようやく本気で取り組まれ、組み伏せられ、投函された。ステラはドレス姿で出勤してきた。ミッドナイトブルーではなく翡翠色のポードソアのドレスで、それに釣りあう小ぶりのサテン地の帽子をかぶっている。事務的な秘書の仕事着にはおよそ似つかわしくない。彼女は手短にこう言いわけした。きょうは雇い主のお供で昼食に出かける予定だが、手持ちの衣服では雇い主の面汚しになりかねず、これを着てくるのが最適だと判断したと。ロジャーは間違いなくそれが最良の選択だと認めたが、こんなふうにめかしこんできたのは雇い主に恥を欠かせないためというより、かの知られざる英雄を喜ばせるためではないかとも思えて、気がふさいだ。

ふたりがレストランに着くと、まぎれもないカエル面をした青年がラウンジの椅子から立ちあがって、とがめるように言った。「遅いじゃないか」

「ごめんなさい、ラルフ」ミス・バーネットはおどおどした口調で答えた。「シェリンガム先生のお原稿を大急ぎで投函しなくちゃならなかったの」

「時間にルーズなのは大嫌いだ」カエル面の青年は断言した。

「シェリンガム先生、こちらはパタースンさんです」ミス・バーネットがどぎまぎした様子で言った。

ロジャーは驚きつつ、カエル面の青年と握手した。その手は冷たく、じっとりしていた。

三人は昼食の席についた。

ロジャーは内心のとまどいを押し隠して寛大なホストを演じようとしたが、招待したふたりに前菜はグレープフルーツとスモークサーモンとメロンの三つのうちのどれにするかたずねているあいだも、まだぼんやりしていた。彼がステラの婚約者としておぼろげに思い浮かべていたのは、げじげじ眉で、あごの先がふたつに割れた、コントラバスのような低音を響かせる屈強な男だった。まさかこんなに小柄で貧相な男だったとは……。

「スモークサーモンにしてください」小柄で貧相な男が言った。

「わたしもそうします」ステラが応じた。

「きみはよしたほうがいい」小柄で貧相な男が決めつけるように言った。「スモークサーモンはニキビのもとだ。ぼくにはわかっている。グレープフルーツにするんだな」

ステラは何も答えなかった。ロジャーは目顔でたずねた。

「あっ、はい」ステラはうなずいた。「グレープフルーツをお願いします」

カエル面の青年は彼女の代わりに注文を続けた。本人の希望はほとんどかなえられなかった。だが、会話には苦労しなかった。カエル面の青年がもっぱら主導権を握ったからだ。コース料理の最初の二品のあいだには、ロジャーに対して小説の書き方をレクチャーした。ロジャーは魔法にかけられたようにそのご高説をおとなしく拝聴し、今後はもっと努力するとうけあった。

「でも、なんといっても」青年は婚約者に向かって言った。「シェリンガムは大衆向けだ。何を期待できる?」

「一冊でも読んだことがあるの?」ステラはたずねた。

「一、二冊、ざっと目を通した」青年は言い、かすかに身震いした。

「でも、わたし」ステラはほとんどおじけたような口調で切りだした。「彼の作品はそこまで悪くないように思うの。つまり、大衆向けとしては」

「まさか!」婚約者は言葉を返した。

ロジャーは自分がその場にいないような、奇妙な感覚に襲われた。

「それで、ステラのことはどう思いますか?」魚料理を片付けたあと、青年はご親切にも訊いてきた。

「ああ、そうだな、とても――とても有能だと思っている」

「彼女のことを細かいところまで観察なさりたいそうですね。ステラは細かいところにまったく気がまわらないんですよ。ほら、たとえば服装です。あんなにやぼったいのをご覧になったことがありますか、あの帽子とか?」

ロジャーはその帽子をみずから翡翠色のドレスにあわせてかなり慎重に選んだので、この青年に対して、これまで誰に対しても感じたことのないほどの激しい嫌悪感を覚えた。

「この帽子のこと?」ステラが声をあげた。「何を言うのよ、ラルフ、わたし、とてもかわいいと思ってるのに」ロジャーにとってはありがたいことに、その帽子を選んだのが誰なのかは明かさなかった。

「かわいいとしても、きみには似合わない。これまで何度も言ってるけど、きみはかわいらしさとは無縁だ。かわいいところなんかひとつもないからね。そうでしょう、シェリンガム?あなたも当然お気づきですよね?」

「まあね」ロジャーは言いかけ、気まずいことに自分の耳が赤黒くなりはじめるのを覚えた。

「ステラには色気ってものがこれっぽっちもないんです」パタースン氏はあけすけに言った。「じつにもったいないと思っています。でも、いずれは変わっていくかもしれません、いまはほんと、お粗末ですが。経験が必要なんですよ、こなれるまでに。率直に言うと、あなたがなにがしか影響を与えてくれるんじゃないかって期待していたんですがね。でも、そういう気配はないって話だし」

「ラルフ!」気の毒にもミス・バーネットが声をあげた。ロジャーは彼女の耳もまた赤黒くなっているのを興味深く眺めた。ステラが婚約者を昼食に招待するのを渋った理由がわかりかけてきた。

パタースン氏は婚約者のことのみならず、さまざまな事柄について至極明快な持論を持っていた。当然ながらモンマス・マンション事件も俎上《そじょう》に載せられ、どうやらロジャーがその事件に特別な関心を寄せていることはステラから知らされていないとみえ、独自の見地から長広舌をふるい、いまだ犯人逮捕に至らない警察の無能さを散々にこきおろした。

「ぼくの聞いた話だと」ロジャーは穏やかに切りだした。「ミス・バーネットは遺産の相続を拒んでいるそうだね。伯母さんが遺言書を作成せずに亡くなったので、彼女が受けとることになったそうなんだが」あまり趣味のいい話題とは言えないかもしれないが、ロジャーとしてはこの件に関する青年の意見を知りたかったのだ。

「なにをばかな！」パタースン氏はずばりと言った。

「でも、ラルフ、わたし――」

「ばかげてるって！」パタースン氏ははっきりとくり返した。ロジャーのほうへ向きなおる。「ステラは目下、そういう妙な考えにとり憑かれているんです。でも、もちろんぼくが許しません」

「ほんとうにだめなの、ラルフ？」ステラはやるせなげにたずねた。「できたら、もらいたくないんだけど」

「ぜったいにだめだ。前にも言ったけど、きみがそういうことをするのはぼくが許さない。どうせ一時《いっとき》の気の迷いにすぎないんだから、もう蒸し返すのはよしてくれ」

「きっとあなたがいちばんよくわかってるんでしょうね」ステラはおとなしく答えた。

ロジャーにはとうてい自分の耳や目が信じられなかった。

パタースン氏は続けて人間生活における尊厳の欠如について持論を展開しはじめた。あの高齢女性は死んだほうがずっとよかったと彼は断言した。生きていても、この世になんの利益ももたらさなかったのだから、どうして嘆く必要があろうか？（どうやら、ステラの伯母は生きているあいだは社会に利益をもたらさず、死んで初めて利益をもたらしたという意味らしい。しかも、ここで言う〝社会〟とはパタースン氏その人をさすようだ）この事件の犯人は純粋にこの社会を快適なものにしようとして彼女を排除したのである。警察は無能かもしれない、いや、無能にちがいないが、ともかくもその無能さの結果は称賛すべきだろう。ミス・バーネット殺害犯が自由を謳歌できる日々の長からんことを。

「熱心な犯罪学徒のひとりとして」パタースン氏は高らかに告げた。「と言っても、単なる学究的なものでしかないんですが、この公共心のある犯罪学の実践者には敬意を表しますね」

「犯罪学に興味があるの？」ロジャーはたずねた。

「目がないです」パタースン氏はあっさり答えた。「英国の犯罪史に名を残す殺人者全員の犯行日と処刑日をそらんじています」

ロジャーにはいささか意外なことに、ステラは婚約者がとうとうと持論を述べたてるのを苦苦しく思っている様子で、必死に彼を黙らせようとした。とうてい無理な話だったが、ここへきてロジャーも知る以前のステラがちらりと顔を出し、彼女は婚約者の眼前で会話の主導権を握り、話題を急転換させてスポーツという安全地帯に移動させた。唐突にこう切りだしたのだ。

「今シーズンの大学ラグビー選手権ですけど、先生は観にいかれるんですか？」

「ああ、行くとも」ロジャーは彼女の作戦に応じて答えた。「毎年のことでね」

「以前はご自分でもプレーなさったんですよね？」

「スクラムの後ろでちょこまか動きまわって、何かしているように見せかけていた程度だけどね。好きなのはむしろゴルフだ」

「あら、そうなんですか？　じつはラルフもなんです。ハンデがプラス２（トップアマ並みのレベル）で」

ハンデがプラス１のロジャーは口から自然に出かかった懐疑的な驚きの表現をかろうじて抑えつけ、カエル面をした招待客を新たな敬意をこめて見つめた。

「ほんとなの？」彼はたずねた。

「いや、もうろくに体が動かないんで」パタースン氏は認めた。ぶっきらぼうな口調だが、面と向かってほめられた照れ隠しらしい。「昔はハードルをやっていました」

「昔って？　違うんです、つい昨年も優勝――」

「黙れ、ステラ」

ステラは黙った。

しかし、ロジャーとパタースン氏の話題はその後ずっとスポーツの領域を離れず、昼食会は無事に終わった。

パタースン氏は腕時計にちらりと目をやると、最初ふたりに挨拶したときと同じくらい、唐突に別れを告げた。「列車に遅れる」とだけ言って席を立つ。

「ラルフはタンブリッジウェルズ（イギリス南東部、ケント州にある保養地）に住んでいるんです」ステラが言った。

それですべて説明はつくとでも言わんばかりだった。

ロジャーは半分放心したまま、秘書とともにオールバニーへの帰途についた。考えようとすればするほど、カエル面の青年への尊敬の念は強まった——ステラが青年の影響下から解放されるや、たちまちもとにもどったとあってはなおさらだった。彼が一、二度話しかけようとするのを、にべもなくはねつけたのだ。

「この娘はまさにジキルとハイドだ」ロジャーは当惑するばかりだった。

彼はタクシーの隅にぐったりと座る彼女をちらりと見やった。彼女はほんとうにあの青年を愛しているのだろうか？　あんな男をどうしたら愛せるのか？　いくらカエル面をした連中が結婚相手を探しはじめたとしても、ステラ・バーネットはこの地上で自分たちの求愛にいちばん応えそうにない娘だと気づきそうなものではないか。それがどうだ……。

いやはや、この娘がああまでつつましやかになるとは……。

あの男はいったいどうやって彼女を手なずけたのか？　あの態度はまるで催眠術にでもかけられたかのようだった。彼が小指をちょっと曲げただけで、素直に飛び跳ね、尻尾をふった。まるで自分が好きでやっているかのように——しかも、ごほうびに角砂糖ひとつもらえるわけでもないのに。薄気味が悪い。

「女をつけあがらせるな」ロジャーはため息をついた。「だが、ステラがあんな野人みたいな頭の持ち主に惚れこむなんて、いったい誰が予想する？　くたばれ、カエル野郎！」

シェリンガム氏はおもしろくなかった。

第十六章

ロジャーはその日、秘書を早退させた。午後じゅう新たな長編の第一章と悪戦苦闘したあげく、お茶の時間になるころには口述を試みるのをすっかりあきらめた。さまざまな問題で頭がいっぱいなので、今回ばかりは、こういう気に染まぬ作業をするのに欠かせない集中力を保つことができなかった。いまや普段どおり非難するような目つきにもどったステラに見守られながら、陰鬱なお茶の時間を過ごしたあと、ほとんど文字どおり彼女を腕ずくでフラットから追いだした。考えごとをしたかった。

ひとり静かに腰を落ち着けると、彼は苦労の末、カエル面をした青年たちを全員、頭のなかから追い払い、目下の重要な問題に意識を集中した。

この段階でもなお、ミセス・エニスモア＝スミスへの疑いは完全に消えたとは言いきれなかった。夫君の提供しているアリバイは、前に検討したとおり、穴がないわけではない。モンマス・マンションの住人のなかから容疑者を選ぶとすれば、彼女はあいかわらず抜きんでて《バー・エクセレンス》犯人である疑いが濃い。精神と肉体の両面から見て、彼女がミス・バーネットを殺害した可能性はわずかとはいえまだ確実に存在する。だが、じつのところ、ほんのわずかの可能性にすぎず、実質的にゼロに等しい。ロジャーもそのことは充分理解していた。

それに、エニスモア＝スミス氏に会ったあと行なった問い合わせも、彼女の容疑を晴らす方向に働いた。間違っても彼女の容疑を固めることにはならなかった。

昨日、〈ピーコック〉を出たあと電話したのは、彼が信頼する私立探偵だった。エニスモア＝スミス夫妻の財政状況と、その状況がこの一週間に改善の兆しを見せたかどうかについて緊急調査を依頼したのだ。報告書がロジャーのもとに届いたのはお茶の時間の直前だった。エニスモア＝スミス夫妻は予想どおり、財政的にきわめて苦しい状況に置かれていた。近所の商店という商店にツケをためていて、顔見知りの商店主はもはや誰ひとりとして掛け売りに応じようとしない。先週以来、そうした状況が改善されたかというと、むしろ悪化の一途をたどっている。数通の令状が発行され、債務者拘禁のための召喚状も一通送達されたが、それに応じられずにいる。いつなんどき全財産が競売に付されてもおかしくない。

ロジャーは考えた――状況は最悪で、誇り高く、破れかぶれになっている女性の立場からすれば、ほとんどどういう手立てを講じる気になってもおかしくないほどだが、かりに実際にその手立てが講じられたのなら、状況は改善していてしかるべきだ。とりわけ、ミス・バーネットの貯金が主として一ポンド紙幣と十シリング紙幣からなり、あとをたどるのが難しいとあっては。ところが、状況はいっこうに改善していない。ある意味ほっとしつつ、ロジャーはミス・バーネット殺しの犯人はよそで捜すしかあるまいと心に決めた。

この事件について、解決のついていない問題がまだいくつもあることはわかっていたが、それが正確にどういうものなのかは彼自身よく理解できていなかった。そのうちのひとつが進むべき方向を示してくれるかもしれない。彼は鉛筆とメモパッドを取りあげて、リストを作りはじめた。脳裏に浮かぶまま書きつけていく。

未解明の問題点

（事件との関連性は不明）

居間のテーブルの上の半分空《から》になったウィスキー瓶とグラス

警察のキッド犯行説とはぴったり合致するが、ぼくの説とはかみあわない。だが、例の舞台装置の一部だと見なせば、ぼくの説とも合致するかもしれない。だが、それでも必ずしも納得はいかない。なぜなら、ぼくはすでに犯人を女性だと断定していて、このウィスキー瓶を単なる小道具と見なすのは、いささか男性的なニュアンスが強すぎるように思うからだ。もっと単純に、舞台装置の一部などではなく、神経をすり減らすような体験をした犯人が、気付けとして自然な欲求に従っただけとは考えられないだろうか？　この解釈ならぼくの事件の読みに確実に合致するし、単純さという利点もある。だが、いずれにせよ、事件の解決には役に立ちそうにない。

ろうそく

これもまたほんとうはぼくの説より警察の説のほうにずっとうまく合致する。殺人者の目的が被害者の死亡した時刻をずっと遅い時間だと見せかけることにあったのなら、どうして電灯をつけるのをためらったのだろう？　警察によれば、キッドがろうそくを使ったのはそれが彼の常套手段だったからだという。ぼくの女性犯行説にもとづいた場合、理由として思いつくのは、明かりがついているのを不審に思った隣家のミセス・ピルチャードに訪ねてこられては困るから、ぐらいのものか。ろうそくもまた、ぼくにわかるかぎり、事件の解決にはなんの役にも立ちそうにない。

義歯

このことは完全に失念していたが、被害者は就寝後だったのに義歯をつけていた。警察はこの点になんら重要性を見いだしていない。見知らぬ男性と話をする前に義歯をつけるのは理にかなっているということなのだろう（それならドレッシングガウンも着ているほうが同じくらい、いやはるかに理にかなっていると思うが、奇妙なことに警察はその点に着目していない）。同じことはぼく自身の説についても間違いなく言える。顔見知り程度の、あまり親しくない女性と話をする前に義歯をつけるのは理にかなっているだろう。だが、そこまではっきり断言できるかどうか。女性のなかには同性の前でも異性を前にしたときと同じくらい気を遣う者もいるが、そうでない女性のほうがはるかに多いし、被害者は間違いなく後者のタイプだ。そんなる彼女がわざわざ義歯をはめるだろうか？　しかし、むろん玄関ドアを開けるまで、訪ねてきたのが誰なのかはわからなかった。そうなると、またドレッシングガウンの件が問題になってくる。いったい全体どうしてドレッシングガウンをはおっていなかったのか？　床に散らばっていた衣類のなかにも見当たらなかった。義歯がはまったままだったことにはとくに重要性はないのかもしれないが、ドレッシングガウンが見当たらなかったことはどうにも腑《ふ》に落ちない。

肌着の欠如

衣服の話が出たので、この点についても書きとめておいたほうがいいかもしれない。もっとも、ドレッシングガウンほどの重要性があるとは思えないが。モーズビーは被害者のだらしなさに関して、こう言っていた——「しかし、これでもましなほうですよ。少なくともきちんと着替えていますから。わたしの経験では、この手の女性の大半はろくに着替えもせずに、上から寝間着を引っかぶってしまうものなんです」ゆえに、被害者がきちんと着替えていたという事実は、モーズビーによれば、性格に一致しないということになる。性格に一致しないことはなんであれ注目に値する。

そして、ロジャーにわかるかぎり、いまあげた問題点についてはこれまで一度も検討されてこなかった。いまこうして取りあげてみても、事件の解明にはなんのヒントも与えてくれそうにない。

彼は以前から取りあげられてきた問題点のいくつかについてざっとふり返ってみた。走る男に付随するさまざまな矛盾は、彼を共犯者と仮定することによって、いまではすっかり解消された。男が地面からひろいあげるのをお抱え運転手が見たという包みは、言うまでもなく、ほかの目撃者の一部が目撃している軽いコートだろう。そのコートは男が走り続ける途中で捨てられたにちがいない。帽子は頭の上とポケットのなかを行ったり来たりしたため、目撃談はさらに統一がとれなくなった。こうした早変わりの狙いがそこにあったのは明らかだ。男の正体についてはいまのところ何ひとつ判明していない。

ロジャーはこれまでこの点について検討を怠っていたことに気づいた。その男は主犯ではなく共犯者だと突き止めただけで満足してしまい、その正体についてはろくに考えてみなかった。だが、男の身元割り出しには、主犯の正体を突き止めるのとほとんど同じくらい重要な意味がある。それに、運がよければ、主犯の正体を突き止めるのに強力な手がかりを提供してくれるだろうし、断定するのに役立つヒントを与えてくれさえするかもしれない。無限に思える捜索範囲をどうやってせばめていけばいいのか？　これはなかなか興味深い問題だ。

だがロジャーには、モンマス・マンションの住人たちについてさらに深い知識を得ないかぎり、この問題は解決できそうになかった。彼に見当がつくのは、その男が殺人者である住人の、この上なく親密な友人にちがいないということだけだった。住人たちのうちで、そんな親密な友人を持つのは誰だろう？　殺人のような容易ならざる行為についてでさえ手伝いを頼めるほど信頼の置ける友人を持つのは？　うん、このあたりのことについて情報を得る方法はひとつしかない。モンマス・マンションまで行って、自分で聞きだすことだ。

ロジャーは出かけていった。

道すがら、彼は手持ちの知識のなかでそれに該当しそうな事柄をチェックしてみた。イヴァドニ・デラメアのもっとも親密な友人は、間違いなくジョン・バリントン＝ブレイブルックだろう。だが、イヴァドニはすでに充分すぎるほどの理由により容疑者リストからはずしたし、バリントン＝ブレイブルックには完璧なアリバイがある。このふたりのフラットへ寄って時間を無駄にする必要はない。オーガスタス・ウェラーとキンクロス夫妻には疑いの目すら向けていなかったし、いまになってその見方を変える理由も見当たらない。これでさらに二軒が消去された。あと残るのはどこだ？ ミセス・ピルチャードとエニスモア＝スミス夫妻か。しかし、彼らとて……。

「やんなっちまうな」ロジャーは暗いタクシーのなかで毒づいた。「とにかく今夜のうちに誰かを調べてやる。ミセス・エニスモア＝スミスにしよう」

しかし、結局のところ、彼が最初に訪問したのはエニスモア＝スミス夫妻のフラットではなかった。タクシーの運転手に料金を払った折、ふとマンションを見上げて、ロジャーは故ミス・バーネットのフラットに明かりがついているのに気づいた。時刻は九時をまわったばかりで表玄関はまだ戸締まりされていない。彼は階段を一気に駆けあがって八号室の呼び鈴を鳴らした。応答はない。ふたたび長々と鳴らす。こんどはドアが勢いよく開いた。「なんでしょうか？」とうてい歓迎しているとは言いかねる声が、踊り場の薄闇にぼんやりと浮かぶ顔から発せられた。

「こんばんは、ステラ」ロジャーは陽気に答えた。「はいってもいいかな？」

「あの、シェリンガム先生、仕事上のご訪問ですか？」

「むろん違う。友人としてだ。ぼくたちは個人的な友人と言ってもいいんじゃないかな、仕事上つきあいがあるというだけでなく」

「まあ、そうかもしれません。でも、それでしたら、なかにお通しするわけにはまいりません。夜のこんな時間に、男性の友人を部屋に迎え入れるのは良俗に反しますので」

「こりゃあ驚いた」ロジャーは冷笑した。「きみがそんなに旧式だとは知らなかったな」

「わたしは少しも旧式ではありません」ステラは冷たく言い返した。彼女はまだこんな古い手に引っかかるほど若かった。

「あっ、そうか！」ロジャーはふと、自分がひどくやぼなことをしているのかもしれないということに気がついた。「いや、その——失敬した。ころっと忘れてた」

「何をです？」

「だから、きみが婚約中だってことをだよ」

ロジャーが驚いたことに、ミス・バーネットはそのひと言に反応して真っ赤になった。「わたしはここに婚約者を隠してなどおりません、もしそういう意味でおっしゃっているのなら」

「いや、その……だって、べつに悪いことじゃないんだし」

「わたしの言葉が信じられないのでしたら、おはいりになればいいでしょう」ステラはほとんどけんか腰に言った。

「いや、信じるよ」

「はいってください！」

ロジャーはなかにはいった。

たしかに居間にステラの婚約者の姿はなかった。もしいたのなら、じつに巧みに姿を隠したのだろう。

「驚いたな」ロジャーは称賛の意を表した。「すっかりきれいになったじゃないか。炉棚の上の燭台がなかったら、べつのフラットに来たかと思うほどだ」

「ウィスキーを召しあがりますか？　それと、煙草は？」

「きみは煙草も強い酒もやらないと思っていたが」

「ウィスキーも煙草も伯母のものです」ステラは冷たく言って、プレイヤーズの箱をさしだした。

ロジャーは一本、手に取った。「ありがとう、でも、酒はけっこうだ。きみの言うとおり、ぼくがここへ来たのは、半分は仕事だ。明かりが見えたんであがってきたんだよ。できたら、現場をもう一度見たいなと思って」

「まだあのばかげた仮説にこだわっていらっしゃるんですか？」

「こだわっているとも。それに、きみが言うほどばかげてはいないんだけどね。じゃあ、見てまわってもいい？」

「どうぞお好きに」ステラは無頓着に言った。「でも、寝室はちょっと散らかっています。まだ荷ほどきがすんでいませんので」

「荷ほどき？　じゃあ、ここへ引っ越してきたの？」

「はい。昨日」

「聞いてないよ」

「お知らせする必要があるとは思いませんでしたので」

なんとも返事のしようがなかったので、ロジャーはぶらぶらとキッチンのほうへ向かった。

だが、新たな霊感や発見に恵まれるのではないかとの淡い期待はたちまち打ち砕かれた。ステラのほっそりしてはいても強力な腕のおかげで、フラットのなかはまるで様子が変わっていた。薄汚れた感じはすっかり消えていた。調度も大半は取り替えられている。それに、黙考して事件を再現してみる機会もステラのおかげで完全に失われた。どの部屋にはいろうとも、戸口でステラが押し黙ったまま彼が出てくるのを待っているのだ。まるで、一瞬でも目を離そうものなら、スプーンやらベッドの上掛けやらをくすねるのではないかと疑っているかのようだった。

その上、彼が軽いおしゃべりに誘ってみてもいっこうに乗ってこず、どうみても早く帰ってほしいと思っているふうだった。必要とあらばいくらでも鉄面皮にふるまえるロジャーでも、いまがそれにふさわしいときでないことぐらいは理解できた。そして、いくぶん気圧《けお》されたようにフラットを出た。

だが、エニスモア＝スミス夫妻のフラットには直行しなかった。わざわざ一階までおりて、オーガスタス・ウェラー氏を訪ねた。ウェラー氏が貯蔵している上等なビールが主たる目的だったわけではない。かの快活な若者にひとつ頼みごとがあったのだ。

ウェラー氏は在宅していた。だが、彼の歓迎ぶりは以前ほど熱烈ではなかった。いつになく控えめで、決まり悪がっているふうにも見える。なかに招じ入れられたものの、誠意に欠ける印象は否めなかった。その理由はウェラー氏のソファを見れば一目瞭然（といっても、そこまであけすけではなかったが）だった。当人は少々あわてた様子で髪をなでつけていた。

「シェリンガムさん、ミス・ピーヴィーです」ウェラー氏はしょげたように言った。

「こんばんは」ロジャーは言った。家の主に向かって続ける。「じつはキンクロス夫妻の部屋番号を知りたくてね。うっかり忘れてしまったんだよ」

「キンクロス夫妻がお目当てだったんですか？」ウェラー氏の口調が明るくなった。

「うん」

「夫妻にお会いになりたいとか？」ウェラー氏の顔つきは一秒ごとに明るくなった。

「うん」

「それは残念」ウェラー氏は今度はわざと陰気に言った。「少しはここでゆっくりしていってほしかったのに。まあいいでしょう、ご案内しますよ」

階段をのぼりながら、ロジャーはウェラー氏のひじに手をかけた。「いいか、ミス・ピーヴィーが結婚指輪をしてるわけないだろう。こういうときには、ただ玄関口で『ウェラー氏は不在です』とだけ言って、さっさとドアを閉じちまえばいいんだよ」

「ご助言、痛み入ります」ウェラー氏は考えこむようにして言った。「忘れないでおきます」

「ぼくのほうは忘れてやるけど、ひとつ条件がある。ぼくが訪ねたいのはキンクロス宅じゃない。エニスモア＝スミス宅なんだ。ただ、ご亭主のほうには用がないんで、彼を連れだしてもらいたい。ぼくは五分ほどしてから訪ねていくので、それまでに自宅から遠ざけて、二十分ほどべつの場所に足止めしてほしい。でないと、きみのフラットに引き返してやるからな」

「シェリンガム」ウェラー氏はまじめに言った。「まかせといてください。ぼくも同感です、彼女、魅力的な女《ひと》ですよね」

「ぼくは単にいくつか質問をしたいだけで――」ロジャーは冷ややかに言った。

「アーガー・ハーン（イスラム教指導者の世襲称号、当時は三世）の祖父母についてだろうとなんだろうと、どうぞご自由に」ウェラー氏はとびきり上機嫌に茶々を入れた。「とにかくぼくのうちに近寄らないでいただけるんなら、あとはどうでもいいです。やっこさんにはわれらがイヴァドニが会いたがってるって目配せしてやりますよ。あのおっさんはそれでイチコロなんで」

　当人たちが後ろめたい秘密だと認めているこの住宅の裏の事情に、ウェラー氏がこうも通じているというのはロジャーには少々意外だった。

　彼は最上階の踊り場で寒い思いをしながら五分間待ち、階下でエニスモア＝スミス氏が見事、部屋から引き離されたことを示す音がしたのを喜ばしい思いで聞き、バリントン＝ブレイブルック氏がすでに五号室の客人になっていないことをみなのために祈った。そして階段をおりると、エニスモア＝スミス宅の呼び鈴を鳴らした。

　しばらく待たされたあと、ミセス・エニスモア＝スミスが応対に出てきた。あのセンスがよくて威厳に満ちた婦人服飾店店長と、目の前のうちしおれた女性が同一人物だとはとても思えなかった。見るからに疲れきって、開けたドアの端に体をもたせかけている。

「はい？」彼女は元気のない声でたずねた。

「こんな時間に申しわけありません」ロジャーはきびきびと言った。「いくつか確認したいことが出てきまして」

ミセス・エニスモア＝スミスは薄暗い明かりのもと、彼の顔に目を凝らした。「あなたは……」

「思いだしていただけませんか？　先週の水曜、上のフラットでモーズビー首席警部が最初にお話をうかがった際、同席していた者です」

「ああ、そうでした。思いだしました。どうぞおはいりください。最初、スコットランド・ヤードのかただと気がつかなくて」

ロジャーは彼女のあとについて居間にはいった。彼女は椅子に座り、ロジャーにもべつの椅子を勧めた。

椅子の背にはドレスが一着かけてあり、彼女はそれを手に取ってから椅子に座った。「失礼させていただきますね」ロジャーが椅子に落ち着くや、彼女は針を取りあげて小声で言った。

「急ぐものですから」

「どうぞおかまいなく。針仕事は、毎晩なさるんですか？」

「たいていは」

ロジャーは同情するようにうなずいた。彼女は寸法直しの必要な商品を自宅に持ち帰って、さらに数シリング小遣い稼ぎをしているのだろう。自分の手で直しているという事実は、体面と規律の面から店員には知られないよう腐心しているにちがいない。

「事件の晩も、ひと晩じゅう針仕事をなさっていたんでしたよね?」

「たぶん」ミセス・エニスモア＝スミスはうんざりしたように言った。「いえ、そのとおりです。きょうの午後、おたくの刑事さんのひとりにたずねられました」

「アフォード部長刑事でしょうか?」

「ええ、たしかそんなお名前でした」

「シャフツベリー・アベニューのほうへおじゃましたんでしたね?」モーズビーの動きの一端を明るみに出せて、ロジャーはうれしかった。

「はい」

「そのときうかがったのは」ロジャーは運を天にまかせてそのまま先を続けた。「あの晩、就寝前に上のフラットで物音がしたかどうかだったと思うんですが――およそ十時から十時半のあいだに?」

「そうです」

「やはりね。ぼくがうかがいたいのも同じ点なんです。何かつけ加えたいことがおありではないかと思いまして」

「とくに思いつきませんが」

「そうですか。ええっと、部長刑事にお話しいただいたのは……?」

「わたしの憶えているかぎり、なんの物音も聞いていないということです。ご承知のとおり、夫も同じことを申しあげました、刑事さんは彼のオフィスのほうにもおいでになったそうで。あの晩のことについてはあれから何度も話しあいましたが、やはり夫もわたしも普段と違う物音は何も聞いておりません」

「なるほど、しかし、それはどういった意味なんでしょうか――〝普段と違う〟とおっしゃるのは？　物音は何ひとつしなかったのか、それともいつもの音なら聞こえたということか？」

「これほど時間がたちますとはっきりしたことは申しあげにくいのですが、わたしの印象では物音は何ひとつしませんでした」ミセス・エニスモア＝スミスは一時《いっとき》針仕事の手を休めて顔を上げた。「これは大事なことなんでしょうか？」

「かもしれません。上の階の物音は、それなりの大きさであれば聞こえるんですよね？」

「とくに大きな音である必要はありません」ミセス・エニスモア＝スミスはそっけなく言った。

「ほら、お聞きください」

ロジャーは聞き耳を立てた。静けさのなか、きしむ床板の上を歩くステラの足音が頭上からはっきりと聞こえてきた。やがて足音はやみ、今度はかすかに何かをこするような音。

「あれはなんですか？」

「ミス・バーネットの姪御さんです。きのう、引っ越していらしたようです」

「ぼくが言ったのは、何かをこするような音なんですが？」

「マッチを擦ったんでしょう」

「これは驚いた。マッチを擦る音まで聞こえるんですか？」

「ここの天井板は紙も同然なんです」

「すると、ミス・バーネットが何をしているかはほとんど筒抜けだったわけですか？」

「そうですね、かりに注意して耳を傾けていれば」

「では、誰であれ居間を横切れば、たとえ忍び足で歩いていても聞こえる？」

「たぶん聞こえると思います。床板がきしみますから」

「ところが、あの晩はなんの物音もしなかった？」

「はい。でも、それは〝普段と違う〟とは申せません。夜に物音がすることはめったにありませんでしたから。ミス・バーネットはとても早い時間にお寝《やす》みになったんだと思います」

「ええ、おっしゃるとおりです」

ロジャーは頭が混乱した。侵入者があの仕掛けを作ったのは十時から十時半のあいだだったはずだ。あれだけ手の込んだことをやろうとすればどうしたって音は発生しただろう。ただ室内をそっと歩きまわるだけでも、下の階の住人には聞こえたにちがいない。ところが、エニスモア＝スミス夫妻はなんの物音も聞いていない。それとも、単に忘れてしまったのか？

「ミス・バーネットはおおむね非常に早い時間に床につくとのお話でしたね。となると、十時半ごろ部屋のなかを動きまわる音がしたら、〝普段と違う〟とお考えになるのではありませんか？」

ミセス・エニスモア＝スミスは針仕事をやめて考えこんだ。「同時に話し声がすれば、ピルチャードさんが訪ねてみえたんだなと思うでしょうけれど。ええ、音だけでしたら、そう考えますね」

「あとあとまで記憶に残るほど？」

「これほど時間がたってしまっては忘れているかもしれません。でも、翌日でしたら、間違いなく憶えていると思います」

「しかし、事件の翌日には、そういう記憶はなかった？」

「はい。その点については断言できます。ございませんでした」

「なるほど」

しかし、ロジャーはとうてい納得できなかった。さっぱりわけがわからなかった。

「こちらでは十時半にはまだ起きておられたということで間違いありませんね？　もっと早くに寝《やす》まれたりはしていませんね？」

「間違いありません。その点については、おたくの部長刑事さんにたずねられたとき、店の帳簿で確認しました。あの晩はドレスを一着、自宅に持ち帰っています、寸法直しのために」ミセス・エニスモア＝スミスは臆せずに打ち明けた。「そのドレスのことはよく憶えています。とても手間取って、十時半になっても終わらなかったものですから」

「するとあなたは、その晩はずっとこの部屋にいらした？」

「断言はできかねます」

「ご主人は断言なさっているご様子ですが」

ミセス・エニスモア＝スミスはほんのかすかに笑みを浮かべた。

「夫はわたしより少し断定的な物言いをすることがよくあるんです」

「それでは、あの晩、部屋を離れた可能性は捨てきれないとお考えなんですね？」

「可能性はあると思います。実際、一度ははっきり憶えています。キッチンへ行ってやかんを火にかけました。夫が帰宅してすぐのことですが」

ロジャーはおざなりにうなずいた。「かなり早い時間ですね、うん。しかし、その後は？夕食はこちらで召しあがったんですか？」

「簡単にですが、ええ。でも、あの晩、そのあとずっと椅子に釘付けになっていたかどうかは、正直なところ、思いだせません。さほど重要なこととも思えませんが」

「ええまあ」ロジャーはあごをなでた。「とにかく、あの晩はずっと、あなたが思いだせるかぎり、上のフラットではなんの物音もしなかったんですね——ミス・バーネットが床につくときの音すら？」

「それすら聞いておりません」ミセス・エニスモア＝スミスはふたたび顔を上げた。「〝普段と違う〟ことがあったとしたら、それがそうかもしれません。ミス・バーネットがお寝《やす》みになるときにはたいていはっきりわかりましたから。どうやら床にものを落とす習慣がおありだったようで」

「衣服ですかね？」

「そうかもしれません。以前はむしろ靴を片方ずつ脱いで放りだすような音でしたけれど。この部屋にいてもよく聞こえました、寝室の真下でもございませんのに」

「それなのに、あの晩はなんの物音もしなかった？」

「はい。仕事に集中していて気づかなかったのかもしれません、たしかに。でも、あの晩、ミス・バーネットはわたしたちよりあとまで起きていたのではないかという気がしてなりません」

「ふうむ」ロジャーの頭はいよいよ混乱した。何もかもがめちゃくちゃでしかるべき位置に収まってくれない。彼は思いきってこの女主人にもう少し手の内を明かすことにした。うまくすれば、さらに何か思いだしてくれるかもしれない。

「あの晩のことについてあれこれ質問されて、さぞいぶかしくお思いでしょう。じつはこういうことなんです。ミス・バーネットの死亡時刻は当初の推定よりかなり早かったのではないかとの疑いが生じまして――午前一時以降ではなく、十時から十時半ごろだったのではないかと。それで、その時間帯に普段と違う物音を耳にされていないかどうか、うるさくおたずねしているわけなんです」

ミセス・エニスモア＝スミスの顔にまぎれもない驚きの表情が浮かんだ。「でも、犯人の立てる物音を聞きましたわ――夫もですけれど。あれは午前一時過ぎでした」

「ええ、でも、あれについてはべつの解釈が可能だという話が出ておりまして。とにかく、こちらの趣旨をご理解いただいたところで、もう一度、ご記憶をたどっていただけないでしょうか、あの晩、何か普段と違うことがなかったかどうか、どんなに細かいことでもかまいません、お願いします」

しかし、ミセス・エニスモア＝スミスはしばらく眉間《みけん》にしわを寄せて考えこんでいたが、やがて首を横にふった。「申しわけありませんが、何も思い浮かびません。ミス・バーネットがお寝《やす》みになる物音がしなかったこと以外は」

「階段のほうはどうでしょうか――忍び足でのぼっていくような足音とか？」

「憶えておりません」

ロジャーはやるせない思いで相手の顔を見つめた。この女性《ひと》はすべての謎を解く鍵を手に握っているはずなのに、事態をこれまで以上に混乱させてくれるばかりだ。

「あなたの記憶を呼び覚ますのに何かいい手はありませんか？　あの晩、どこかの時点で、ひょっとしたら事件と関係があるかもしれないような出来事はありませんでしたか？　ご主人が椅子でうとうとしていらっしゃるときとか――ドレスの袖の直しを終えて、ウェストのほうに取りかかろうとなさったときとか――針で指をちくっと刺してしまわれたすぐあととか？」

エニスモア＝スミス夫人はかすかに笑みを浮かべた。

「そういうことは何もございませんでした。実際、あの晩についてひとつだけ思いだせる普段と違うことといえば、つまらないことですが、一本のひもが一瞬、キッチンの窓から風に吹かれてはいってきて、また出ていったことだけです」

ロジャーは椅子に座ったまま跳ねた。「なんですって⁉　もう一度おっしゃっていただけますか？」

ミセス・エニスモア＝スミスは驚きもせず、同じ話をくり返した。

「それは何時ごろ?」ロジャーは勢いこんでたずねた。

「やかんを火にかけたあと、一分ほど、キッチンの窓を開けたときのことです。思いのほか風が強くてすぐにまた閉めたんですが、開けているあいだに、ひもが一本、風に吹かれてはいってきて、また出ていきました」

「それはひもの先端ですか?」

「いいえ、長いひもの途中のようでした」

ロジャーは相手ににこやかな笑みを向けた。やがて、その笑みはしだいに何か信じられないものが近づいてくるのを見つめるような目つきに変わった。「でも――やかんをかけたのは、ご主人がお帰りになった直後というお話でしたよね?」

「そうです。たしか七時前でした」

「つまり、ひもがおたくのキッチンの窓に吹きこんできたのは、七時より前ということですね?」

「間違いありません。それではいけないような理由でもおありなんでしょうか?」

どうみても大ありだった。だが、ロジャーはそのことを告げはしなかった。代わりに彼女の顔を剝製のフクロウもかくやとばかりにじっと見つめて、しまいに相手を不安にさせてしまった。客人のほうはひたすら考えごとに集中していただけだが、フラットの女主人にそんなことがわかるはずもなかった。

「ほかにはもう何もないでしょうか?」ロジャーはようやく口を開いた。いくぶん息の詰まったような声になった。「それでは、そろそろおいとまいたします。ご協力ありがとうございました。大変助かりました」彼はぼうっとしたまま立ちあがり、夢遊病者のような足取りで戸口のほうへ向かった。

ミセス・エニスモア＝スミスは玄関まで見送りにきたが、ロジャーは彼女の存在に気づく余裕すらなかった。ミス・バーネット殺しについてこれまで考えてきたことを全部まとめて再構成しようとしており、それにはかなりの集中力が必要だった。

いまのところ、彼の頭のなかの混乱はまだ収まっていなかった。ただ、ひとつの考えが目もくらむほどの光を放ちながら立ち現われてきた。ミス・バーネットの胃の内容物は彼女が就寝時にとったパンとお茶ではなく、お茶の時間のパンとお茶だった。

言い換えれば、ミス・バーネットが殺害されたのは夜十時半ではなく、夕方六時だったのだ。

この事件について提供されていたアリバイはことごとく一撃のもとに崩されてしまった。

第十七章

階段をおりるあいだも、ロジャーはめまぐるしく頭を回転させていた。とにかくここを出る前にミセス・ボイドから話を聞かなければならない。六時ごろなら、彼女が人の出入りに目を光らせていたはずだ。彼はフラットの呼び鈴を鳴らした。

ドアを開けたのはミセス・ボイドではなく、背の低いずんぐりした男だった。襟《えり》のないシャツを着ており、けさ、ひげそりをサボったのは明らかだった。ロジャーをもの問いたげに見つめる。

「ミセス・ボイドにちょっとお話があるのですが」

「エム！」無精ひげの男は肩越しに短く呼びかけた。「紳士がおまえさんに用だとよ」スリッパをはいた足の向きを変えて、無言のまま奥に消える。

ミセス・ボイドが姿を見せた。巨大な石榴《ざくろ》石のブローチが黒いドレスの豊満な胸元できらびやかに輝いているが、腰につけた汚れたエプロンのせいでせっかくのおしゃれもいくぶん損なわれている。

「なんだ、おたくなの」彼女は言い、ロジャーを好意に欠ける目で見返した。どうやら無精ひげの男の言葉から客人の素性を誤解したらしい。

「いまのはご主人?」ロジャーは陽気にたずねた。

「れっきとした、ちゃんと式を挙げた亭主ですよ」ミセス・ボイドはきつく言い返した。「何か文句でもあるの、お若いかた?」

「とんでもない」ミセス・ボイドのほうから言葉とともにアルコール臭の強い吐息が流れてきて、ロジャーはあわてて言った。「ただ二、三おたずねしたかっただけです。では、おうかがいしますが――」

「やなこった」ミセス・ボイドは金切り声で言い返した。「誰が答えるもんかい。夜のこんな時間にしつこいったらありゃしない。もういいかげん、うんざりなんだよ。ごくまっとうな人間には朝から晩まで、ばかな質問に答えること以外やることは何もないとでも思ってるのかい。はっきり言うけど、今夜はもう質問はお断わりだよ。だから、さっさと帰るんだね」ミセス・ボイドはその言葉を補強するかのように質問希望者の眼前でドアをぴしゃりと閉じ、ジンの瘴気を残して姿を消した。

ロジャーは思慮深くその反論を受け入れて、自宅にもどった。今夜できることはもう何もなさそうだった。

この新たな発見によって、事件の様相がずっとすっきりとしたのは間違いなかった。二、三の懸案にも片がついた。もう一度暖炉の前に身を落ち着けて、ロジャーは事件を新たな視点から再構成してみた。

殺人者の女（彼はいまだに女性犯行説を捨てていなかった）がミス・バーネットのフラットにはいりこんだのは午後五時半から六時のあいだだろう。はいりこんだときの方便について再考する必要はあるまい。ミセス・ボイドもよく知っていたとおり、被害者はちょっとやそっとでは客を家のなかに招じ入れなかった。犯人はやはり彼女がよく知り、なおかつ、一目置いていた人物だった可能性が高い（あるいは、知り合いでなくても、一目置くべき立場にあるとひと目でわかった人物だったのかもしれないが、その可能性は非常に低い）。計画殺人だったのはまず確実で、共犯者とは前もってすべて段取りがつけてあったのだろう、無駄に時間を費やさずにすむように。そうなると、犯人が被害者宅にはいりこんだのは、六時近くだったことになりそうだ。

犯人が高齢女性を殺害したあと全力を傾けたのは、凶行がずっと遅い時間にあったように見せかけることだった。だからこそ遺体は服を脱がされ、寝間着を着せられたのだ。ロジャーにとっては喜ばしいことに、ほんの数時間前まで彼が頭を悩ませていたふたつのささいな問題点は、犯人の手落ちだったことがおのずと明らかになった。すなわち、義歯がはまったままだったことと、ドレッシングガウンをはおっていなかったことだ。わざわざ肌着を脱いでいるというモーズビーの指摘もこれではっきりと説明がつく。

それらをのぞけば、ほかの細かな事実は犯人を利するように働いた。なかでもミス・バーネットが五時間以内に二度パンとお茶を食する習慣だったことは、そのいちばん顕著な例だろう。だが、これは偶然の産物ではなく、犯人がもとから知っていた事実をうまい具合に利用した可能性もないではない。それに、ベッドサイドのティーカップと、モーズビーの指示で丹念に分析されたベッドのパンくずの件がある。もちろん、このふたつも犯人がわざと残したものなのかもしれないが、ロジャーとしてはむしろどちらも偶然の産物だと考えたかった。ベッドの状態からして、そのほうが理にかなっていそうなのだ。何が難しいといって、きちんと整えられた寝床をぐちゃぐちゃにして、いかにも人が眠ったように見せかけることほど難しいものはない。だが、被害者のベッドには明らかに人が寝《やす》んだ形跡があった。言い換えれば、ミス・バーネットは起床後にベッドを整える習慣を持っていなかったのだ。それなら古いパンくずがベッドに残っていても、そばの椅子の上に汚れたカップが置かれたままになっていてもいっこうに不思議はない。ミス・バーネットのずぼらな性格を考えれば、いかにもそういうことがありそうではないか。

夕刻であれば、犯人は難なく舞台装置をこしらえ、現場から立ち去ることができた。階下に住むミセス・エニスモア＝スミスはまだ帰宅していなかったから、物音を聞かれる気遣いはなかった。立ち去ったのは六時半より前でなくてはならない。まあ、全部引っくるめて要した時間はせいぜい十五分ぐらいのものだろう——たとえば、五時五十五分から六時十分までとか。要するにこの時間帯のアリバイの確認が必要だし、ミセス・ボイドに（しらふのときをねらって）あの日の夕刻、訪ねてきた人や立ち去った人について質問しなければならない。

それはさておき、このきわめて重要な新事実について、モーズビーに伝えるべきか否か？ロジャーは答えを出せぬまま、床についた。

床にはついたが、眠りにはつけずに……。

バリントン＝ブレイブルック氏が十月二十五日火曜日にオフィスを出たのは七時直前だった。ロジャーは〈ハリッジ百貨店〉でほとんど丸一日費やして熱心に調査を行ない、ワイン売り場の店員をやむなく昼食に連れだすことまでして、ようやくこの情報を手に入れた。会計帳簿という歴然たる証拠によって裏付けもとれた。

彼は無駄に過ぎた一日を呪い、お茶をとりそこねていらいらしたまま帰宅の途についた。五時過ぎに自宅のフラットに着いてみると、秘書がタイプライターの前で、忍耐強くあきらめきった様子で彼を待っていた。ロジャーはベルを鳴らして使用人を呼んだ。

「メドウズなら外出しています」ステラが言った。

「だったら、帰宅しだい、クビにしてやる」

「きょうは半日休みだと言っていましたが」

「そんなこと知るか。やつはクビだ。半日休みなんてとるほうが悪い。みんなクビにしてやる。きみもだ、ステラ」

「お茶は召しあがったんですか？」

「いや」

「そんなところだろうと思いました。わたしがご用意します」彼女はさっと立ちあがって足早に部屋を出ていった。

ロジャーは安楽椅子に身を沈め、つま先を暖炉の火であたためはじめた。実際、身辺に女性がいるというのはけっして悪いことではなかった。ともかくも、ある面では。

くだんの女性がもどってきた。お茶道具とクランペットを運んでくる。お茶を注《つ》いでくれた。ロジャーはクランペットを三枚平らげた。バターの風味になぐさめられた。気分がよくなってきた。

「どうしてなんだろうな」彼は言った。「ある人物がある特定の日の特定の時間に何をしていたのか調べようとしたら、やたらと手間がかかるのは？」

「そういうものなんですか？　試したことがないのでわかりませんが。わたしには見当もつきません」

「ぼくにもさ。とにかくどいつもこいつもそういうことを憶えとくのは苦手らしい。かりに先週の火曜、午後六時に何をしていましたか、とある男に訊いたとしても、というか、じきに訊くつもりなんだが、そいつはさっぱりわからないと答えるにきまってるんだ」

「では、女性におたずねになることです」

「それもやるつもりでいる——彼女の記憶はいよいよあやふやだろうね」

「そんなこと信じられません」

「それが事実なのさ。こういうことは憶えていられないもんなんだ。いくら有能さを誇るきみでも、その点は変わらない」

「独断的に過ぎます。また賭けをなさるおつもりですか？　少しは反省してくださったかと思いましたのに」

「賭けなら乗るぞ。目下、きみの衣類のなかで不足しているのは?」

「それはお構いなく。こちらは半クラウン銀貨一枚で賭けに応じます」

「なあ、ステラ、どうせ賭けるなら、もっとちゃんとしたものにしよう。たとえば三足の――」

「申しあげたとおり、半クラウンです」

「わかった、しかたがない。しけた半クラウン銀貨一枚だ。勝てるもんなら勝ってみろ!」ロジャーはあくびをかみ殺して、クランペットの最後のひと口を腹に収めた。

ステラは指を折って計算を始めた。「その日のその時刻、わたしはコリシアム劇場の客席に座って、出しものを見ていました――たしか自転車乗りの一座がコミカルな曲乗りを演じていたはずです」

「おいおい、大金がかかってるんだぜ。まさか単に言葉だけで信じてもらえるとは思ってないよな?」

「信じていただくほかありません」ステラは冷たく言った。「半クラウン、お支払いください」

「証明が先だ」

「証拠がいるとおっしゃるんですね? どうしたらいいか――もしかするとハンドバッグのなかにまだ半券があるかも」彼女は立ちあがってハンドバッグを取ってくると、なかを引っかきまわしはじめた。「ありました」黄色い紙切れを二枚掲げて、勝ち誇ったように言う。「『十月二十五日の第二公演』とあります。わたしは先生が想像していらっしゃるほど無能ではありません」

ロジャーは半クラウン銀貨を一枚手渡した。「半券は二枚あったね」彼は穏やかに言った。「ってことは、連れがいたんだ」

「いくらわたしでも、コリシアム劇場にひとりで出かけていくほど落ちぶれてはいません」ステラは言い返した。

「コリシアム劇場の第二公演が始まるのは何時？　五時十五分？　ぼくが魅力的な女性と婚約していたら」ロジャーは考えこむようにして言った。「そんな中途半端な時間に、彼女を劇場に連れていったりはしないけどね。まともな時間を選ぶし、先に食事をごちそうする」

「パタースンさん――ラルフはロンドン住まいではありません」ステラはかすかに赤くなって言った。「遅くなると、あとあと大変なんです」

「ぼくが魅力的な女性と婚約していたら、彼女を喜ばせることを第一に考えるけどね、自分の都合は後回しにして」

ステラはいよいよ顔を紅潮させた。「シェリンガム先生、いささか厚かましいのではありませんか？」

「そうかもね」ロジャーは微笑した。「でも、正直に言えば、うんざりさせられる一日だったので、厚かましくふるまいたい気分なんだ。いや、つんけんしなくていい。きみを口説く気なんかさらさらない。他人《ひと》の恋人を口説くのは主義に反するというんじゃなくて、きみにはいっこうにときめかないからだ」

「たぶん」ステラはとても冷たい声で言った。「これはわたしの仕事の一部なんですね、人物研究の。こんなふうにけなされても黙っていなければならないんですね」

「まあね」ロジャーは同意した。「それで思いだした。きみの彼氏にもう一度会わせてもらいたい」

「どうしてですか？」

「いったいきみのどこに惹かれたのか、訊いてみたい」

ステラは急に立ちあがり、あやうくティーテーブルをひっくり返しそうになった。

「今度はこっちから出かけていかなきゃならないだろうな」ロジャーはおっくうそうに言った。

「今夜は在宅してるかな？」

「失礼ながら、お答えできません」ステラはひどく乱暴な手つきで帽子をかぶった。「彼の住まいはタンブリッジウェルズですので」

「そうなんだってね。遠いけど、訪ねていく価値はあると思う。きっと教えてもらえるだろうから。住所は？」

ステラは答えなかった。

「ほら、怒らない、怒らない」ロジャーの言い方はかえって相手を怒らせそうだった。

あいかわらず返事はなかった。

「彼の趣味は？」

さらに沈黙。

「電話してみるかな」

「番号をご存じないじゃないですか」

「あっ、じゃあ電話はあるんだな。よかった、番号案内に問いあわせよう」ロジャーは椅子から立ちあがった。

「シェリンガム先生」ステラが憤然として言った。「電話はやめていただきます」

ロジャーは彼女をじっと見つめた。「おやおや、顔が真っ赤じゃないか。どうしてだめなんだ?」

「留守でしょうから。彼は——両親と同居しています。ご迷惑です」

「いや、迷惑をかけるつもりはない。ただ、伝言を頼みたいだけだ」

「伝言って?」

ロジャーは微笑した。「そうだな——夕方の五時などというありえない時間に婚約者をミュージックホールへ連れていったのはどうしてなのか、理由をうかがいたいので返信を求む、とか」

ステラは文字どおり地団駄を踏んだ。「ありえないのは先生のほうです。ラルフに電話してはいけません!」

「だから、どうしてだめなんだ?」

「なぜって——その、無駄になりますから。じつは、あの晩、彼はいっしょじゃなかったんです」

「なんとね！」

ふたりはたがいの顔を見あわせた。いましがたまでの笑劇《ファルス》めいた状況は、何か深刻な心理劇と化したかのようだった。部屋のなかで声にならない応酬がくり広げられた。

ロジャーは椅子にどすんと腰をおろした。「まあいい。ぼくは告げ口なんかしない。そうだ、そのうち愛用のオートバイで街へ出てきてもらおう、ぼくが夕食をおごるから。きみはよく彼と相乗りしてるんだろ？」

「いいえ。そもそも彼はオートバイなんか持っていません。車ならありますが」ステラはぴしゃりと言い返し、ロジャーをにらみつけた。「どうしてオートバイを持っているなどと思ったんですか？」

「さあね」ロジャーは落ち着いて返事をした。「会話のきっかけにしたかっただけだ。ところでひとつ、きみに訊きたいことがあったんだ。来週、つまらん仮装舞踏会に顔を出さなきゃならなくてさ。仮装用の服はどこへ行けば手にはいるのかな？」

「さあ、見当もつきません」

「じゃあ、きみはいつもどうしてるの？」

「自分で作ります、必要なら」

「でも、ぼくにはそんなのとても無理だ」ロジャーは哀れっぽく言った。「針仕事はさっぱりなんでね。いずれぼくに一着作ってくれないか、タイプを打つ代わりに」

「どういうのをご所望なんですか？」ステラはコートの襟をいま一度直しながら、しぶしぶたずねた。

「修道士なんてどうかなと思ってる。いいアイデアだろ？」

「どうして修道士を？」

「いや、まあ、ぼくらはどちらも一生独身を強いられそうだからね。ああ、もう帰るのか？」

「ほかにはもうご用はなさそうですので」ミス・バーネットはきわめてそっけない口調で言った。

「うん、もう用はないと思う。じゃあ、おやすみ」

「おやすみなさい」ステラは冷ややかに答えた。

「あしたはいつもの時間に来るの？」ロジャーは閉じかけたドアに向かって呼びかけた。

「もちろんです」

ステラが帰ってからも、ロジャーはずっと書斎に座りこんでしだいに渋面を深くしていった。知ってのとおりメドウズは休みをとっており、こういうとき、彼は外で食事をする習慣だった。だが、今夜にかぎっては通常の夕食の時間をとうに過ぎてもいっこうに動こうとしなかった。これを最後に（と誓いを立てて）、ミス・バーネット殺害事件の謎解きに没頭した。

ついに椅子から立ちあがったときには嫌悪感で胸が悪くなっていた。吐き気がしたというのが本音だった。そもそもこの事件には首を突っこむべきではなかった。いったん始めたことは最後までやり通さなければ気がすまない自分の性格が呪わしかった。謎を解いたことを後悔していた。謎は解けたものの、これからどうしたらいいのかわからなかった。

この二時間、椅子に釘付けになっていたのは、その判断がつかなかったからだった。謎解きについては何ひとつ苦労はしなかった。かなり早い段階に、答えのほうから勝手にやってきた――完成したかたちで、霊感のひらめきとして。彼は一瞬の光明のなか、真実を見いだした。ありとあらゆる証拠が、泥のかたまりのような細かなものにいたるまで収まるべきところに収まった。鍵になったのはもちろんあのロザリオだ、彼が予測していたとおり。こうして目を見開かされてみると、すべてはばかばかしいほど単純だった。

しかし、これからどうしたらいいのか？　それが先刻からの疑問だった。ステラの婚約者のカエル面をした青年の言葉が思いだされてきて、ロジャーはその言い分に同意しないわけにはいかなかった。すなわち、被害者の高齢女性が生前この世にはなんの利益ももたらさず、死して初めて利益をもたらしたという主張に。とはいえ、彼女を死に追いやったのは非情きわまりない計画殺人だ。そんな凶行に及んだ人物の処分を軽い叱責にとどめておいていいわけがない、それでも……。

ついにロジャーは腹を決めた。彼に真相を教えてくれたデータをそっくりそのままモーズビーに譲ろう。モーズビーのほうで何も見えてこないようなら、それはモーズビーの責任だ。そして、モーズビーが真相に気づこうが気づくまいが、ロジャーとしてはその秘密を抱えている人物に対して、その秘密はもう秘密ではないとさりげなく伝えてやればいい。

受話器を取りあげて、スコットランド・ヤードを呼びだした。

モーズビーは帰宅したあとで、ロジャーはバタシーにある彼のフラットにつないでもらった。

「もしもし？」モーズビーの声がした。「あっ、シェリンガムさんですか。はて、夜のこんな時間になんのご用でしょうか？」

「例のユーストンの殺人だけど。やつはもう逮捕したの？」

「いや、まだです。あとひとつふたつ、難題が残っていまして。しかし、まずまず順調に進んでいますので、吉報をお届けできるのも時間の問題だと思います」

「そうか」ロジャーは半信半疑の口調で答えた。モーズビーは楽天的な性格なのだ。「証拠については、この前、話しあったときと変わってないよね？」

「はい、同じです」

「新たな証拠はひとつも出てきてないんだよね？」

「はい、そう思います」

「うん、あれからいろいろ考えてね。こうして電話したのは、ぼくの思いついたことを三点ばかり教えてあげたかったのと、ぼくのほうで新たな証拠をひとつ、見つけたからなんだ」

「ほんとうですか？」ロジャーの口調が半信半疑だったとすれば、モーズビーの口調もまた似たり寄ったりだった。モーズビー首席警部がシェリンガム氏の発見した新たな証拠について疑念を抱いているのは明らかだった。

「うん。この電話を最後に、ぼくは手を引く。真相は明々白々だから、もう忘れることにする。あしたから新しい長編に取りかかるよ、それがどういう意味かはわかるだろ？　新たな証拠——というか、むしろ、そこから導きだした結論なんだが——は次のとおりだ。被害者のミス・バーネットが殺されたのは夜十時半じゃない、夕方六時なんだ」

電話の向こうで沈黙が落ちた。

「証拠がどうのとおっしゃっていましたね？」モーズビーは慎重にたずねた。

「うん、言った」ロジャーは自分の結論を裏付ける証拠をふたつ提供した。

「なるほど」モーズビーは深く考えこんでいる様子だった。

「それと、きみに注目してもらいたい三つのポイントというのは次のとおりだ」ロジャーはひとつめについて説明した。

「ああ、そのことでしたら、われわれも理解しています、もちろん」

「ほんとに？　それはけっこうだ。じゃあ、これはどう？　ふたつめ、ミス・バーネットはプレイヤーズの煙草を吸っていた」

「おっしゃるとおりです。箱を見かけました。しかし、それがどういう……？」

「そして、三つめはこうだ――修道女はふたり一組で獲物を探す」

「はあ⁉」

「よく考えてみてくれ」ロジャーは言い、電話を切った。

彼は腕時計に目をやった。八時十五分だった。

受話器をふたたび取りあげて、べつの番号を呼びだした。例の信頼の置ける私立探偵だ。いくら自信があるとはいえ、念には念を入れておいて損はないだろう。

第十八章

ロジャーはコリシアム劇場についてのおしゃべりを急に打ち切った。

「口述を始める」彼は言い、暖炉の前の敷物の上で口述の体勢をとった。

ステラが顔を上げた。「速記にしますか、それとも、タイプですか?」

「タイプがいい。ページのいちばん上に〝あらすじ〟と見出しをつけてくれ」

「一昨日、お始めになった長編についてのものですか、それともべつの何かなんでしょうか?」

「まったくべつの何かだ。どこかで聞いたような人が出てきても、驚かないでもらいたい」ロジャーはかすかな笑みを浮かべて言った。「前に言ったとおり、ぼくは新作のための人物研究をしている。記憶が新しいうちに、文章にまとめておきたいんだ」

ステラはうなずいた。

「ミス・バーンスタプルは高齢の女性だ。集合住宅の最上階にひとりで住んでいる」ロジャーはゆっくりとした口調で語りはじめた。「世間とは没交渉で、友人と言えば、同じ階のべつのフラットに住むもうひとりの高齢女性、ミセス・ローチだけだ。ミス・バーンスタプルには暮らしに不自由しない額の不労所得がある。けちん坊でもあって、多額の金をベッドの下の箱にしまっており、その事実は同じ住宅の住人のみならず、その近所の人々のあいだで広く噂として知れ渡っている」

ステラはキーの上で両手をめまぐるしく動かしながら、両の眉をかすかに上げた。この出だしをいささか悪趣味だと思っているのは明らかだった。

「ミス・バーンスタプル——略して〝ミス・B〟と呼ぶ——は不精者で、身の回りのことにまったくと言っていいほど無頓着だ。友人のミセス・ローチも似たり寄ったりだが、彼女のほうがずっと好感が持てる。彼女もまた暮らしに不自由しない程度の収入があるが、分別に欠ける投機によって最近、大金を失った。当座の財政状況は健全とは言いがたい——ところで、これは純粋なるフィクションだからね、言っとくけど」

「当たり前です」ステラは簡潔に答えた。

「財政的に難しい状況にあるのは、ミス・Bの真下のフラットに住む中年のカップル、ペヴェンジー＝ジョーンズ夫妻も同じだ。ご亭主は何やら演劇業界にかかわりがあるらしく、奥方のほうはウォーダー・ストリートのユダヤ人が所有する、小さな帽子店の店長をしている。性格的にP＝Jは意志が弱いが、人好きのする、たかり屋タイプ。度胸さえあれば、いかがわしいことにも手を出しかねない。ミセス・P＝Jは誇り高く、気丈で、骨の髄まで正直そのもの

——ここまではいい？」

「はい」

「住宅の管理人はミセス・フロイド。辛辣で、無愛想で、けんかっ早いが、仕事の腕はたしかだ。自由になるお金ができると、酒に注《つ》ぎこみがち。連れ合いも似たり寄ったりで、職業は臨時雇いの配管工。さしあたり、集合住宅のほかの住人については触れないでおく。

ある日の午後――おっと、忘れてた。いまのは消してくれ。行を改める。ミス・バーンスタプルには姪がいる。エラ・バーンスタプルといって、運動家タイプの美人だ（当然ながら、彼女がこの小説の女主人公だ、純然たるフィクションのね）。いまはくわしく説明しないでおくが、この一族には数奇な因縁があって、ミス・Bは姪とは一度も顔をあわせたことがない。もっとも、ふたりともそのことを気にしている様子はないが。この姪には、なんというか、将来を誓った青年がいる。インテリで、元ハードルの選手のランドルフ・ピカリングだ（彼が主人公になる）。住まいはセヴンオークス（タンブリッジウェルズにほど近い町だよ、ケント州の。知ってるかもしれないけど）。ここまではいい？」

ステラはうなずいた。

ロジャーが口述を再開すると、ふたたびステラの眉が上がった。

「ある日の午後、ミス・バーンスタプルは他殺体で発見された。寝室の床に寝間着姿で横たわっていた。ベッドには寝《やす》んだ形跡があり、彼女はわざわざ起きだして、殺人者を迎え入れたらしく思われる。検死医の見立てでは死亡推定時刻にはかなりの幅があり、死後十二時間から二十四時間とされた。室内はかなり荒らされており、盛んに物色されたことがうかがわれた。ミス・Bが現金を保管していたベッドの下の箱はなかが空っぽだった。犯行の手口は警察にはおなじみの、あるプロの犯罪者のそれを想起させ、警察はたちまち彼の行方を追いはじめた。これは殺人者の狙いどおりだったが、ある特定の個人がすぐさま犯人として特定されるとまでは想定していなかったと思う。まさに幸運だった。ここまではいいかな？」

「はい、でも……」ステラはためらいがちに言った。「まさか本気で、これを小説に仕立てるおつもりではないですよね？」

「どうしていけないんだ？　せっかくあの事件から素晴らしい着想を得たっていうのに。ちょっと見には突拍子もないかもしれないけど、そんなことは絶対にない。じゃあ、続けるよ。

実際、犯行の手口はじつに巧妙だった。殺人者にとって最初の問題は現場に出入りするときに顔を憶えられて、身元が割れてしまうのを防ぐことだった。なんらかの変装が必要だった。それも変装自体、ミス・バーンスタプルのフラットの呼び鈴を鳴らすのに恰好な口実を与えるものでなければならない。これはもちろん、彼女がひとりかどうかを確認し、ひとりであればフラットにはいりこむためだ。さらに、玄関払いを食わされないようなものであることも重要だった。こうして選ばれたのが、じつにおあつらえ向きの修道女の扮装だった——慈善修道女会の修道女が寄付金を集めてまわる光景は、きみもよく知るとおり、ロンドンではおなじみだ。じつに用意周到なことに、その修道女はわざわざ管理人のミセス・フロイドのフラットにも立ち寄った。むろんそれが普通のやり方だし、そうしておけば建物内でほかの人に姿を見られても不審に思われずにすむ。実際、この段階で犯人が犯したミスはたったひとつだけだった。すなわち、こういう修道女は常にふたり一組で行動するという事実を忘れていたことだ。おたがいを信用していないからなのか、あるいは、ロンドンの男性市民を信用していないからなのか、理由はわからないが、彼らが単独で行動する姿にはついぞお目にかかったことがない。

首尾よくこの変装を選択したこと（そして、長いあいだ、変装がばれなかったこと）から、犯人の性格の一面が浮かびあがる。つまり、演技力があるということだ。となれば、似たり寄ったりの性格を持つ人間のなかに、ひとり演技力に優れた者が交じっていたとすれば、犯人を特定するのに重要な手がかりを得たことになるのではないだろうか？」

「先生はわたしと議論なさりたいんですか、それとも、あらすじを口述していらっしゃるだけなんですか？」ステラが冷ややかにたずねた。

「その両方かな」ロジャーは認めた。「とにかく、ぼくがしゃべったとおりにタイプしてくれ。速すぎるかな？」

「いいえ、少しも」

「けっこう。かの人物のもうひとつの面は犯行後にミス・バーンスタプルのフラットに施した入念な細工からうかがえる。この計画を立案した人物がスコットランド・ヤードで通常用いられる捜査法、すなわち犯罪手口の分析に精通しているのはきわめて明らかだ。こうして、さまざまな物品がプロの犯罪者のしわざに見せるべく入念に配置された――ロープ、ろうそく、手袋、使用されたウィスキーグラスなどなど。こうしたことをやってのけられるのは、日頃から犯罪学に強い関心を持ち、ほかの似たような事件のあと、警察が現場のフラットや一軒家で目にする状況はどういうものなのかを正確に把握している人物にちがいあるまい」

ロジャーはひと息入れたが、ステラは感想も述べなければ、顔も上げなかった。どうみてもこのすばらしい筋立てには無関心なようだった——たとえ退屈はしていないにしても。

「先に言っておくべきだったけど、事件が起きたのは六時数分過ぎだ。ゆえに、殺人者が現場に細工を施した目的はふたつあった。ひとつは犯行をプロのしわざに見せかけること、もうひとつはミス・バーネットの殺害時刻をたっぷり七時間あとだったように装うことだ。殺人者は当然ながら被害者の生活習慣をあらかじめ充分に調べていたので、その時間帯に訪ねてくる人は誰もいないこと、かりに誰か訪ねてきて呼び鈴に応答がなくても不審に思われる気遣いはないことをよく承知していた。それゆえ、目くらましのために、被害者は寝間着に着替えさせられた。ベッドのパンくずとそばの椅子の上のティーカップはその前の晩からそのままになっていたものだが、幸運にも犯人にとって目くらましを補強する役割を果たした。ただし、義歯をはずさなかったのは失敗だった。さらに、着替えをさせすぎたのも間違いだった。先に説明したような性格の女性なら、少なくとも肌着は着たままだっただろうし、靴下だってわざわざ脱がなかったかもしれない——えっ、何か言った？」

「ほんとうにこのままお続けになるんですか？」ステラはいくぶんとげとげしい口調でたずねた。

「どうして？」

「まったく無駄な気がしまして」

「なにが無駄なものか、うけあってもいい。どこまで行ったっけ？　ああ、そうだ。ええっと、共犯者についてはここで触れる必要はないだろう。こいつの役割は窓の下でロープを引っぱって、階下のフラットに響く大きな物音を立てることだった。くわしいことはあとで事件の一件書類から要旨を引き写せばいい。さて、物語はいよいよ佳境にはいる。女主人公の登場だ。まず断わっておくが」ロジャーはわざとゆっくりと言った。「この小説のなかでは、女主人公が殺人者になる。きみは気にしないよね？」

彼らはたがいの顔をじっと見つめた。

ステラの顔色は最初真っ青になり、やがて朱に染まった。「どうして気にする必要があるんでしょうか？」声は低かったが、いつもどおり抑制が効いていた。

「どうしてだろうな？」ロジャーはほがらかに言った。「とにかく、犯行方法を説明する。むろん、ぼくの小説のなかでの話だぞ。

姪はコリシアム劇場の第二公演のチケットを二枚買った。開演は五時十五分だ。しかし、婚約者はいっしょではなかった。彼はその晩、自宅で夕食をとっており、それだと計算上、六時にはとうにロンドンを発っていないといけないからだ。じつは、ぼくはたまたま彼の帰宅が七時前だったことを知っている。だから、遅くとも五時半には列車に乗っていたはずなんだ」

「どうしてそんなことをご存じなんですか？」ステラが静かに口をはさんだ。

「わざわざ調べたんだ——むろん、小説のなかでの話だが。ぼくはゆうべ、コリシアム劇場に行く前、ある私立探偵に調査を依頼した。報告は夜中の十二時には届いた。簡単な仕事だったそうだ。それはともかく、姪の話だ。彼女はひとりで劇場へ行ったことを認めている、というのも、土壇場になっていっしょに行くはずだった女友達の都合が悪くなったからだ。たぶん空席には自分のコートでも置いといたんだろうが、その点についてくわしく述べる必要はあるまい。肝心なのは彼女が出し物のあいだずっと席についていたわけではなかったことだ。たとえば〈トルコ煙草〉という寸劇と〈三つのメロディ〉は見逃している。どちらも先週の演目にふくまれていたものだ。しかも、ぼくの計算どおりなら、このふたつの演目が上演されたのは五時四十五分から六時十五分のあいだだった。そうだろ？」

ステラは彼の顔をじっと見つめた。「これは何かの冗談なんでしょうか？　その出し物でしたらよく憶えています、お話を聞いてすぐ思いだしました。たしか――」

「いやいい、気にするな。ただのフィクションだって言ったろ。ぼくの小説のなかでは、姪はコートやら何やらを座席に置いたまま、三十分かそこら席を離れる。劇場まで持参したか、前もってどこか手頃な場所に隠しておいたか、子細はわからないが、とにかく修道服を用意していた。これならものの数秒で普通の服の上から引っかぶることができる。すそが長いからハイヒールの靴だって隠してしまえるだろう。変装は地下鉄の階段なり、公衆トイレなり――どこでも可能だ。

こうして彼女はモンマス・マンションへ出かけた。やるべきことをすませるのには全部で十五分もかからなかった。なぜなら、もともと手際がよかったし、徹底的に予行演習がしてあったからだ。六時二十分には、六百ポンドかそれ以上はいったアタッシェケースを抱えてコリシアム劇場の座席にもどっていた。彼女の役割はそれで終わりだった。チケットの半券はもちろんいつものように捨てはせず、わざととっておいた。あとからある特定の時刻にどこにいたかたずねられたとき、待ってましたとばかりに情報が提供できるように。

　これまでに指摘したこと以外で彼女が犯したミスはあとひとつ、キッチンのリノリウムの上に泥のかたまりを落としていったことだった。しかし、正確にいえば、それは彼女の手落ちではなかった。というのも、その泥のかたまりはその場に置いてくるよう手渡されたもので、彼女はその指示に従っただけだからだ。ミスが生じたのは、それが特徴のある泥だったことによる。あいにく警察はその出どころがブレイシンガム周辺だと見抜いたのだ。タンブリッジウェルズ――もとい、セヴンオークスはブレイシンガムから六マイルしか離れていないよね？

　まあとにかく、以上が彼女の役割だった。同じ晩の十一時、彼女の婚約者は床についた。これには証拠がある。証拠にないのは、十一時半になると家を出て、車でロンドンにもどったことだ――自分の役割を果たすためで、先日、きみにまとめてもらった要約の内容を実行に移した。そして、彼が犯した唯一のミスもまた、本人にはせんかたないことだった。つまり、カエル面をしていたんだ。お抱え運転手（彼の証言についてはきみも憶えているかもしれない）が話してくれたが、彼が目撃した男は塀――というか、障害物《ハードル》を乗り越えたとき、ひとりでにやにや笑っている様子だったという。この言い方はカエル面をした若者がハードルを飛び越えるときのしかめ面をよく表わしていると思わないか？

　姪はほかにはミスをしなかったと言ったね？　どうだろう、腰に下げていたロザリオを凶器に用いたのはミスと言えなくもないかもしれない。なぜって、よくよく考えれば、ロザリオから連想されるのは修道女だもの。まあ、そこに至るまでには、かなり長時間の考察が必要だろうけど。

不思議なめぐりあわせで、姪はその後、ある小説家の秘書の職を得た。その小説家はたまたま犯罪捜査全般に関心を持っており、とりわけ彼女自身の事件に注目した。実際、彼はいくつも気の利いた発見をしたのだが、彼女がそれをくそみそにけなさなかったとしても、あるいは、内心興味はあったはずなので、その気持ちをもう少し表に出していたとしても、ことがずっとうまく運んだかどうかは怪しいものだ。なぜなら、事情が事情なだけに、彼女の無関心ぶりが作家の目にはどうにも不自然に映ったからだ。だが、彼女が当初、遺産の受け取りをきっぱりと拒絶したのは賢いやり方だった。むろん意を翻《ひるがえ》すのは、婚約者の助言を口実にすればいとも簡単にできるのだから（ところで、ミス・バーンスタプルは当然ながら遺言書を作成していた。しかし、姪が見つけて破棄した）。伯母のフラットを徹底的に掃除して、警察が見逃したかもしれない痕跡まで消し去ろうとしたのは少しやりすぎだったかもしれない。それでも、彼女は自分の役割を見事に演じきった――あの日の午後、シャフツベリー・アベニューの店で役を演じたときと同じように。

ざっとこんなところだ」

ステラはロジャーの話の最後のころには、タイプを打つふりすらやめていた。背中を丸めて座り、紅潮した顔で彼を見つめ、下くちびるを噛んでいた。

かなり長いあいだ、彼女は口を開かなかった。ようやく声を発したときには喉が詰まったような声になった。「シェリンガム先生、わ――わた――わたし――」そしてついに、彼女の驚異的な自制心が崩れた。両手に顔をうずめて体を震わせた。

ロジャーはそれを見てうろたえた。こんな露骨なやり方をしたのはまずかったか？　本来もっとぼかすつもりだったのだ。思った以上に熱がはいってしまった。こうなってはもはや何事もなかったように忘れてしまうことはできないかもしれない。自分はとんだ愚か者だ。ただほのめかすだけにして、フィクションの体裁をとり続けるべきだった。洗いざらいぶちまける必要などなかった。こうなってはとてもただでは……。

電話のベルが鳴り、彼は無意識のうちに部屋を横切って受話器を持ちあげた。

「シェリンガムさんですか？」モーズビーの声がした。常にもまして愛想のよい口調だった。

「ひと言、お知らせしておこうと思いまして。ついに突破口が開けましたよ」

「えっ？」

「ゆうべお教えいただいたヒントをもとに、昨夜のうちにリル――ほら、キッドの女です――をしょっ引きましてね。前に一度聴取して、そのときは知らぬ存ぜぬの一点張りだったんですが、ついに白状させました。どうやったかって？　いや、なんてことはない。キッドはルイスのべつの娘にご執心なんですが、リルはそれを知りませんでね。アリバイ作りにちょっとご機嫌をとってるだけだというやつの言いわけを信じこんでいたんですよ。われわれはリルに、そいつは眉唾ものだとそれとなく教えてやりました。こちらが何を言っているのか理解するや、たちまち口を割ったという次第です。連中の口をこじ開けるのに、嫉妬ほどいい手はありませんな。

とにかく、お祝いを言わせてください。何もかも、お説のとおりでした。ご指摘いただいた最初のポイント、公共の娯楽施設でのアリバイはあまり当てにならないというのは、まあ、われわれも承知してはいたんです。ただ、時間的に無関係だとみていましたので。もちろん最初からクサいとは思ったんです。妙にすらすらと、それも自分からしゃべりましたからね。何はともあれ、ふたりは映画館のボックス席をとって、キッドはそこで修道女に変装しました。リルには三十分でもどると言い置いて出かけたんですが、帰ってきたのは一時間以上あとのことで、ひどくあわてていた。何があったのか全部打ち明けて、現金を見せたそうです。言うまでもなく、殺したのはものの弾みでした。それでも、落ち着いたもので、あなたがおっしゃっていたような細工を現場に施し、立ち去り際には灰皿の中身を物置の床にばらまいた。彼としてはロープを引っぱる役目はリルに頼むつもりだったんですが、リルは二の足を踏みました。走る男を目撃させるというアイデアを出したのは彼女でした。

結局、キッドはダチのチャーリー・デイヴィスのところへ行って窮状を訴えました。チャーリーはもうけの半分と引き換えに、ロープを引っぱって走り去る役を引き受けました。チャーリーはわれわれにはおなじみでしてね。一時間前にしょっ引きましたが、すんなり吐きましたよ。やつとリルは事後従犯に当たります。チャーリーは起訴しますが、リルについては共犯証人（訴追免責と引き換えに仲間に不利な証言をする共犯者）にしてやるつもりです。それだけの価値はありますんで。ついさっき、ルイスに電話しました。キッドは向こうにいまして（むろん監視は続けていました）、現地の警察が逮捕に向かっているところです。

ここは公平に申しあげますが、やつをこれほど早く逮捕できたのは、ひとえにあなたのお力添えのおかげです」

「うん」ロジャーは機械的に相槌を打った。

「むろん、われわれだって最終的には逮捕にこぎ着けられたでしょう。いつだってそうですから。でも、あなたは常にわれわれの数ヤード先を行ってらっしゃるんですな」

「うん」ロジャーは言った。

「うちの上司はことのほか喜んでおりまして。ほんとうです。ほどなく当人より電話があるはずです。その前にわたしからお知らせしておこうと思いまして」

「わざわざありがとう」ロジャーは機械的に礼を言い、ぼんやりしたまま受話器を置いた。

彼はステラのほうに視線を向けた。彼女はあいかわらず椅子に座ったまま、ハンカチを口元に当てて笑いこけていた。こうまで大笑いしている若い女をロジャーが目にするのはめったにないことだった。

男の真価が問われるのは重大な危機に瀕したときだ。ロジャーはいま人生最大の危機に立されていると言っても過言ではなかった。ここで対応を誤れば、この娘は一生、単に彼の名前を耳にしただけで吹きだして笑いが止まらなくなるだろう。ことによると墓に収まってからでさえ、霊気のなかにロジャー・シェリンガムが出現するたび、忍び笑いをして寝返りを打つかもしれない。

ロジャーはなんとか微笑を取りつくろった。「ぼくはただ、きみをちょっと驚かせたかっただけなんだ」彼は言った。「今回の事件はきみを引っかけるのにけっこう向いていたから。こんなふうにからかったのはまずかったかもしれないけど――」

「本気だったじゃないですか！」ステラは声を詰まらせた。「まさかこのわたしが――うふ、あは、わーはっはっはっ！」

「なあ、おい」ロジャーは気を悪くして言った。じつに不愉快な気分だった。まったくもう、ぼくの言葉を素直に信じればいいじゃないか。

だが、ステラが彼の言葉を信じていないのは明々白々だった。ステラがようやく人間らしい態度を見せたのは素晴らしいことだったかもしれないが、いまはとうていそれを喜ぶ気になれなかった。

彼女はいっこうに笑いを引っこめようとしなかった。愛らしい目元から涙がこぼれ、愛らしい頰をつたい落ちて、開いたままの愛らしい口のなかに流れていく。だが、そんな愛らしさがかえってしゃくにさわった。

ふたたび電話のベルが鳴った。

総監補のサー・アーサー・マクファーレンがほんとうに、ロジャーに賛辞を呈するためにかけてきたのだ。ロジャーは総監補のほめ言葉を片耳だけで拝聴し、もう片方の耳では、いまではだいぶ収まったとはいえ、いまだにステラから発せられている物音を聞きとろうとした。

ふと、あることを思いついた。ロジャーのような名士にふさわしい、まさに名案だった。

「サー・アーサー」彼は言った。「恐れ入りますが、いまのお話を、要点のみでかまいませんので、うちの秘書にもお聞かせ願えませんでしょうか？　とにかくうたぐり深い娘で、ぼくが警察の捜査に一臂《いっぴ》の力を貸したことを信じようとしないんです」

　サー・アーサーは誤解を解くために喜んで協力する用意があるとほのめかした。

　ロジャーは受話器をステラに手渡した。「頼むからちゃんとしてくれ。スコットランド・ヤード総監補からきみにお話があるそうだ」

　ステラは受話器を受けとって、相手の話に耳を傾けた。徐々に顔つきが変わっていった。笑い顔にいぶかしげな表情が現われ、それが納得顔から悔やみ顔に変わったかと思うと、今度は尊敬の念が浮かび、最後にはそれが称賛の念に転じた。ロジャーはその一部始終を満足げに見守った。

　彼女は受話器をもとにもどした。「では、ほんとうにからかっていらしただけなんですね？」彼女はつつましげに言った。

「だから、そう言ったろう」ロジャーは陽気に答えた。「予想以上にうまくいった。きみの婚約者の名前まで持ちだしたのは悪かった、ちょっとやりすぎた」

　ステラはさんざん大笑いして崩れてしまった化粧を直しにかかった。「そのことでしたらおかまいなく」コンパクトを取りだしておしろいをはたきながら言う。「〝人をからかわば穴ふたつ〟と申しますし。この際、打ち明けたほうがいいかもしれませんね。わたし、婚約はしておりません。したこともございません」

「なんだって⁉　でも、はっきり言ったじゃないか……」

「はい、そのほうが安全に思えたからです」ステラは率直に言った。「わたしには、先生は婚約者のいない秘書に片っぱしから言い寄ったり、ちょっかいを出したりするタイプに見えました。それで婚約しているふりをしたんです。ところが、先生がどうしても会ってみたいとおっしゃるから、しかたなくラルフ・パタースンに頼んで、昼食のあいだだけ婚約者になってもらいました。パタースン家の人たちとは子供のころからのつきあいで、ラルフとはいっしょに育ったも同然なんです」

「でも、どうしていまになって明かす気になったんだ？」

「いえ、そろそろ限界でしたから。わたしの演技力は短い一幕ものがせいぜいで、とうてい五幕ものの本格劇には通用しません。それに、遅かれ早かれ先生に感づかれたでしょうし」

「じゃあ、きみは婚約なんかしていないんだ」

「はい、そういうことになりますね」ステラは穏やかに言った。

ロジャーは大きく息を吸った。「だったら、ぼくと結婚しない？」

「まさか」ステラは答えた。

「やれやれ、助かった」ロジャーは言った。

バークリー vs. ヴァン・ダイン
――『最上階の殺人』の成立をめぐって

※バークリー『最上階の殺人』の真相にふれています。

真田啓介

アントニイ・バークリーは著書に献辞を付けるのが好きだったようで、他名義も含めて生前公刊された二十四冊のうち、献辞がないのは『シシリーは消えた』、『ピカデリーの殺人』、『最上階の殺人』、『服用禁止』及び『Death in the House』の五冊にすぎない（ここでいう献辞には、単に献呈先の名前を記しただけの簡単なものから相手への手紙の形で序文というべき内容が語られたものまでを含む）。

この五冊に献辞が付されなかった理由は詳《つまび》らかでないが（『シシリーは消えた』については思い当たるフシがあるけれどもここではふれない）、筆者の偏愛する『最上階の殺人』に献辞がないのはちと寂しい感じがするので、余計なお世話と言われそうだが、作者に成り代わってひとつ考えてみた。こんなのはどうでしょう――

洞察に満ちた「探偵小説作法二十則」で大いに私を啓発してくれた
S・S・ヴァン・ダインに本書を捧げる

「啓発」という言葉には皮肉が込められているものと了解願いたい。『最上階の殺人』の成立事情に関して以下に述べる仮説が正しければ、バークリーの胸中はこんな感じではなかったかと思われるのだ。

バークリーとヴァン・ダイン――いずれ劣らぬビッグ・ネームだが、並べて論じられることはめったにない二人である。

バークリーの作風の斬新さとヴァン・ダイン作品の古めかしさの印象から、活躍した時代も別だったと誤解されそうだが、作家としての活動期間は、前者が一九二五年〜三九年、後者が一九二六年〜三九年とほぼピッタリ重なっている。まぎれもない同時代作家だったわけである。もっとも、筆者の知る限りでは、両者の間に何らかの交渉があったことをうかがわせる資料は残されていない。同時代といっても英国と米国、大西洋を隔てた異国の住人だったのだから不思議はないが。

だが、少なくとも作家生活の初期において、バークリーの方ではヴァン・ダインという存在をかなり意識していたのではないかと思われる。

バークリーからするとヴァン・ダインは一年遅れて登場した後輩作家だったわけだが、そのデビューの華々しさはとうてい自身の場合の比ではなかった。「?」名義で刊行されたバークリーの第一作『レイトン・コートの謎』(一九二五)は、A・A・ミルンの名作『赤い館の秘密』を思わせるすぐれた作品であり、それなりの好評を得て第二作への道を開いたが、伝統ある英国探偵小説界――F・W・クロフツ、アガサ・クリスティ、ドロシー・L・セイヤーズといった有力な新鋭も活躍を始めていた――においては、多少注目に値する新人が現れたからといって直ちに大騒ぎされるようなことはなかった。一方、始祖ポオの出身地とはいえ作家の層も薄く、当時はまだ見るべき作品にも乏しかったアメリカにおいては事情が異なり、本格的な装いで突如出現したヴァン・ダインの『ベンスン殺人事件』(一九二六)は、この一作をもって「一夜にしてアメリカ探偵小説は成年に達した」(ハワード・ヘイクラフト)と評されるほどの絶大なインパクトをもたらした。

両者の注目度の差は、『ベンスン殺人事件』が英国でも米国と同年に出ているのに対し、『レイトン・コートの謎』の米国版は英国版に四年遅れてようやく一九二九年に刊行された(一九二八年刊の『絹靴下殺人事件』が営業的に好成績をあげたことから、遅ればせながらデビュー作にも目が向けられたのであろう)事実によっても明らかである。

ヴァン・ダインの鮮烈な登場のもようは、出版界の一大事件として時を移さず英国にも伝えられていたであろうから、バークリーも話題の主である海の向こうの新人作家に注目を強いられたはずだ。その後も新作を出すたびにベストセラーになり、次々に映画化もされていったヴァン・ダインの成功ぶりは、商業的感覚も鋭敏だったバークリーを刺激したことだろう。さらにその作品の内容にも、バークリーは無関心ではいられなかったと思われる。

一九二六年に刊行されたバークリーの第二作『ウィッチフォード毒殺事件』には、女性作家のE・M・デラフィールド（彼女とバークリーの関係については、マーティン・エドワーズ『探偵小説の黄金時代』を参照されたい）にあてた献辞があり、そこで作者は「通常の犯罪謎解き小説に見られる物的証拠偏重主義を排し、心理に重きを置いた作品」をめざし、「心理的探偵小説とでも定義できそうな小説」を意図した旨を述べている。同じ年に出た『ベンスン殺人事件』においても、探偵ファイロ・ヴァンスは心理的探偵法を標榜し、「個人の性格の科学的研究と人間の性質を見抜く心理学」こそが犯罪捜査の最も確実な方法だと主張している。翌年の『カナリア殺人事件』では、不完全な形ではあるが心理的探偵法の実践例も示された。この人間の性格心理の重視という点においても、バークリーは偶然にも同じ方向性を示しているヴァン・ダインを意識せざるを得なかったのではないだろうか（もっとも、ヴァン・ダインの心理重視の姿勢はせいぜい『カナリア』までのことであり、その後さらに深くこの方向に歩を進めたバークリーとは早々と袂《たもと》を分かつことになるのだが）。

こうしたことからバークリーは、少なくともデビュー後数年間はヴァン・ダインの動向に注意を払っていたはずで、そんな中で一九二八年九月に「アメリカン・マガジン」誌に掲載されたエッセイ「探偵小説作法二十則」なども見逃されることはなかったと思われる。本名のウィラード・ハンティントン・ライト名義で編集された『探偵小説傑作集』（一九二七）の長序も読んでいた可能性が高いが、当時はまだペンネームの正体は秘密にされていたようなので、いつの時点でバークリーがこれをヴァン・ダインの書いたものと認識したかは定かでない。一九二八年当時、バークリーは後にディテクション・クラブへと発展することになる探偵作家仲間との一連の会合（晩餐会）を催していたことが知られているが、「二十則」や長序はそんな席での格好の話題ともなったのではないだろうか（マーティン・エドワーズの前掲書においては、ヴァン・ダインが訪英した折にバークリーの晩餐会にゲストとして招かれた可能性も示唆されている）。

「探偵小説作法二十則」は、探偵小説を作者と読者の間の知的ゲームととらえた上で、これを書くにあたってのルールを明文化したものである。フェアプレイの観点から「手がかりはすべて、明確に示され、記述されねばならない」「作中の犯人が探偵に対して適当に行なう策略やごまかしのほかには、故意に読者を惑わすような記述があってはならない」といったことが要請される一方、普通小説的要素は片隅に押しやられ、「物語に恋愛的な興味をもちこむべきではない」などとされる。個々の条項には今では顧みられなくなっているものも多いが、小説よりミステリ、文学よりパズルという志向性自体は、エラリー・クイーンを経由してわが国の新本格ミステリなどにも脈々と受け継がれているように思われる。

翌年ロナルド・ノックスが発表した「探偵小説十戒」は、探偵ゲームの規則集という外観は類似しているものの、その精神においてはかなり異なるところがある。重要な相違の一つはユーモアの有無で、その小説作品の場合も含めてユーモアの欠如というのがヴァン・ダインの最大の弱点であろう。ノックスの場合は、こういうことをやられると面白くないという事柄を遊び心で物々しく表現したまでで、規範を定立する意識はなかったと思われる。「中国人を登場させてはならない」という誤解されやすい条項は、邪悪な中国人が荒唐無稽の犯罪を行う低俗な作品が当時横行していた事情を背景としている。

バークリーが一九三〇年十月に刊行した『第二の銃声』には、有名な序文（A・D・ピータ一ズあての手紙の形式）が付されているが、遅くともこれを書く前までには、バークリーは「探偵小説作法二十則」を読んでいたであろうと筆者は推測している。というのも、同序文には、「二十則」が志向する純粋な知的パズルとしての探偵小説像に対する批判として読める部分があるからである。

『第二の銃声』の序文では、一九二九年九月に「ライフ・アンド・レターズ」誌に掲載されたマーガレット・コールのエッセイ（同年六月刊の『毒入りチョコレート事件』の評を含む）を援用しながら、今後の探偵小説が進むべき道として、①プロットを作る際にさまざまな工夫を凝らすこと、及び②人物の性格や作品の雰囲気を発展させることの二つの方向を示し、特に後者を重視している。そして、旧式の探偵小説を「単純かつ素朴で、全面的にプロットに依拠し、人物の魅力も、文体も、ユーモアさえもない、懐かしき犯罪パズル」として切って捨てている。このときバークリーの念頭にあった仮想敵国こそ、ヴァン・ダイン作品、及び「二十則」に代表されるその探偵小説観だったのではないだろうか。

より具体的には、攻撃目標として「二十則」の次の条項あたりに照準が合わせられていたのではないかと思われる。

分なのである。

(16) 探偵小説には、冗漫な叙述的描写、枝葉に関する文学的饒舌、精緻な性格分析、雰囲気への陶酔などがあってはならない。このようなものは、事件の記録とその推理にとって重要でないばかりか、筋の運びを抑制し、主目的からはずれた問題をもちこんでしまうことになる。探偵小説における主目的とは、事件を説明し、分析し、解決へともちこむことにほかならない。物語に真実性を与えるだけの自然描写、性格描写があれば、それで十分なのである。

これはバークリーの重視する第二の方向性と真っ向から対立する見解であり、まず第一に否定されるべきものだった。序文に述べられた「探偵小説は、数学的ではなく、心理学的であることによって読者を惹きつける小説へと発展しつつある。謎解きの要素はまちがいなく残るだろう。しかしその謎は、時間や場所や動機、機会の謎ではなく、人間性の謎である」という主張は、この条項に突きつけたアンチテーゼでもあったろう。ヴァン・ダインが(初期の姿勢を明白に裏切って)装飾的要素にすぎないとして脇へのけてしまった人物の性格心理の問題を、バークリーは「人間性の謎」という形で中心的主題に据え直したのである。

ここまでの推測が承認されるとすれば、その基礎の上に次の仮説を構築することも可能であろう。それは、『第二の銃声』の次に刊行された作品である『最上階の殺人』――書誌的には次作はフランシス・アイルズ名義の『殺意』ということになるが、探偵小説の路線からは外れるのでこれはスルーする――は、「二十則」への反発から生み出されたというものである。

「二十則」の前記引用に続くのは、次の条項である。

(17) 探偵小説において、職業的犯罪者が犯人であることは許されない。強盗や盗賊による犯罪は、警察署の管轄であって、探偵小説の作家や才気溢れるアマチュア探偵の関知するところではない。真に魅力ある犯罪とは、教会の重鎮、慈善家できこえた未婚婦人などによる犯罪をいうべきである。

一九三二年七月刊の『最上階の殺人』は、この禁則を正面から破った作品である。犯人は「キャンバウェル・キッド」の通り名をもつ職業的犯罪者なのだ。その犯罪が「警察署の管轄であって、探偵小説の作家や才気溢れるアマチュア探偵の関知するところではない」というのはそのとおりで、実際ロジャー・シェリンガムはお呼びでなかった事件なのだが、彼は好機到来とばかりに首をつっこみ、思う存分探偵遊戯にふける。

ところで、キッドが犯行にあたって変装した「修道女」というのは、「教会の重鎮、慈善家できこえた未婚婦人など」のイメージに重なる部分が多いのではないだろうか。筆者の感覚では、この人物の属性の類似には偶然以上のものがある。すなわち、「修道女」の設定は、職業的犯罪者の禁則破りと相まって、バークリーがまさにこの条項を踏み台にしてプロットを作り上げていったことを示す有力な手がかりのように思われるのだ。

『最上階の殺人』はまた、先の第16項に反逆した作品とも言えるだろう。同書は人を食ったプロットの皮肉な味わいもさることながら、「才気溢れるアマチュア探偵」シェリンガムのキャラクターが内面描写も含めてたっぷりと書き込まれているところに特色がある。彼のほかにも個性的な登場人物たちの描写に精彩があり、軽快な喜劇的雰囲気に包まれた物語の進行にはよどみがない。まさに作者が人物の性格や作品の雰囲気を発展させる方向に力を注いだ作品であり、ヴァン・ダイン流の偏狭な探偵小説観を陳腐化してしまうに足る魅力を備えている。

『第二の銃声』の序文においては、先述の二つの方向性のうち第一のプロットの工夫については『毒入りチョコレート事件』ですでに試し終わったので、今度はこの本で性格や雰囲気の発展という第二の試み(Second Shot)を行うのだという旨が述べられていた。だが、シリル・ピンカートンというユニークなキャラクターの肖像を描くことには成功しているものの、探偵小説としての『第二の銃声』は、作品全体の味わいとしてはなおプロット構成の成果を示す『毒入りチョコレート事件』に近いものがあった。第二の方向の試みは、先述したとおり『最上階の殺人』においてより充実した成果をあげたと言えるのではないだろうか(アイルズ名義の『殺意』と『犯行以前(レディに捧げる殺人物語)』こそその最大の成果であるとする見方もあり得ようが、序文の論旨に忠実にあくまで探偵小説の枠内でということにこだわるならば、それら犯罪心理小説はここでは対象外となる)。

さて、以上述べ来った「仮説」をまとめてみると、こういうことになる。——バークリーは、ヴァン・ダインの「探偵小説作法二十則」の論旨に反発し、『第二の銃声』の序文で暗にこれを批判しながら別の方向性を示した。さらに、その方向性に沿いつつ「二十則」のある条項に意図的に反して『最上階の殺人』を書いた。

残されたテキスト以外に証拠はないので、ロジャー・シェリンガム流の妄説にすぎないとそしられても反論はできない。筆者としては、『毒入りチョコレート事件』の幕切れの場面におけるアンブローズ・チタウィック氏のセリフを借りて、こう呟くばかりだ。——「確かに実証はできない。しかし、みじんも疑う余地はない。わたしには、どうしても、そうとしか考えられない」……

※引用テキスト——バークリー『ウィッチフォード毒殺事件』（藤村裕美訳、晶文社）／同『毒入りチョコレート事件』（高橋泰邦訳、創元推理文庫）／同『第二の銃声』（西崎憲訳、創元推理文庫）／ヴァン・ダイン『ベンスン殺人事件』（日暮雅通訳、創元推理文庫）／同「探偵小説作法二十則」（前田絢子訳、研究社刊『推理小説の詩学』所収）／ヘイクラフト『娯楽としての殺人』（林峻一郎訳、国書刊行会）

（初出『ROM』s-002号、二〇一八年。改稿再録）

解説　抱腹絶倒の殺人劇
～笑うは観客ばかりなり～

阿津川辰海

　しかめっ面で、気難しい人。

　長らく、アントニイ・バークリーに抱いてきたイメージです。私が高校生の頃（二〇一〇～二〇一三年）には、バークリーのほとんどの作品が邦訳されていました。古典ミステリを読み進めていこうという時、バークリーについて調べると出て来るのは、いかにも頑固そうな顔写真と、どの解説や書評にも登場する「批評精神」という言葉。だから、しかめっ面で、気難しそうな人だ、という印象を持っていたのでしょう。

　実際に作品を読んでも、『毒入りチョコレート事件』やフランシス・アイルズ名義の『殺意』などは「多重解決」や「倒叙形式」というキーワードばかりが目につき、文体や内容には取っつきにくさを感じていました。大学に入り、先輩に熱烈に薦められた『ジャンピング・ジェニイ』は、衝撃的ではありましたが、「こんなん解けるか！」という困惑が先に立って、その真価が分かったのは二読、三読を経てのこと。

　ですが、今でこそ、私はアントニイ・バークリーが大好きです。なぜこんなにも好きになったかといえば、何を隠そう、大学生の時にこの『最上階の殺人』を読んで、久しぶりに腹を抱えて笑ったからです。

その日以来、バークリーは私の中で、「ミステリと名探偵を意地悪に見つめ、イジりまくる面白いおっちゃん」になって、読む作品すべてにその要素を見出して楽しめるようになりました。つまり、私はこの『最上階の殺人』を通じて、バークリーの魅力に開眼したのです。それは、『最上階の殺人』はアントニイ・バークリーの探偵小説愛、批評精神、そして笑劇《ファルス》の才能が、非常にストレートな形で発揮された傑作だからです。

私が『最上階の殺人』を手に取ったきっかけは、国会図書館で同人誌「別冊シャレード」のバックナンバーを読んでいた時に、米澤穂信がインタビューでオススメの作品として挙げているのを発見したことです。米澤は『米澤屋書店』においても「『最上階の殺人』こそは、私が長じてからのち、最も笑ったミステリなのです」(「ご挨拶より本の話をいたしましょう」より)とか「この中で唯一、声を上げて笑った作品」(「笑えるミステリー10選×麻耶雄嵩」より)と述べているので、その偏愛ぶりが伝わってくるというもの。私が『最上階の殺人』で笑ったのは、決して私の笑いのツボが浅いからではないのです。

バークリーと、笑い。その関係性を探っていくためには、別名義であるA・B・コックスのコメディー小説について語ってみるのがいいかもしれません。『プリーストリー氏の問題』は手錠に繋がれた男女を巡るコメディーで、一九三〇年代に流行していたという「スクリューボール・コメディー」の文脈を大いに感じさせます。二〇二三年に論創社から邦訳版が刊行された『黒猫になった教授』も、黒猫に意識を転移させた教授を主人公に据えて、彼の身の回りで続々起きる事件に抱腹絶倒させられます（かわいがられて軟禁状態に置かれるくだりには笑い死ぬかと思った）。こちらもスクリューボール・コメディーなのはもちろんですが、発端にSF風のアイディアを噛ませることで、ナンセンスな味わいが出ているのも楽しい一作。共通するのは、「シチュエーション」そのもののナンセンスな面白さ、絶妙な会話劇、そして次々に起こる事件のドタバタ喜劇で笑わせてくれるサービス精神といったところ。

このような笑劇作家としてのバークリーの腕前が、「名探偵小説」に導入されると、思わぬ化学反応が生まれます。それが「間違える名探偵」ことロジャー・シェリンガムです。まさしく「迷探偵」というべき活躍ぶりに、夢中になってしまうのです。ドン・キホーテのごとくドラマチックな結論に飛びつき、敗北し、時には苦い勝利を収め、読者だけがその全体像を知る。笑うは観客ばかりなり。

本書はそうしたロジャー・シェリンガムの魅力が、これ以上ないほどストレートに現れている作品です。その要因はキャラクター配置にもあるといえます。一つは、モーズビー首席警部という「ライバル役」の存在です。『最上階の殺人』においては、「ありふれた強盗殺人」であると信じるモーズビー首席警部と、「巧妙な計画殺人」だと信じるシェリンガムの推理合戦が序盤から繰り広げられます。シェリンガムが掲出する問題点を看過《かんか》して、物盗りの線を追い続けるモーズビーは頑なに思えますが、それだけに、読者は自然とシェリンガムを応援してしまうのです。いつの間にか、名探偵の一挙手一投足から目が離せなくなってしまう……しかしこれこそ、笑劇のための「フリ」なのです。

もう一人、本作には魅力的なキャラクターがいます。今回限り、シェリンガムのワトソン役を務める秘書、ステラ・バーネットです。被害者の姪として登場した彼女を、「美人なのに、心惹かれない女性」とシェリンガムは評しますが、にもかかわらず、シェリンガムは即座に秘書として採用するのです。第八章ではいきなり丁々発止《ちょうちょうはっし》の言い合いを始めるなど、ステラが登場するシーンはどれも生き生きとしています。事件の手掛かりを得るためシェリンガムが企んだ、容疑者の一人を怒らせるためのお芝居にステラが巻き込まれるくだりは、笑いを堪えきれません。これは「ヴァン・ダインの二十則」が「不必要なラブロマンス」の付け足しを禁じたことへの反発ともとれますし（このあたりのことは併録の真田啓介「バークリー vs. ヴァン・ダイン」をご参照ください。素晴らしい論考と並んで肩身が狭い）、結果的に、シェリンガムの魅力が引き立つ要素になっています。女性に振り回されるキャラクターの面白さという点では、『第二の銃声』に通じる「笑い」がここにもあるのです。

シンプルかつ強力なキャラクター配置と、「警察の捜査 vs. 名探偵の推理」という強固な骨格。古典ミステリを読み慣れていない人でも、かなり設定をつかみやすく、楽しみやすい一作であるといえると思います。それだけに、バークリーの意地の悪さ、言い換えれば、笑劇の才能が、これ以上ない形で伝わってくるのです。

二〇二〇年に「ミステリーズ！」vol. 104 において「バークリー第三の波」という特集が組

まれましたが、『レイトン・コートの謎』『最上階の殺人』の立て続けの文庫化、『黒猫になった教授』の刊行など、三年越しにその「第三の波」のうねりを感じる展開が続いています。小森収と法月綸太郎がバークリーについて語る『はじめて話すけど……　小森収インタビュー集』も文庫化されました。

この波がまだまだ続くことを祈りつつ――次の節からは、せっかくなのでネタバレ有りの解説を試みようと思います。

※これより先、本書のネタバレを含みます！

やっぱり、面白い。

何度読んでも大爆笑出来る。

本書の結末において、シェリンガムは大失敗を犯します。つまり、自分の推理に基づいてステラを告発してしまい（それも、口述筆記の形を取るという「推理の演出」まで加えて！　恥ずかしい！）、それを完膚なきまでに否定されるという始末。「ステラはロジャーの話の最後のころには、タイプを打つふりすらやめていた。背中を丸めて座り、紅潮した顔で彼を見つめ、下くちびるを嚙んでいた」（三三二頁）という一文の、見事なダブル・ミーニング（笑）には敬服するしかありません。

この作品もある意味では「多重解決」の枠組みを使った作品といえますが、結末において、その脱構築が高速で行われ、しかも一切混乱しないのが見事です。一つには、モーズビー首席警部の態度が終始一貫しているので、結末を受け止めやすい、ということもあるのでしょうが、巧妙なのは、「シェリンガムの推理自体は間違っておらず、ただ物事へのあてはめが間違っている」という処理の仕方です。以下、シェリンガムの推理の結論として、モーズビーに挙げた三つの証拠（三三二頁）をまとめると、

A　公共の娯楽施設でのアリバイはあまり当てにならない（ただし、この証拠の具体的な内容は三三二頁では明かされず、三三四頁のモーズビーのセリフ中で明かされる）。

B　ミス・バーネットはプレイヤーズの煙草を吸っていた。

C　修道女はふたり一組で獲物を探す。

このA～Cを主だった証拠として、シェリンガム説では「ステラ・バーネット」が、モーズビー説では「ジム・ウォトキンズ」が指し示され、結論だけみればジムが犯人であり、モーズビーが勝利を収める、といった仕掛け。驚異的なのは、全く同じ証拠から多重解決が成立しており、おまけに、それが二十頁にも満たない解決編で素早く開示されることです。

この前に、肌着や義歯に関する推理と、ミセス・エニスモア＝スミスの目撃証言によって物語上明らかになった「ミス・バーネットが殺されたのは夕方六時」という結論も伝えられています。Bの証拠は、読者には二九四ページの描写でようやく明かされ、物置の中に捨てられて

いた吸い殻（二九〜三〇頁）が現地調達可能だったことを示すものです。犯人が現場に長く留まっていないことを裏付けています。この証拠については、ロジャーの推理でも、モーズビーの推理でもかなり軽く回収されています。

Aの証拠については、ステラもジムも、公共施設でのアリバイを持っていたために誤解が生じています。Cの証拠は、修道女が偽物（変装）であることを示すものですが、ステラが変装したとするシェリンガムの推理は、ジムが修道女に変装していたというモーズビーの「結論」で見事に打ち砕かれています（ジムが女に化けるのもお手の物だというのは、七一頁から正々堂々と述べられている）。

しかし、シェリンガムは加えて、四つ目の証拠「D　ステラには婚約者がいる」という偽の証拠をつかまされています。この婚約者ラルフは、多情なシェリンガムを撒《ま》くためにステラが用意した偽者だったわけですが、シェリンガムはこの演技のせいで、「ステラには共犯者として使える男がいた」と誤解する羽目になっているのです。証拠Dの存在と、ラルフとの会見があまりにも不愉快だったことがシェリンガムを突っ走らせた感があるので、同情的な気分にもなります。

このように見ていくと、シェリンガムが挙げた「三つの証拠」自体は全て正しく、彼はただ「あてはめ」を間違えただけであることが分かります。つまり、ある意味で、彼の推理は正しいのです。『最上階の殺人』が、とことんまで人を馬鹿にした笑劇でありながら、探偵小説としても離れ業《わざ》を為し得ているのはこの部分です。読者はシェリンガムの大失敗のありさまを全て知っているので、「シェリンガムは敗北した」と思っていますが、実はモーズビーは「シェリンガムのヒントのおかげで事件は解決した」と思っているはずですし、ステラもサー・アーサーの電話を替わったおかげで無事誤魔化されたはずです。この、ブラックホールのような吸引力で、己の失敗をなかったことにしていく運命力が、「迷探偵」を「名探偵」たらしめているというか……。そういうあたりの馬鹿馬鹿しさまで含めて、まさに抱腹絶倒なのです。全てを知るのは読者だけ。

訳者付記

本書の原文には、日付や時間をめぐる記述で作者の勘違いと思われる箇所がいくつか見られますが、明らかな誤りと判断できる箇所については時間的矛盾のないようにこれを修正しました。なお、翻訳にあたっては、大澤晶氏の先行訳（新樹社、二〇〇一年）を参考にさせていただきました。この場を借りてお礼申しあげます。

編集　藤原編集室

検印
廃止

訳者紹介　國學院大學文学部卒業。英米文学翻訳家。主な訳書に、バークリー「ウィッチフォード毒殺事件」、ロラック「悪魔と警視庁」、「鐘楼の蝙蝠」、アームストロング「始まりはギフトショップ」、マクリーン〈名探偵オルコット〉シリーズなど。

最上階の殺人

2024年2月29日　初版
2024年3月29日　再版

著　者　アントニイ・バークリー
訳　者　藤《ふじ》村《むら》裕《ひろ》美《み》

発行所（株）東京創元社
代表者　渋谷健太郎

162-0814/東京都新宿区新小川町1-5
電　話　03·3268·8231-営業部
　　　　03·3268·8204-編集部
URL　http://www.tsogen.co.jp
DTP　萩原印刷
暁印刷・本間製本

乱丁・落丁本は、ご面倒ですが小社までご送付ください。送料小社負担にてお取替えいたします。

ISBN978-4-488-12309-3　C0197

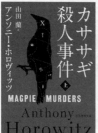

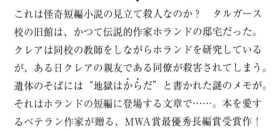

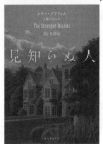